日知文丛

流水集

戴海斌 著

浙江古籍出版社

图书在版编目（CIP）数据

流水集 / 戴海斌著 . -- 杭州 : 浙江古籍出版社，2021.5
（日知文丛）
ISBN 978-7-5540-2024-1

Ⅰ . ①流… Ⅱ . ①戴… Ⅲ . ①随笔—作品集—中国—当代 ②书评—中国—现代—选集 Ⅳ . ① I267.1 ② G236

中国版本图书馆 CIP 数据核字（2021）第 058833 号

流水集
戴海斌　著

出版发行　浙江古籍出版社
（杭州体育场路 347 号　电话：0571-85068292）
网　　址　https://zjgj.zjcbcm.com
责任编辑　沈宗宇
文字编辑　徐　立
封面设计　吴思璐
责任校对　吴颖胤
责任印务　楼浩凯
照　　排　浙江时代出版服务有限公司
印　　刷　浙江海虹彩色印务有限公司
开　　本　889mm × 1194mm　1/32
印　　张　8.25
字　　数　160 千字
版　　次　2021 年 5 月第 1 版
印　　次　2021 年 5 月第 1 次印刷
书　　号　ISBN 978-7-5540-2024-1
定　　价　50.00 元

自　序

顾炎武《日知录》卷十三“三反”条尝言：“今日人情有三反，曰弥谦弥伪，弥亲弥汎，弥奢弥吝。”民国学人张舜徽读书至此，推其意以观“近世学者”，也发明“学术三反”之说，谓“弥言考证，而记诵弥衰；弥言词章，而文笔弥劣；弥言义理，而内行弥不可问，此亦学术之三反也”（《爱晚庐随笔·学术三反》）。顾、张二说各有语境，当然是有所为而作，尤其激于所处年代周遭之“风俗”“风尚”“风气”，而寓志于学，以为“匡时”“补世”。易言之，他们大概都属于章实斋所贵之能“辟风气”“持世而救偏”者，而不同于那些“惟逐风气所趋而徇当世之所尚”的“世之言学者”（《文史通义》内篇二，《原学下》）。

人生而自由，却无往不在“风气”中。精于“谈艺”的钱锺书便说，“风气是创作里的潜势力，是作品的背景，而从作品本身不一定看得清楚”，这需要我们阅读当时人所信奉的理论、对具体作品的褒贬好恶、标准、要求等等，去了解作者周遭的风气，“好比从飞沙、麦浪、波纹里看出了风的姿态”。这样看来，无论是“趋”“徇”，还是“持”，也难逃“嗜好矛盾律”（Law of the Antinomy of Taste）的笼罩，如钱先生道出的一种惨酷事实——“就是抗拒或背弃这个风气的人也受到它负面的支配，因为他不得不另出手眼来逃避或矫正他所厌恶的风气”

（《中国诗与中国画》）。世风同一，已然遍被华林，惟能“呼吸而领会之者”，不多得而已。

“由征观风”的史学，提示了灵动和高妙的境界，哪怕是追迹的“捕风”，也尽有它的“伟大”处。被观之世或观者所处之世，既均有风气，则风气中人不能不有所惕厉憬悟，诚因“天下事凡风气所趋，虽善必有其弊”、“世俗风尚，必有所偏，达人显贵之所主持，聪明才隽之所奔赴，其中流弊，必不在小”、“且亦趋风气者未有不相率而入于伪也”（《文史通义》外篇一、三，《淮南子洪保辨》《上辛楣宫詹书》《答沈枫墀论学》）。风气一旦而成“时趋”，则必有“可畏”处，或借用章太炎更加决绝的刻深之言，“学术本以救偏，迹之所寄，偏亦由生”（《与国粹学报》），这也便是前引顾、张二氏在各自时代观察到的“三反”情状之根由。

收在本集中的文字芜杂，大概是近十年（2011—2020）我在研究论文以外发表的“小文章”的部分，其范围仍不出学术史和学术评论两个方面。此次汇编一辑，聊迹鸿爪。我在自己的前一本书序言中自承为“一个尚待检验能否出师的学徒”，对于治学的门径与取法，自然还是懵懂，绝不敢有任何“学以持世”的妄想；至于文章之道，更远在三界之外，绝不敢取了一些化名“随笔”或“散文”、实际也只是在“随便”和“散漫”方面符合了名义的劳什子玩意，楞充什么“第二副笔墨”。我想，集内文字大概可以看做一个资浅但好问（有时近于好辩，不免“地命海心”）的当代学术亲历者自发、自愿所作的一点记录，间或也流露些微个人读书的偏好和趣味，至于“有用与否，固不暇计”，全赖读者的理解和判断了。

我要感谢促成这些琐末、任性甚而有些不合时宜的文字变为铅字的诸报、刊编辑同仁，恕不一一具名，惟有铭念。集内有部分篇章，由于各式各样的原因，在发表之际出以笔名（此或亦本人“徇风气”之一端），此次各归本位。在此我要郑重感谢“日知丛书”主编的公心和雅量。这一插曲，或许也不自觉地充当了当代学术生态的一个微小见证。

本书书名拜内子所赐。“流水”者，语出唐代诗人韦应物《淮上喜会梁川故人》之名句“浮云一别后，流水十年间”。原诗以洗练的拟喻传递漂泊不定、变幻无常、岁月如流、年华易逝的意象，言近旨幽，令人心折。本书中论及的近代史家郭廷以也喜引李白诗句“前水复后水，古今相续流”，拟史事为前水、后水，视作一种不能中断的永恒连续。过去十年，是家国巨变的十年，也是个人成长的十年，我们仿佛已然告别了什么，但不清楚即将迎来什么。其间遭逢的胶着、迷惘，我与我战，固不足与外人道，但有类似经验和心态者，必非仅见。《韩诗外传》记闵子骞事迹云：“出见裘马之肥则好之，入闻夫子之言则又好之。两心交战，故瘠也。”傅斯年对此评论道，“不能择一职业，终身守之，以成终身之事业，能无瘠乎？”（《自知与终身之事业》）我想，时间的价值，仿佛流水，流水不争先，但终有它归海的方向，这大概也是一个持续的自我确认的进程。我实在不敢讲以何为“终身之事业”“终身守之”云云，但渐求“自知”而稍“自树”，不轻易为他者惑，倒是可行、可致的。至少，记取所从事者乃“为己之学”，勿忘己徇人，不要做傅斯年所不齿的那种“心气薄弱的中国人”，或流为乡先贤章实斋所讥“黠于好名而陋于知意者”。

庚子十一节于复旦光华楼

目 录

郭廷以与罗家伦、蒋廷黻的早期学术交往

中国近代史作为一门“学科”的出现，是相当晚近的事情。一般认为大约要到二十世纪三十年代，“中国近代史”的概念才为人普遍接受。相比于古史领域一轮接一轮新旧相攻、激烈论辩的热闹场面，民国时期的近代史研究似乎就寂寥许多。今人言及研治近代史的民国学人，不过蒋廷黻（1895—1965）、罗家伦（1897—1969）、郭廷以（1904—1975）、陈恭禄（1900—1966）等寥寥数位。四十年代以降，随着马克思主义史学的兴起，中国近代史的研究地位陡升，成绩斐然，而治学旨趣已然转移。蒋、罗二位被公认为近代史研究奠基性人物，引领风气之先，令人遗憾的是，后均转投政界，无暇著述。为人所称道的蒋著《中国近代史》（后改名《中国近代史大纲》）初版于1938年，是他利用政治生涯空闲，在两个月时间内完成的，自定义不过是“一个简略的初步报告”，而此后再无治学时间与精力，完成更具分量的研究了。（参阅沈渭滨《蒋廷黻〈中国近代史〉导读》）陈恭禄的学术生命延续至新中国成立后，但格于环境，创造力已不复当年。他后来出版的史料学著述内容大多沿袭早期讲义，写于1963年的“序言”还特别加入若干理论性话语，强调“历史是党性极强的社会科学”，“史观统率史料是正确的看法”（《中国近代史资料概述》，中华书局1982年，原序）。

比较特殊的是郭廷以。他在1928年已创拟《近代中国史》十九册这一规模宏大的写作计划，并有意与罗家伦、蒋廷黻合撰近代史读本以供一般阅读，从三十年代开始，更推出一系列以编年系事为特征的“史事日志”型著作。更为人知者，他作为台湾“中研院”近代史研究所第一任所长，擘画创建，养成人才，使得一个新兴学术机构迅速成长为近代史研究重镇，乃至卓然而立、孕育出一享誉学界的“南港学派”（参阅陈三井编《走过忧患的岁月——近史所的故事》，“中央研究院”近代史研究所，1995年）。纵观而论，郭廷以可谓中国近代史研究承上启下的人物。他生前完成的最后一部著作《近代中国史纲》在香港出版后，即受到学术界和读者重视与欢迎，先后3版13次印刷，八十年代又在台湾刊行，目前在大陆也已有多个版本。有意思的是，像郭廷以这样影响一代风气的研究大家，在他弟子披露“台湾学界内情”的著述中，却被归入“二十世纪非主流史学与史家”行列，而与“非主流”相对的“主流”，其一为科学主义史学派，二为马列主义史学派（王尔敏《郭廷以先生与近代史学风》，载《20世纪非主流史学与史家》，广西师范大学出版社2007年）。反观今日不同背景的史学史学者均热衷讨论的“史料”“史观”两大学派或学术系谱中，也确难找见郭廷以其人的清晰身影。由此带来的困惑，难免让人对这位史学家产生好奇。

初识罗家伦

1904年，郭廷以出生在河南舞阳一个小康的地主家庭。他是最早一批新式学堂的试验者，由初小而高小，在家乡读了十年书，1918年考入开封第二中学。他喜欢看书，尤其新书，几乎所有商务版新书都不放过，《新青年》《每周评论》上那些“很具刺激性”的言论前所未见，让他大开眼界。在后来的回忆录中，郭廷以形容当时的感觉，“思想界仿佛在动了”（《郭廷以口述自传》，中国大百科全书出版社2009年）。由于领导学校风潮受到压力，他不得不转学南京高等师范附中，至1923年，又保送进入东南大学历史系。

南京对于郭廷以来说，是一片新的天地。新文化运动后学界分化，以东大为中心的学人群体与北大新文化派遥相对应，隐然有双峰并峙之势。郭廷以体会的东大精神，就是“不走极端——承受我国固有文化，并且拼命吸收西洋文化”。史学方面，柳诒徵（1880—1956）是最具代表性的学者，在他指导下，郭廷以阅读了不少旧籍，自认为附中四年是“攻读古典最用力并确立旧学根底的时期”。但毕竟是受五四风气熏陶的一代人，郭廷以在大学时期也听梁启超和胡适的讲演，前者“渊博”，后者“条理”，都予他深刻印象；对柳诒徵的观点，他坦承并“不太同意”，而那些“较新的观点”有着更大的吸引力。柳诒徵当时讲授中国文化史，因材料问题不好解决，鸦片战争以降一段几乎无从讲起，授课主要参考日文著述，并要求学生对照《东华录》比读。这实际成为郭廷以接触近代史料的初步。他说，“初看茫无头绪，后来越看越有兴趣，从道光朝看到咸丰朝，再往前看看到乾隆朝，我另编出一套章节，很得柳先生赞许”。

由东大最初两年，渐渐摸到研究门径，但真正引领郭廷以进入近代史研究天地的，还是罗家伦。在他大三时，罗被聘入东大历史系，郭回忆当时课堂情形：“由于罗先生名气大，讲话风趣，最初上课轰动一时，以风雨操场做教室，文科学生固然要听，其他科系学生也挤去听”。罗家伦犀利的谈锋、崭新的观念，给他极大震撼，由此结下学术之缘。1928年，罗出任清华大学校长，邀郭北上协助行政，二人在清华又有一段共事经历。郭廷以以历史系教员名义与罗家伦合作讲授“中国近代史”，负责主讲“鸦片战争”“魏源的海防思想”“洋务运动”等题目，这是他从事近代史教学之始。1930年离开清华后，相继执教于河南大学、中央政治学校，至1932年应罗家伦之聘，回中央大学历史系任教，直到1949年。对两人间的关系，郭门弟子王聿均曾做这样的描述：“郭廷以先生和罗家伦先生的关系始于师生，后来又有同事之谊，再渐渐变成师友关系，到了晚年，尤其是到了台湾之后，两人完全是朋友关系了。”

郭廷以本人也承认，在史学方面，“比较影响我最大的是罗家伦先生。……他影响我最大有二，其一是注意外国资料，其二是研究近代史”。郭原对外国人写的中国史著作评价并不高，感觉“很肤浅”，而罗推介当时最新出版的马士（H. B. Morse）《中华帝国对外关系史》，他立即“花三十大洋从上海买来”，仔细阅读后，观感发生了变化：“许多材料是我过去所没看到的，见解也未可厚非，不可轻视，观念改变了，开始注意外国资料。”郭廷以对此书一直非常重视，他在南京和台湾不同时期的学生，都不约而同提及马士著作是课堂上为数不多的指定参考书目之一。罗家伦还特别强调英国，认为“近百年史的研究最重要的是要研究英国”。郭廷以在东大时期的学业报告即以《英国在远东的发展》为题，在这篇他自称费时三个月、成十余万言的长篇报告中，主要讨论了英国早期在印度的经营，及如何利用印度进而发展至中国的过程。多年后，他在回忆这篇“少作”时，仍颇有自许的意味：“当时这报告轰动一时，直到现在基本观念还没有改变，而我由于写这报告接触近代史资料与后来我的研究近代史很有关系。”

与蒋廷黻共事清华大学

郭廷以在清华只待了短短两年，有一个重大收获，就是结识了蒋廷黻。蒋由南开转赴清华任历史系主任，一般认为是罗家伦慧眼识人，这中间郭廷以也发挥了作用。据其自述：

> 罗先生请不到人，自己和我合开近代史，又请朱希祖来兼课。……我到清华后，发现一份《近代外交史辑要》，油印本，两百多页，没有印作者姓名，但觉得有头绪，有体系，我问刘崇鋐，他说：“可能是蒋廷黻。”打听果然是他，我拿去对罗先生说：“这个人很值得请。”罗先生立即写信请他，蒋大为高兴。

不管对行政任命发挥了多少影响，至少在学术层面，郭廷以流露出来对蒋廷黻的欣赏几无保留。蒋本人充分意识到清华对他个人的非凡意义：“清华五年实在是够刺激的，可以说我是发现一个新大陆——中国近代史。”他回忆那段时间是他“一生中最快乐的岁月”，“我乘便可以接触故宫博物院的档案，有一段时间，我们有好些人在故宫博物院抄录档案，把未公布的重要文件抄录下来”（《蒋廷黻回忆录》，岳麓书社 2003 年）。无独有偶，郭廷以在晚年接受访问时，也愉快地忆及与蒋结伴去故宫大高殿查大清实录的情形，谈到蒋前后数年“抄了两千件以上的文件”，欣赏他“有天份，名气渐渐高起来，居然在《独立评论》发表政论，有写作的方法，有见解”。

蒋廷黻最重要的史学成就《近代中国外交史资料辑要》两卷（商务印书馆 1930、1934 年初版），都是在清华任教时期出版的。他不满足于此前“不分中外，几全以外国发表的文件为根据，专凭片面证据来撰外交史”的状况，将在海外学习的历史研究法具体运用到中文史料的搜集、判别、选编过程中。这样一种由基础中文文献着手的研究工作，在当时无疑是开拓性的。《辑要》可以说是第一部不靠英国蓝皮书等外国文件编印的外交史资料，李敖（1935—2018）后来将此工作与胡适为中国哲学史“开山”相提并论，称蒋廷黻为“替中国外交史导航的人”（《蒋廷黻和他走的路》，台湾远流出版公司 1986 年）。对于正从事整理近代史长编的郭廷以来说，与蒋结识，确有如遇知音之感。有过一同工作的经验，在方法、观念上受后者熏陶，更加坚定“历史研究应自史料入手”的研究路数。

从《近代中国史》到《近代中国史纲》

今日流传最广的郭著《近代中国史纲》完成于二十世纪七十年代，而再提前三十年，即郭廷以与罗家伦、蒋廷黻在清华大学共事时，已酝酿此书的最初胚胎。当时罗、蒋计划合撰近代史一书，郭也答应参加。（《近代中国史纲·小记》）前两人后皆由学入政，无暇及此，唯郭廷以坚守本业，始终不懈。从形式上看，最终成书的《近代中国史纲》近似一种“简略的通识读本”，但写作实经历了长期准备，可谓其“一生学力识力简化表达的一个成品”（《王尔敏先生访问记录》，载《郭廷以先生门生故旧忆往录》，“中央研究院”近代史研究所2004年）。早在二十世纪四十年代初，郭廷以就出版过两大册以《近代中国史》为标题的著作（长沙商务印书馆1940、1941年初版）。这两册各达600多页的大书不是一般意义上的近代通史，而是分别以早期中外关系、鸦片战争为主题，着力于“史料之整辑排比”的文献集成。1931年，罗家伦发表《研究中国近代史的意义和方法》一文，就“科学的近代史”研究宗旨、方法及范围提纲挈领，直言“现在动手写中国近代史，还不到时候”，“要有科学的中国近代史——无论起于任何时代——非先有中国近代史料丛书的编订不可”，这实际上为当时研究“限定范围”（刊于《武汉大学社会科学季刊》第2卷第1期，1931年）。此文作为“引论”，收入郭撰《近代中国史》第一册，同书“例言”据以申论：“历史研究应自史料入手。以近代中国史论，现在尚为史料整理编订时期，而非史书写著时期。”在史料取舍上，也严格按照罗家伦所论以“原料为尚，必不得已，始一用副料”。郭廷以原计划按鸦片战争、自强运动、中日战争、戊戌变法等大事件分若干主题，写一部完整近代史，并雄心勃勃地拟议了总计十九卷的庞大著述计划，但随着抗战军兴，辗转迁徙，客观上失去了专心研究的条件，《近代中国史》只出版了前两册，便无以为继了。

郭廷以的主要著述，尤其多部带有干燥的、实证气味的“史事日志”易造成一种刻板印象，让人以为他只是一个会写史事编年的“史匠”。其实在写作《近代中国史》时，除对相关史料“整辑排比”外，他就特别注意使分离、不同的记载“互相联通”，为读者获得“一贯明了之认识”，各主题下均附以简要解说，并“酌采西籍，并使其自成体系”；不过强调仍属研究初步，目的只“为后来史家做下若干预备工作”，故行文时“决不轻加论断，妄敢评议”。郭廷以的同辈人顾颉刚（1893—1980）在评论《近代中国史》时，称作者观念“与蒋先生一样，其书搜辑完备，考证精详”（《当代中国史学》，辽宁教育出版社1998年）。张朋园以今日眼光检视两大册《近代中国史》，认为其中“不只是史料，还有郭先生对史料的独特见解，并非没有解释”，他进而指出，这一“历史需要解释的观念”是由蒋廷黻所种下的。

中西“交通”的观念激荡

蒋廷黻的研究是从外交史拓展到整个近代史领域的，郭廷以对近代中外关系也始终保持特别的兴趣。他在大学里专门开设过西域史、中西交通史课程，认为不同文化都有其特点，亦有其相通之处；历史不仅在时间上有连续性，在空间上也有其交互性，所谓“六合为一国，四海为一家”。这一重视中西“交通”的观念也渗入到他对近代史的观察中，《中国近代史》整体构思就依照一个非常明显的框架，即“西力冲击是中国近代史的重心”。王聿均对郭廷以课堂讲授的中外关系史印象至深，了解到文化的“横的移植”和“纵的继承”是何等重要，自喻宛如“蓦然张开了心灵之眼”。

郭廷以本人对郭嵩焘、曾纪泽、薛福成这些较快对西方做出“适应”的近代人物推崇备至。《郭嵩焘先生年谱》是他生平著述中唯一一部年谱，而这部作品实际是在蒋廷黻的提议和督促下完成的。抗战初期，蒋在重庆就表示“我的两位同乡郭嵩焘和曾纪泽的传记，最值得撰写”，希望郭能身任其事（《郭嵩焘先生年谱》，“中央研究院”近代史研究所 1971 年，序）。二十世纪五十年代，二人在纽约重逢，蒋廷黻又旧事重提，建议“不妨先抽空来写一部郭嵩焘年谱长编”。一直以来，郭廷以对谱主也“同样钦敬，同具兴趣”，他与多位弟子合撰《年谱》，几经周折，最终在 1971 年出版（陆宝千《我和量宇师的铎瑟因缘——前缘后分皆如水》，《郭廷以先生门生故旧忆往录》）。当时蒋廷黻已辞世多年，一部年谱，由几代学人接力完成，也见证了近代史研究进步的一个侧面。

郭廷以到台湾后，写作了一系列专题论文，集中讨论近代中外关系、中国与世变、西洋文化的输入及其反响等问题。作于 1950 年的《中国近代化的延误——兼论早期中英关系的性质》一文写道：“任何一个国家民族的历史，均可以说是一部生存竞争的历史。竞争过程的顺逆和结果的成败，决定这个国家民族的祸福命运。顺逆成败，则又决之于国家民族对于时代环境的适应能力，亦就是决之于近代化的程度。要能适应环境或近代化，首须对于环境与时代具有正确的认识，否则就无从说起。”（此文收入《近代中国的变局》，台湾联经出版公司1996年）此阶段论述仍延续了他对中西“交通”的思考，并据国家民族对于时代环境的“适应”来揭示“近代化”的内涵，而所谓“近代化史观”也渐渐清晰和成型。如果我们注意到二十世纪七十年代近史所全面推动的“中国区域现代化”研究，实际上正是郭廷以“近代化”研究思路的延伸。这一项规模庞大的集体研究，并未以理论作为标榜，但却是当时风靡中外的所谓“现代化研究”中少数以实证方法取得扎实成果的代表。

远于“主流”的“通识”意识

一般印象中，郭廷以是一位专业的近代史研究学者，其实除长期主讲中国近代史外，他在河南大学、中央大学、台湾师范大学等校还开设过元明史、明清史、民国史等多门课程，学生评价他“元代以下的历史根基都很深”。二十世纪四十年代，郭廷以曾计划撰写一部教科书性质的《中国通史》，在这部草成而未出版的“通史”著作中，他自言“读史记忆固属重要，思想启发亦须注意，本书即系两者并重”，尤其强调“通变”的意义（《〈中国通史〉引论》）。前述十九卷《近代中国史》著述计划，虽中途腰斩，却包含有完整的通篇思考；至于后期出版的三种专书，《台湾史事概说》《俄帝侵略中国通史》和《近代中国史纲》均为通史性质，足称“融会贯通的成熟之作”。王尔敏总结其师史学特色，“既是长于年代学，宗旨乃是建立史学通识”。他还提出很有意思的命题：“初期之中国近代史研究，普遍不循主流学风之考证、考异、辨伪、订误、质疑、翻案等手法……蒋廷黻、郭廷以则以治重大问题为宗，远离30年代主流风气。”（《南港学派之史学宗风及其学术成就》）

这里所谓“主流风气”，集中体现在胡适的整理国故运动到傅斯年领导的中研院史语所一线，即作为史学科学化代表的“新考据学派”，也是今日研究者在梳理上世纪史学发展史时再三致意的对象。以方法为重的“科学史学”，特别强调专业化和专科化，那种问题取向的、窄而深的研究，与传统学者一再强调的中国贵通人不贵专家的观念格格不入。虽然南北学风存有异同，上述新派史学不乏为数众多的批评者，但就其掌握的学术资源及影响力所及而言，确实不可不谓为“主流”。二十世纪三十年代，北平学术界里充满着“非考据不足以言学术”的空气，各大学史学课程日趋专门化，主持清华大学历史系的蒋廷黻却对这种学术风气有自觉反拨。他着手学科建设，名为考据与综合并重，实则偏向于为综合史学鸣锣开道。清华出身的何炳棣（1917—2012）回忆说，在1930年代的中国只有清华历史系才是“历史与社会科学并重，历史之中西方史与中国史并重，中国史内考据与综合并重”，“这种社会科学、中西历史、考证综合、兼容并包的政策，七七抗战前夕已初见成效，若无战争干扰和意识形态断裂，理应会于二十世纪后半结出累累果实的”（《读史阅世六十年》，广西师范大学出版社2009年）。郭廷以与蒋廷黻共事清华，对历史的宏观理解多有所共鸣。蒋在抗战期间写出大纲性的《中国近代史》，郭对这一本薄薄的小册子始终备极推崇，认为“具有分析度，文笔流畅，读起来非常有启发性”；历时多年、坚持不懈地编纂多部史事日志，无疑是为通史写作奠立基础；最后完成《近代中国史纲》，其实也在追步先贤，寻求一种对近代史的贯通理解。

另外，不像蒋廷黻具有海外留学的背景，可为史学方法论提供来自“西方”的奥援，郭廷以在国内完成教育，他所毕业及后来长期服务的院校，更是在学风上与北京大学及中研院史语所等新史学重镇遥相对立。“南高学派”独特的治学取向，体现在以柳诒徵为领袖的一批文史学者对“科学史学”所持批判立场中，他们不满于唯考据是尚而不能兼顾义理的学风，坚持不应为追逐史料而迷失整体。据郭廷以自述，在课外阅读及研究近代史的兴趣方面，受柳诒徵影响很大，其不满者仅在柳轻视考证，而对重视贯通理解、追寻历史规律性的努力，并无太多异议。郭廷以认为他的史学方法，主要得益于历史系主任徐养秋（1886—1972），“严格讲起来柳先生教我看书，徐先生教我方法”，而后者的治学特色恰在于强调综合、比较，富有宏观视野。他回忆说，徐师精通西洋历史及研究方法，中国学问也有根基，善于用中国的历史作例证来解释西洋的新史学方法，“教起来融会贯通，使人倾服”（《郭廷以口述自传》）。

《近代中国史》第一册成书时，郭廷以对自己的师承直言不讳：

> 编者研习史学，柳翼谋（诒徵）、徐养秋（则陵）两先生首启发之，而专力于近代中国历史，则实受罗志希先生之教诲，本书之编辑，所得罗先生之指导协助尤多。蒋

廷黻先生于近代中国史之学科研究，实与罗先生同开其风气，直接间接，编者亦受其相当影响。

回顾郭廷以在二十世纪三四十年代的史学活动，虽然难说“与当代流行学风无所瓜葛，方法宗旨各不相干”，但距离“科学史学”的主流确实稍显迂远，更与后来渐成气候的马克思主义史学毫无渊源，以致被后世史学史著者有意无意忽视，其中委曲也就不难理解。至于他在台湾草创近史所，进而培育成南港学派，真正称得上“自具源流，自辟进境”，而领导人较显特殊的教育背景和治学取向，也成为近史所与史语所之间产生持续紧张的远因。联系到郭廷以后来遭人攻讦，以致远走美国，中间也不无潜在脉络可寻。这些问题已经超出本文论旨，姑留待高明处置。

余英时曾以《易》卦之“既济”“未济”取譬，谈到专门研究领域发展，前者以“大师（或其学说）”为中心，较带封闭性，后者则以“学”为中心，更具开放性。他认为郭廷以创办近史所便是后者的代表，“近史所的多元化发展和成绩斐然，饮水思源，不能不归功于创始者的胸襟器识”。郭门大弟子唐德刚（1920—2009）治学旨趣与乃师迥异，而在晚年时动情回忆道：“他是我做 research 的启蒙老师，也是我平生为老师送葬的唯一的一个人”（《教我做 research 的启蒙老师——纪念业师郭廷以教授二十周年》）。郭廷以在大陆的学生刘敬坤（1923—2009）在 2003 年接受访问时，也谈到其师著述最大特点就是“忠于历史，不带政治色彩，事实就是事实，绝不能扭曲”，他遗憾地承认未能充分传继师承，但仍以受教为“毕生荣幸”：“毕竟郭先生是真正的近代史的开辟者，他对近代史研究的贡献最大，这一点是肯定无疑的。”（《刘敬坤先生访问记录》，《郭廷以先生门生故旧忆往录》）著名美国史学家魏斐德（Frederic Wakeman，Jr，1937—2006）一度陷于无边无涯的汉学传统无力自拔，无法为自己的事业准确定位，他将重建自信的关键，归功于“郭廷以的开创性伟业的启迪”，亦即把近代史视作一个独立自存的研究领域，他得以勇于承认自己不是一个汉学家，而不过是“一个有着一定的概括能力、同时又有着东亚地区某些研究知识的中国近代史家”(《遨游史海：向导师郭廷以致敬》)。

在学生们眼里，身材瘦高的郭廷以体格并不很强壮，经常穿着长袍，不苟言笑，声音低沉，口才并不算佳，——“永远是一副扑克牌的面孔”。这位曾经令人生畏生敬、毕生倾力于中国近代史教学和研究的“郭夫子”，已经离世近三十载了，而他留给我们的史学遗产仍然历久弥新。

（原刊于《传记文学（台北）》2011 年 7 月号）

前水复后水，古今相续流

——郭廷以和他的“史事日志”系列

郭廷以（1904—1975）是中国近代史研究的先驱人物，早年与罗家伦、蒋廷黻诸先生相过从，由垂手从教而至相与论学，交谊久长。自1928年起，已创拟《近代中国史》十九卷的宏大写作计划，并有意与罗、蒋合撰近代史以供一般阅读。1930年代以降，又陆续推出一系列“史事日志”类编年巨著。更为人知的是，他作为台湾“中研院”近史所首任所长，擘画创建，养成人才，使得一个新兴学术机构成长为近代史研究重镇，乃至卓然而立、孕育出享誉学界的“南港学派”。他生前完成的最后一部著作《近代中国史纲》在香港出版后，即受到学术界和读者重视与欢迎，先后3版13次印刷，继又在台湾刊行，目前在大陆也已有多个版本。今人论及郭氏史学贡献，常列举其多种以“史事日志”命名的著述。综计相关作品有《太平天国史事日志》二册、《近代中国史事日志》二册、《中华民国史事日志》四册。此外《太平天国历法考订》《郭嵩焘先生年谱》等书同属编年系事性质，也在所谓“年代学著作”范畴内。王尔敏归纳乃师史学功力所在，“基本上是春秋家正宗学养，研治史事，重视年代学”（《郭廷以先生与中国近代史之学术建树》，载《20世纪非主流史学与史家》，广西师范大学出版社2007年）。

可以说，史志体裁的写作几乎贯穿郭廷以学术生涯始终，堪谓其史学著述中最具特色的一种。

一

郭廷以出生在河南舞阳一个小康的地主家庭，由初小而高小，是最早一批新式学堂的试验者。1918 年考入开封二中，后转南京高等师范学校附中，1923 年被保送入东南大学历史系。柳诒徵主讲中国文化史，因材料不好解决，鸦片战争以降一段几乎无从讲起，授课只好参考日文著述，并要求学生对照《东华录》比读。这实际成为郭廷以接触近代史料的初步。他说，“初看茫无头绪，后来越看越有兴趣，从道光朝看到咸丰朝，再往前看看到乾隆朝，我另编出一套章节，很得柳先生赞许”。约自大学二年级，郭开始做读书笔记，并渐将札记范围扩充至记录时事。北洋时期军事繁兴，郭据能接触到的资料，随时记录内阁变迁、各省军队番号、驻防区变更、军官出身等等，并列出表格，这些工作为“后来研究现代史的准备”，可见其已有保存当代史料的自觉。

在东大最初两年渐摸到研究门径，但真正引领郭廷以进入近代史研究天地的，还是罗家伦。他大三时，罗聘入东大历史系，郭回忆当时课堂情形：“由于罗先生名气大，讲话风趣，最初上课轰动一时，以风雨操场做教室，文科学生固然要听，其他科系学生也挤去听。”罗家伦犀利的谈锋、崭新的观念，给他极大震撼，由此结下学术之缘。1927 年郭大学毕业，经罗家伦推荐，进入国民革命军政治部工作。时值北伐，战争一发动后，郭就以史家的敏感意识到这是一件“大事”，据报刊逐日记“大事志”。他所在的政治部下属编史局，专门收集国民革命军史料，因此有条件写作“日志”，为将来撰写军史做预备。郭廷以有过史料学训练，在搜集资料方面非常用心，据他自述：“当时我收集资料的范围很广，标语也加以收藏，并记载了某年某月在某地某个机构贴出来的标语，由此可发现军政方面变化的迹象。”

不久后，郭廷以转入中央党务学校编译部，一面担任编译，一面撰写民国大事志，范围渐渐前推，“把清末至最近的近代史大事写出一个大概，对研究近代史有了一个骨架了”。至1928年春，完成《清季史事日志初稿》，由中央政治学校印行。当年郭应清华大学新任校长罗家伦之邀北上协助行政，并以历史系教员名义与罗合授“中国近代史”。1930年离开清华，相继执教于河南大学、中央政治学校，1932年赴中央大学历史系任教，直至1949年。在中大郭廷以开设了近代史课程，并编写多部讲义，课余还常去各图书馆查阅资料。金陵大学是教会学校，英文书多，地方志也有七八百种，这里成为他读书的“福地”。郭晚年忆及在图书馆狭小阁楼上查书的情形：“我把所有地方志都看过，善本书也全看过，相当下功夫，当时为了防蚊子叮，穿好衣服，但逢暑天温度一高，汁流浃背，非常之苦。”利用北京、南京等地资料，“近代中国史长编”得以不断充实内容，覆盖时段上自十六世纪，下迄民国二十年代。他选出其中相对成熟的部分，以《太平天国历法考订》《太平天国史事日志》独立成书。后者原名《太平天国大事日志》，据中大学生王聿均言，

“改名可能是出于罗家伦先生的建议，史事日志是指与历史有密切关系的事件，而非一般事件”。两书出版后轰动一时，郭也由此奠立与简又文、罗尔纲鼎足而三的“太平天国史先驱大师”地位。

至迟不晚于1939年，《近代中国史事日志》写作已基本完成，但郭廷以精益求精，不愿匆忙定稿，加之抗战军兴，辗转耽搁，一直到六十年代，即台湾近史所时期才正式出版。郭廷以在该书“编者前言”中记述写作始末：

> 民国十五年（1926）夏，编者开始根据当时报刊撰写每日大事日志，同时着手辑录清季以来之部，参考资料，大都假自南京东南大学（后来的中央大学）、金陵大学、江苏省图书馆。十七年春，清季之部草稿初成，由政治大学排印。是后复利用清华大学、燕京大学、北京大学、北平图书馆的藏书，予以补充，二十七年至二十八年（1938—1939）由中央大学在重庆排印（自清季至民国二十年）。二十五年及三十二年两度准备出版，终觉不妥之处尚多而作罢。二十三年起，重行整理，一直到这次付印之为止。其间复乘1957年至1958年及1960年访美之便，参考西雅图华盛顿大学、伯克莱加州大学、哥伦比亚大学、哈佛大学及国会图书馆藏书增订，总计历时已三十余年。

当时《中华民国史事日志》也已初具规模，郭的多位弟子张朋园、吕实强、陆宝千、陈存恭等人对内容增补均有所贡献，而最终定稿是他晚年在纽约完成的。在生命最后一段时光，郭廷以仍旧保持着数十年前初操史觚时的工作热情，在美国各大图书馆搜集资料，逐日逐条加以增订，“到死还是没放弃”。该书出版经历了波折，张朋园后回忆说：“郭先生去世十年后，近史所才在所长吕实强的主持下，出版郭先生的《中华民国史事日志》。在此之前，我们几乎都认为郭先生这套书没希望出版了，因为那个时代，没有人敢批评政治，不像现在，就算你不喜欢总统也可以批评他，但在当时，你只有生闷气的份。”1985年，郭廷以最后的心血之作《中华民国史事日志》四巨册由近史所出版。无论如何，多种史事日志终得以汇齐出版，总算是对郭先生身后的一种告慰。

二

今日流传最广的郭著《近代中国史纲》完成于二十世纪七十年代，而往前再推 30 年，郭廷以还出版过两大册以《近代中国史》为标题的著作。这两册各达 600 多页的大书非一般意义上的近代通史，而是各以早期中外关系、鸦片战争为主题，按时序做“史料之整辑排比”的文献集，其性质不完全同于“史事日志”，但方法或内容均多近似。郭本人自承，在史学方面“比较影响我最大的是罗家伦先生……影响我最大有二，其一是注意外国资料，其二是研究近代史”。

1931 年，罗家伦发表《研究中国近代史的意义和方法》一文，就“科学的近代史”研究宗旨、方法及范围提纲挈领，直言“现在动手写中国近代史还不到时候”，“要有科学的中国近代史，非先有中国近代史料丛书的编订不可”。此文作为“引论”收入《近代中国史》第一册，同书“例言”说：“历史研究应自史料入手。以近代中国史论，现在尚为史料整理编订时期，而非史书写著时期。”史料取舍也严格按照罗所论以“原料”为尚，必不得已，始一用“副料”。

这类带有干燥的、实证气味的史学体裁，易造成一种刻板印象，让人以为郭廷以只是一个会写史事编年的“史匠”。其实撰写《近代中国史》时，除了排比史料，他还特别注意使分立不同的记载“互相联通”，各主题附以简要解说，以使读者获得“一贯明了之认识”。张朋园以今日眼光视两册《近代中国史》，认为其中“不只是史料，还有郭先生对史料的独特见解，并非没有解释”，并进而指出，解释历史的观念是由蒋廷黻所种下的。郭廷以在清华只待了短短两年，有一个重大收获，就是结识了蒋廷黻。二十世纪三十年代的北平学术界充斥“非考据不足以言学术”的空气，各大学史学课程日趋专门化，而主持清华历史系的蒋廷黻却对此学术风气有自觉反拨，偏向为综合史学鸣锣开道。郭、蒋有过一同工作的经验，无论重实证的研究路数，或历史理解的宏观方面，皆多所共鸣。按郭廷以的理解，“将史事按史时顺序排次，则全局悉入眼中，分条来看，容有支离破碎之感，综合参证，自有其脉络系统可寻”，理论上所谓待史料工作告一段落，再行深入研究，两者间并无截然分界。之所以视史事编年如此重要，在于他特强调历史连续性。郭廷以常以李白诗句“前水复后水，古今相续流”作喻，将史实视为前水、后水，为一种不能中断的永恒连续，“历史研究首须认清史事，方能了解它的意义；史事须以史时来联贯，史时失去正确，史事即因而紊乱”（《王聿均先生访问记录》，《郭廷以先生门生故旧忆往录》）。他还重视中西“交通”的因素，认为历史不可分，不仅时间有连续性，空间亦有交互性，所谓“六合为一国，四海为一家”，此种现象“以近代为尤著”。用郭廷以本人的话说，“自东西海道大通之后，愈形显著，到了中英鸦片战争，可说是急转直下”（《近代中国史事日志》，“编者说明”）。

三

对编写史志的工作本身，郭廷以倒看得相当平易。他视史志为“一部近代中国的综合记录”，认为是一种“极平凡而相当繁琐的工作”，并归纳“有兴趣”“肯耐烦”“广涉猎”“勤动笔”“慎选择”数项标准，在实践中身体力行。直到近史所时期，郭廷以仍坚持每日做本所《大事纪要》，起初由他自己亲写，后因工作繁忙，交由学生接手。他还极力提倡以“剪报”方式留存当代史料，近史所开创之始即开设一剪报室，由专人负责，连续三十年未尝间断。这种在今人看来近似简陋的做法，在当时不止是他治学的一种习惯，也是推之于近代史研究行而有效的一种手段。固然“高明之家不屑一顾，岂肯做此下手功夫”，但就长程的学术得失而论，如此“吃力而不易讨好的笨功夫”可能恰是最经济、最高效的。

原始资料的编年整理，不仅利己，而且利人。郭廷以在《太平天国史事日志》“凡例”中言：“编者个人只求为他人作预备工作，期能节省具有才识德学之史家之精力时间，于愿已足。”《中国近代史》“例言”亦声明如下：“本书编纂的目的，在能于史料之整辑排比方面，尽其相当力量，为后来史家做下若干预备工作。”堪谓长篇巨制的《近代中国史事日志》，除了以编年记事外，还特别附录了“总理衙门大臣表”“军机大臣表”“主要督抚表”“出使各国大臣表”等多张出处完备、制作精心的图表。正是这样一种“不计个人得失，求全面推进，不必功成在我”的治学精神，使得上述著述在学术史上获得其永久的地位。

郭廷以常向学生灌输“勤于动笔”的观念：“如果你看到什么东西，觉得有意思，应该马上动笔把它记下来，或写下自己的感想，日积月累才会有东西。”这实际上出于他写作史事日志的经验之谈。在他一手主持下，近史所藏大批外交、经济档案经分类编辑，陆续刊行，他鼓励学生“从档案中找专题自己进行研究”，要“勤于做卡片”。如果不是经过相当时期的史料整理训练，他是不放心让学生直接从事专题研究的。近史所最早出版的一批分量十足的“专刊”，实际上可以说是档案编纂工作的副产品。郭廷以还“到处劝人写年谱”，他明确不主张急于写史观式的著作，“非常反对虚拟的、架空的、天马行空的史观”（《郭正昭先生访问记录》，《郭廷以先生门生故旧忆往录》）。《郭嵩焘先生年谱》是他生平著述中唯一一部年谱，而这部作品实际是由蒋廷黻、郭廷以、尹仲容、陆宝千等几代学人共同接力完成的，这也见证了近代史研究进步的一个侧面。

郭廷以的史学观念与实践，对他一手创建的近史所治学风格有着深刻的影响。王尔敏归纳其师史学功力所在，正在以“年代学”来掌握历史转变关键。这被视作“郭夫子真传心法”“至精绝诣”，列其门墙者多具此特长，王自认为是“一个重要的传承弟子”，其他精于此学的同门还有陆宝千、王家俭、魏秀梅、李国祁、李恩涵等人。（《王尔敏先生访问记录》，《郭廷以先生门生故旧忆往录》）李恩涵后来总结说：“当时凡是遵照量宇师指示，肯下功夫的，如李国祁、王树槐、王尔敏、张玉法等人就有很好的专书著作；没有照他的方法去做的，在近史所待了三四十年也写不出一本好书的大有人在。”刘敬坤出自郭廷以在中央大学历史系所教的最后一班，也是他为数不多的留在大陆从事史学工作的学生之一。对于应在史料方面下的功夫，他在多年后有所反思：“很后悔没有照郭先生所说的去做，一直到后来我自己做研究，才发觉郭先生的路子是对的。”他承认在研究中国近代史的圈子里，郭廷以是一个“奠基者”，不过遗憾地表示——“目前在大陆，有几个人走郭廷以的学术路线，但却不是郭先生教的”。

（原刊于《中华读书报》2011 年 10 月 12 日）

十字街头钻古塔

——夏鼐与中国近代史研究的一段因缘

1934年10月，在考中第二届清华庚款留美公费生的考古学门类后，夏鼐（1910—1985）给中学同学兼燕京大学时期的室友刘古谛写了一封信，其中有段话特意录在了日记里：

> 我初入大学的一年是弄社会学的，后来转入历史系，已经是十字街头钻入古塔中，但是对于十字街头终有些恋恋不舍，所以要攻中国近代史，以便进一步剖析当前的社会。现在忽而改读考古学，简直是爬到古塔顶上去弄古董。离十字街头更远了，喧扰的市声，渐隐渐微了。在塔顶旧市中，微弱的阳光下，徘徊于蛛丝鼠迹之中，虽有一种“怅望千秋一洒泪，萧条异代不同情”的诗意，但是这岂是现代式的生活？我总觉得这是我的职业，应该在职业以外去找一个可以安心立命的思想或信仰。但是到哪里去寻这种思想或信仰呢？

此刻能从异常激烈的竞争中脱颖而出，“留美获中”，本应该不知怎样的欢喜才对，而上面这段夫子自道，却写尽了一个彷徨于前路的青年内心的纠结和迷惘。一般印象中，夏鼐是专业科班出身、毕生从事于考古学研究的一代宗师，却很少有人了解，在踏上考古之路以前，他的求学方向曾经几经转折，特别与中国近代史研究结下过一段不一般的缘分。

从燕京到清华

1930年秋，从上海光华大学附中毕业的夏鼐，考入燕京大学。燕大本非第一志愿，他更想进的是交大或清华，但因患沙眼病的缘故，无法报考工科。夏鼐在日记里回顾过去的一年，掩藏不住失落：“我对于将来的生活，是希望做一个工程师，在辘辘作响的马达旁边辛勤着、挣扎着，每天劳作几小时，然后划上一根香烟，躺在沙发椅上，悠然看闲书，这种生活是何等安逸和可爱。去年一年的生活便消磨在预备投考工科的功课，然而大考后，突然发现患有沙眼症是要遭淘汰的，这对于我实是无限的失望。”夏鼐入读的是社会学系，但本系课程却难餍人意，直到入学半年多，仍然没有建立什么专业思想。他读河上肇《经济学大纲》一书后，抱怨说：“我觉得上了这半年每周二小时的经济学课，得益实不如这几天读这书所得的多。我真有点痛恨误人子弟的教员，空废了人家有用的辰光，我更惋惜自己的错过，空废了许多有用的辰光去听无聊教员的教讲。”他对教会学校亦无好感，批评本系“主办的人是宗教中人，有点偏重社会服务，至于社会科学的理论，许仕廉这一班货色，连宗教的颜色眼睛也还没有脱掉，更休说资产阶级理论的隐身衣，当然是紧裹不放了”。夏鼐一度对生物学发生过兴趣，觉得它“很有意思”，“既没有像数学、物理那样的枯燥，要硬着头皮读下去；

并且又不像文哲科那样虚浮不切实，只讲空话”，但改系事须征求家庭同意，“只好从长计议”。

在燕大，夏鼐也接触到史学课，不过，课堂经验似乎不算愉快。1931年2月16日日记用素描笔法，记录了张尔田《史学概论》课上的一幕：

> 疏疏的胡须，杂乱的头发，进课室来毕恭毕敬地鞠一躬，然后坐下来。微微摇着头说话，苍白的唇间可以看出两列黄牙，中间已落下几粒。用两只手做着姿势来加重语气，使得坐在头一行的女性，掩口吃吃笑。他越发得意了，以为是学生们听得有兴味而笑了。越发高兴地说自己是想造就几个人而教书，却不知道这下面一大堆人都是为学分而读书。

这段略带文学趣味的日记，像极了鲁迅小说《高老夫子》的笔调，这中间明显有对燕大学风的不满，也未掩对老辈学者的失望。几天后，夏鼐还与同学由张尔田而起争论，日记写道：“我并没有他那样的拜服张先生……张尔田的思想，便在国学堆中，也不能适合。因为现在一班国学，正如他所说的充满着抄书匠的考据家，你来讲求义法，反要遭藐视。”

因为无法在课堂得到满足，夏鼐将大量时间用在了自修上。他对友人说：“我的念书成了瘾……我的读书瘾是喜欢自己读书，不喜欢有教员在后面督促着。”夏鼐读书很杂，对社会学、生物学、人类学、政治学、心理学等都有涉猎，还看了不少英文小说。午后阅报是“每日例行的故事”，近年的《东方杂志》，则差不多每本都从头到尾翻一遍，他承认说：“这种笨读的方法，也觉得很可笑。但是小规模的多看，我以为也有好处，尤其是不求成专家的我，多看本是消遣。”直到1931年9月，夏鼐有机会从燕大转入清华，对究竟选定哪一个专业仍没有确定的主意。他与同学曾经讨论这问题，日记中说：“我心中盘算着自己的转系到底怎样好呢？我现在非转历史系便转生物系，至于到底哪系好，临时再行定夺。”

近代史研究之初步

转学清华前，在史学方面，夏鼐读的主要是古史及译介的外国通史通论，对本国近代史则少涉猎。日记中一处记载，是1931年3月借《敬乡楼丛书》，读同乡前辈宋恕的《六斋卑议》，并有评论：“当年所谓维新党一班人的口气，政治、社会、教育、法律、学术一切都谈，然而每条都至多不过十几行。这令人想到当年一班维新人物的呆气和鲁莽，然不得不佩服他们的胆子大，不管懂不懂都要强说话。”入清华后不久，他的读书兴趣明显转向近代史。1931年9—10月间，花六天时间读毕李剑农《最近三十年之中国政治史》，又花八天时间读毕刘彦《帝国主义压迫中国史》，自11月开始，以每日数卷的速度通读《清太祖实录》。1932年元旦，设定“今年的计划”——预备读50部以上100部以下的书籍，特别提到“暑假中读点外交史的书，同时对关于中国通史已出版的书籍加以稍有系统的研究”。

此后两年间，夏鼐大范围阅读近代史料及著述，主攻方向则为外交史。载于日记的书目，包括《筹办夷务始末》、蒋廷黻《近代中国外交史资料辑要》、左舜生《中国近百年史资料》、王芸生《六十年来中国与日本》、罗惇曧《中法军事始末》、夏燮《中西纪事》，等等；同时也读英、法文书，如马士（H. B. Morse）和高第（Henri Cordier）的经典著作。他对理论书籍同样抱有兴趣，尤喜读列宁的书，认为《国家与革命》“令人一口气读下去不忍舍置”，《帝国主义》“精辟透彻”，还由此得到启发：“其着眼点是金融资本主义时代的帝国主义，即 19 世纪 70 年代以后帝国主义。研究中国近世外交史的，便更须要知道帝国主义的本质。而 19 世纪 70 年代以前的历史，似乎也有探究的必要。”

经过一段时期训练，夏鼐对近代史研究逐渐入门。他读《景善日记》，以左舜生辑《中国近百年史资料续编》相对照，即“忽生疑义，疑此日记为赝品”。还发现在欧美流行的 Mannix, *Memories of Li Hung Chang*（曼尼克斯《李鸿章传记》）一书问题多多，特撰《洋书辨伪》一文，证明此书实系“赝制品”，“是一位无赖的新闻记者所伪造出来的东西”。（《洋书辨伪》，《清华周刊》第 40 卷第 9 期，1933 年）《评萧一山〈清代通史〉外交史一部分》是夏鼐在清华期间写成的一篇重头文章，大胆与前辈商榷，不留情面，批评的内容包括（1）材料的分配布置，（2）史实因果的探求，（3）取材之未适当，（4）整理史料工夫之欠缺。而这些批评自有其坚实的根据，其解释之所以专评外交史部分，理由正在于——“余在近数年来所最注意研究的是外交史，而这书中最不可靠的部分刚巧也是外交史。”（《评萧一山著〈清

代通史〉外交史一部分》，《图书评论》第2卷第5期，1934年）

与蒋廷黻的师生情谊

夏鼐对近代外交史情有独钟，很大程度上受到曾任清华历史系主任的蒋廷黻的影响。他不仅选修蒋的“中国近代外交史”课，而且在课堂外多所请益。蒋著《近代中国外交史资料辑要》是他花了很多功夫研读的一套书。1932年11月20日记：“作蒋廷黻编《近代中国外交史资料辑要》的书评约六七千字，费了我搜集材料的工夫不少。”11月25日，往访蒋廷黻，并记录谈话：“蒋师对于提出之补正各点完全接受，但对于商榷之点，则以著书之困难，及本书之作其目的完全在于作补充之参考书，故许多地方与独立成书者不同，非同时兼阅其他参考书（如马士《中华帝国对外关系史》之类）不为功。”此后，夏鼐果将马士与蒋廷黻二书“对勘而读”，并有不少发现。这篇书评刊在《图书评论》，是为夏鼐第一次在校外刊物发表的文章（《评蒋廷黻〈近代中国外交史资料辑要〉》，《图书评论》第1卷第6期，1933年），这鼓励了他的研究信心，“明知道这些算不得什么，但眼见得自己辛劳所获的成绩居然有人赏识，则其喜也可知矣”。

夏鼐最感兴趣的研究领域是鸦片战争。他陆续发表《评武堉干著〈鸦片战争史〉》《〈道光朝筹办夷务始末〉订误一则》《百年前的一幕中英冲突——拿皮耳对等权的失败》《鸦片战争中的天津谈判》等文章，都与这一场被视作本国近代史起点的战争相关。1932年10月18日，始读道光朝《筹办夷务始末》：

> 这四卷大部分都是关于禁烟的奏稿。因为当时编者的意思，以为中外开衅由于鸦片问题，即今日大部分人还抱这种见解；其实当时西洋适当工业革命以后，生产力扩张力求新市场，而中国却还抱闭关政策，自然引起冲突，鸦片问题一导火线并不是主要的原因。

至1933年2月，读毕前60卷，并作小结:“其中颇多新材料。今阅至60卷，即道光十六年许乃济提议开放烟禁起，至二十二年签订条约。阅此书时颇缓慢，以同时校对《清朝全史》及《清代通史》二书，加以订正或补充，颇费工夫也。”

鸦片战争也是蒋廷黻的研究专长，而夏鼐读史料的一个目的，也是试图与蒋对话。同年2月4日，读书有发现：“《始末》中文件有一条系属误论，连蒋某也看不出来，大喜！草成考证大纲，有暇当扩充之成一篇文章。”2月7日，作《道光朝筹办夷务始末订误一则》5000余言，“自读颇为得意”。2月21日，在马士《中华帝国对外关系史》第一卷附录中又见另一强证，“不禁大喜”。所谓的“订误”，具体是指《始末》中一件认作道光二十七年（1847）七月廿二日琦善奏折的附件，实为同年八月初九日奏折的附件。夏鼐承认说“为了订正这样一点小错误，竟费了五六千言，似乎是呆气太重了”，但之所以做这篇文，是有两种目的: 其一，颠覆国人关于鸦片战争中两个形象的认知，即“林则徐先生的偶像”与“秦桧第二琦善的铁像”。关于后者，正是蒋廷黻《琦善与鸦片战争》一文已经详驳的，他进而补充说:

我想做一篇《鸦片战争中的天津谈判》，说明在惊涛骇浪的鸦片战争中，为什么有一刹那的风平浪静的境界，以及琦善在这一次谈判中的地位。着手搜集史料，当前的碍物便是这一件附在七月二日奏折中的照会。……如果这是八月初九进呈的，换言之，是七月廿五日接到谕旨训示后所作的，那么琦善不过是“钦遵谕旨”而已，算不得是擅自许和。这十几日之差，关系很是重大，颇有可考证的价值。

其二，用此具体个案，示范史料鉴定的必要性及方法。他说：

像《道光朝筹办夷务始末》这部书，无疑是第一等的史料，尚且仍有关系重大的错误。我们引用价值较次的史料时，越发要步步当心，谨防受骗。至于我不嫌烦长，详细的说出如何发生疑问，如何提出假设，如何搜集材料，以及推翻或立定假说，以及最终如何得结论，目的是想写出我作这考证时的思维过程。这是一种严格的考证法，骤观之似乎太“吃力不讨好”。但是我们如果想把吾国史学建立在科学的基础上，则非先作这种吃力不讨好的工作不可。如果不先经过这种科学的考据方法，便率尔操觚，那是在沙滩上建筑九层宝塔，永远不会成功的。

由此来看，此时的夏鼐对近代史研究已有相当成熟的理解，假以时日，可期在这一领域大有一番作为，他自己也有如此抱负——“用谨严精密的方法，细心来搜集和鉴定史料，然后才能做综合的工作，将组织完美的历史显示于一般读书界”（《〈道光朝筹办夷务始末〉订误一则·附识》）。

夏鼐的鸦片战争研究颇得蒋廷黻的奖励和指点。1933 年 3 月 6 日记：“上午赴蒋廷黻先生处取回《夷务始末订误》一篇。蒋师云此篇颇佳，但篇首废话可以删去，又言鸦片战争史中天津谈判一段殊难研究……”而《鸦片战争中的天津谈判》一文，可说是在蒋廷黻全程指导下完成的。4 月 17 日记：

> 《史料旬刊》有鸦片战争中英相致华相公文，与《夷务始末》中所收者不同。上午至蒋廷黻处询问，据云《史料旬刊》所收者较可靠，以曾于大高殿军机处档案中见原本，用西洋纸书写，有英相签字。惟《始末》所收者其来源如何，殊难考究。

5 月 8 日记：

> 将前作《鸦片战争中之天津谈判》交蒋廷黻师阅，请求指正。

5 月 15 日记：

> 上午赴蒋廷黻处取回《鸦片战争中之天津谈判》。蒋师云：现可利用之材料甚少，故在今日可成为暂时的结论，

大致尚不错。

夏鼐的毕业论文，也选择了蒋廷黻作导师。1933 年 9 月 27 日记："今日赴蒋廷黻先生处，将《鸦片战争中的天津谈判》一文作最后的商酌，但郭女士在那儿，我便有些踌躇，乃借口择定专题研究题目，匆匆选定《太平天国前后之长江流域田赋情形》，便告退了。"毕业论题的择定似乎有些仓促，没有选一直用功的外交史，而另择经济史的题目，有些令人不解。12 月 22 日，论文大纲面呈蒋廷黻，蒋表示："大纲尚妥，无问题。惟参考书尚希望再阅几本。"夏鼐继续广搜材料，在这方面，蒋给予了直接帮助。12 月 29 日录有蒋廷黻致北平社会调查所所长陶孟和一信，文曰：

> 孟和兄，清华同学夏鼐，现正研究咸同时代长江之田赋问题，尊处所抄录之档案，可供其参考否？其中或有少数，夏君须抄录，如蒙允许，夏君拟于寒假内至尊处工作一二星期，如何之处，请示知。专此即颂公安。弟廷黻。

自 1934 年 3 月 25 日开笔，至 5 月 27 日完稿，夏鼐用两个月时间完成了毕业论文，他说："今天写完毕业论文，放下笔来，嘘了一口气。这半年被这件事情累死了。全篇共 4 万余字，是有生以来所写的文章中最长的一篇了，但是不满意处仍很多……"蒋廷黻的指导意见也被记录下来：

据云，毕业论文已阅，做得颇不错，但希望修改后再发表。又说我的文章的弊病，一在贪多，因之屑琐散漫，不能擒住主要点去发挥，所以这一篇4万多字本子，最好能删成3万字左右；二在文气不尊重，常夹杂报章杂志通俗文章的油腔，学术论著应严肃一点。又指出篇内有一处以江苏情形推论全国，中国各地情形不同，此种推论太危险。

论文在答辩时颇获好评，校外评委傅斯年评价为“取材丰富，组织严谨”（徐贤修《悼念旷世的考古历史学家夏鼐》，《传记文学》第49卷第4期）。后经修改，以《太平天国前后长江各省之田赋问题》为题，由蒋廷黻推荐发表在了《清华学报》第10卷第2期。当时的夏鼐肯定未料想到，三十年后他在“文化大革命”中受到冲击，还为了这篇旧作被迫检讨，自称是“在反动分子蒋廷黻的指导下所写作的毕业论文，在政治观点上完全是站在反动的一方面的”（1966年6月28日）。当然，这已是后话。

“生活史上划时期的一年”

1934年是夏鼐在清华的最后一年。他在这年元旦日记中写道：

今年也许是我的生活史上划时期的一年，至少可以说，我一生的事业是决定于今年。对于这样重要的一年，我却到现在为止还没有一定的计划，偶然想起下半年的问题，常令我有一种渺茫难捉摸之感。

完成论文后，紧接着面临的问题就是毕业后的去向。这方面，夏鼐初无确定的主意，甚至有些茫然。6 月 19 日与刘古谛等老同学聚餐，得知各人均有留学计划，“反顾自己的前途，顿生渺茫之感”。6 月 22 日毕业礼，听过演讲嘉宾胡适的讲话，心绪仍旧黯然：“根据自己这几天的经验，毕业即同失业，什么也谈不到。胡适所说的，依旧是局外人的风凉话而已。”夏鼐意在继续求学，清华研究院是一好的去处，蒋廷黻适时予以点拨，告诉他“今年机会很好，将来希望较大，如继续研究中国近代经济史，将来可赴伦敦经济学院去研究……”又指导他预备初试，甚而开列了将来可选的论文题目：（1）清代贵胄（一、二品）之出身（贵、富）；（2）清代督抚之分析（出身、职权等）；（3）清代御史制度（或限于对外交问题之见解及其效果）；（4）清代驾驭藩属之政策；（5）清代满汉势力之消长；（6）清代军机处之始末（组织，职权，人员，变迁）。对研究院考试，夏鼐看得很重。他预想中，进研究院是毕业后一个保底的出路，承认“平生所经考试为数不少，从未有如此考试之不宁者，最大之原因，由于落第后即无处安身”。

夏鼐更希望的，是出国留学。1934 年清华留美有 2 个历史专业名额，一为美国史，二为考古学，都不符合他的研究方向，但他最终还是报了名，并选了考古学门。结果出来，两场考试都考取了！研究院录取 15 人，清华历史系唯一考中一人即夏鼐。留美考试的揭晓更带点戏剧性，先是有小道消息说，考古学门成绩最佳者，英文作文首句为“My special line of study in history”（我学习的专业是历史），此即夏鼐作文的首句，预示中的希望极大。当天日记：

> 辗转不能成寐。我不仅喜中公费生，并且另有一种伤感。如果这个属实，则此后我的生命史将翻过一页，眼前展开的是一条完全未曾践过的新路。

10月2日，结果正式发表，考古学门录取者为夏鼐、朱延丰、谷霁光，夏鼐成绩最高。他在兴奋的同时，又生出一份踌躇：

> 自己果然获取，前几天的传言证实了。不过自己本来预备弄的是中国近世史，这次突然考上了考古学，这样便要改变我整个一生的计划，对于这样一个重大的改变，我并没有预料到，我有些彷徨无主。

按规定，留美前需在国内准备并实习一年。因此，夏鼐于1935年春以实习生的身份在河南安阳参加殷墟发掘。他当时似乎还转不过弯来，日记里留下不少自怨自艾的独白。3月17日记：“自家本是埋首读书的人，考古学的田野工作，注重组织及办事能干，殊非所长也。”4月10日记：“我自己觉得对于书本的嗜好，仍是太过分，对于田野工作的兴趣远不及对于书本的爱好。”

1935年的留美公费生设有经济史一门，夏鼐得到这个消息后，“殊后悔去年之投考考古学也”，甚而希望梅贻琦校长能出为斡旋，帮他将留学专业由考古学转为经济史。4月11日，接好友吴晗的来信，“告诉与校长接洽的结果，此事恐无望……经济史一事，既已无望，死心塌地去干考古学。瞻望前途，心中实懔然自惧也”。5月4日，吴晗续来一信：

寿民（刘崇鋐）先生与梅校长接洽，梅意见如欲考经济史则必须放弃考古学，因兄为本校学生，如一通融，必将引起各方责备及纠纷也。梅校长并谓，拟别致函劝兄早日决定，如决考经济史则将去年这考古学取消，今年另增一名经济史云云。事已如此，为兄计只能咬牙硬干，如抛去去年已得之物，另寻生路，毕竟不大妥当也，如何？

这对夏鼐来说，无疑是个坏消息，“结果如此，殊令我失望，恐我只好咬牙硬干矣！”但在安阳发掘现场，他已感到意兴阑珊，“对于田野工作，已有些生厌了，觉得它的单调，不生兴味”。与前来视察的前辈考古学家李济的一番对谈，更触动了夏鼐内心的苦涩：

李先生问我：“觉得田野工作滋味如何？这是一辈子的事情啊！”我只得苦笑而已。青年人所怕的不是吃苦，而是知道自己的命运被决定了，只能做第二三流事业中的第二三流人物。无疑的，我是不适宜于田野工作的，这不是指体格方面而言，而是指生活习惯而言，我的素养使我成为书呆子，关于统治工人及管理事务各方面皆是一个门外汉，勉强做去，未必见功，可是这有什么办法可想呢！

至5月14日，事情终有了一个结果。当天日记：“我始终觉得自己不配作考古学家，但是命运却偏与作对，今日接到梅校长的来信，谓依校中规定：如欲投考经济史非放弃考古学不可，叫我早日决定。我恨不得赌气抛弃考古学，但是仔细一想，却又不敢，我只好任着命运的摆布了。”经过一番心理挣扎与自我说服，夏鼐决定接受“命运”。后来他读到Petrie，*Seventy Years in Archaeology*（皮特里《考古学七十年》），由彼况己，有感而发，下面一段话或是总结过去，同样也是勉励将来：

> 作者并没有受过正式的教育……与他一比较，我所受的教育，自然是完备得多，但是我所读的多是偏于文史一方面的东西，与考古学不生关系，自己对于古物虽有嗜好，在初中时便喜欢拣古钱，但对于用人办事的才干太差劲了。现在由于偶然的机缘，逼入考古学的领域，将来的成败，实属不可预料，我只好不断努力，聊尽己责而已。

余声

夏鼐转入清华，选择了读历史系，用他自己话说，“十字街头钻入古塔中，但是对于十字街头终有些恋恋不舍”。1931年12月25日，作《史记·六国年表》校注，由此而起一番自我审视："一方面自己得意，居然能'细心校读，一字不苟'地念古书；一方面又替自己恐慌，恐怕因此跌入故纸堆中翻不转身，成了一个落伍者。不过念历史的人又不能绝古书而不读，此种矛盾不知该怎样解决才好。"夏鼐主攻近代史，除去追求学问的兴趣，也是为了"进一步剖析当前的社会"。大学毕业后，因偶然的机缘，阴差阳错地走上了考古学之路，距那十字街头似乎更远了。夏鼐的好友吴晗对他说："昨天你还是预备弄近世史，今天突然要将终身弄考古学，昨夜可以说是你一生事业转变的枢纽，这一个转变实在太大，由近代史一跳而作考古，相差到数千年或数万年了。"

夏鼐对考古学初无兴趣，甚至看它不起，觉得不过"第二三流事业"，又认定自身性情、能力皆不适合考古，到头来学术上只能做到"第二三流人物"。但他确是极聪明，又极用功的人，求学道路上徘徊旁顾，几经转折，一旦择定了道路，就能走得很远。

顺带值得一说的是，到英国后的最初一段时间里，他还常见猎心喜，未能忘情于近代史研究。1935 年 11 月 25 日，访 Public Record Office（国家档案馆），慨叹"关于中英外交之档案，达 1000 余册，可谓多矣！可惜现在自己已改行，否则治中英外交史真是方便"。11 月 27 日，至不列颠博物馆，即发现此处"颇多近代史之材料"，而"萧一山前次在此抄去不少，加之自己现在已改行，不值得去抄，但仍恋恋不忍舍，只好说是旧情未断了"。当年留美公费生名单发表，经济史一门获中的是一位南开生，夏鼐在日记还不忘小小地赌气一把——“假使我的要求获准，真不知鹿死谁手呢！”

（原刊于《读书》2013 年第 1 期）

清华园里的夏鼐与吴晗

1980年1月14日，夏鼐（1910—1985）日记写道："下午在家，开始写作《我所知道的吴晗同志》一文。翻阅1931—1934年日记，快50年了，不禁感慨系之。"这是经历"文化大革命"劫波之后，夏鼐为老友兼老同学吴晗（1909—1969）所写的回忆文章。在他笔下，三十年代初的清华园被喻作《早春二月》中的芙蓉镇，一座"世外桃源"（《我所知道的史学家吴晗同志》）。在那里，夏鼐和吴晗一起度过大学时光，由此结下超过三十年的友谊。夏鼐对清华园寄托了太多情感。而今天，再读《夏鼐日记》，可以发现在那里除了有世外桃源般的梦幻，其实也见证过一群年轻学人的激情、苦闷与迷惘。

第一次见面

夏鼐是温州人，吴晗是义乌人，算起来是浙江同乡。到北平前，都有在上海读书的经历，夏鼐在光华大学附中完成高中学业，吴晗则求学于中国公学。进清华前，都与燕京大学有过一段渊源。1930年夏鼐考上燕大社会学系，次年转入清华史学系；而吴晗几乎是前后脚北上，初打算转学燕大史学系，因错过考期未成，继在燕大图书馆中日文编考部谋到一份工作，1931年初又辞职，分别报考北大和清华，几经波折，终被清华史学系破格录取，成为二年级插班生。相比于夏鼐，吴晗的求学道路走得没有那么顺遂，但他足够幸运，遇到了前中国公学校长胡适这样的贵人大力提携，有人甚至说，胡适是他“开展生命新途的引路人”（潘光哲《胡适与吴晗》，收入《何妨是书生：一个现代学术社群的故事》，广西师范大学出版社 2010 年）。

两人同一年进清华，同系但不同级，据夏鼐回忆：“当时清华大学制度，自二年级起所开课程多是选修课程，而我又须补读历史系一年级的一些必修课。那一年中，我们很少共同上课（也许便没有），所以当初并不相识。”真正结识已是在入学一年后了：

> 第二年（1932 年）他担任清华学生会所办的《清华周刊》文史栏主任，看到我所投的几篇稿子，他采用了。是年十月的一天，他来了一张条子，约我去面谈。我们虽然已经同学了一年多，这还是第一次正式相见面谈。我们谈得很融洽。我最初觉得他是以一个老大哥的身份来招呼我的，加之我不善于与陌生人交际谈话，所以初见面时有点不自然。但他是那么爽直和坦白，谈了一会儿就驱散了我的拘谨。

复按夏鼐日记，回忆日期微误，初见那一幕发生在 1932 年 11 月 24 日：“晚间往见吴春晗君接洽现代史学社事。同学同系已一载余，此次尚为第一次见面。顺便谈到明史及清史之事，谈了一点多钟才回来。”

这一年，吴晗二十三岁，夏鼐二十二岁。前者还用“吴春晗”

的原名，在夏鼐印象中，“个子不高，戴着近视眼镜，衣着朴素，几乎终年穿着一件布大褂……刚年过二十，但已是一位饱读古籍的青年学者了”。入清华前，吴晗已写成《西汉的经济状况》《胡应麟年谱》等有分量的作品，在学界初露头角。甫一入学，即显示出超人一筹的学术能力，用“辰伯”的笔名在《清华周刊》上连续发文近二十篇，入学第二年被该刊聘为文史栏编辑主任。他热情、肯干，善于组稿和网罗作者。夏鼐正是向《清华周刊》投稿的一个新人，因文章受到注意，故被约请去面谈。尽管两人不过相差一岁，在面对面的交谈中，吴晗明显表现出更强的“气场”，而夏鼐也自觉推崇他为“老大哥”。吴晗的传记作者还专门引用夏鼐的上述回忆，认为这“形象地记载了当时吴晗的活动才能”（苏双碧、王宏志《吴晗传》，上海人民出版社 1998 年）。

今人笔下，清华时期的吴晗被冠以“颇有名气的大学生”“青年学术活动家”等名号，并非过誉之辞。他不仅参与校内活动，在社会上也有广泛交游。在燕大时，已结识陈垣、顾颉刚、容庚、钱穆、张尔田、邓之诚等前辈学者；入清华后，与陈寅恪、蒋廷黻、雷海宗、朱自清、闻一多、郑振铎、俞平伯、金岳霖、冯友兰等名教授都有交往；又常进城，到胡适家做客，自然与在北大执教的一些学者相结识。正因如此，吴晗很早就在北平学术圈有了一席之地，受到名流学者的赏识，如郑振铎还专门约请他一起创办《文学季刊》。吴晗在自传中，尽管自辩说与胡适、顾颉刚等人往来“并不多”，但也承认“他们很看重我，以为将来一定可以成为如他们所期望的资产阶级的学者”（《吴晗自传》）。

夏鼐的聪敏和苦学，均不少让于吴晗，然在性格上，完全是另一种类型。他沉默、内向、不擅交际，平时除了读书，还是读书。自学填充了业余时间的全部，而他内心并非不渴望积极的社交生活，日记里常流露的，是青年的敏感与苦闷。1931年1月19日记：

> 我真痛恨自己年来畸形的生活，使自己的心情、习惯竟铸成那样落落寡合的状态，在同学交际会的时候，时觉局促不安。

1932年1月14日记：

> 今天在上中国通史课时，正在等待着教师的来临，大家谈笑声音充满了课堂，我忽然感到寂寞的袭来，心中充塞着伤感的情调，觉得自己似乎离人群愈来愈远了，嚷闹声、喧笑声变成无意义的乱响，引不起心弦的共鸣。

1932年4月3日记：

> 我现在的心情受两种势力的冲突，一方面深感觉自己的孤寂怪癖，有结交朋友的必要；一方面又是宝惜自己的光阴，以为“群居终日，言不及义”，总与自己的性情不合，然而所谓“淡如水”的“君子之交”又是可得而不可强求。

终于只好决心任之自然，力求适应当前的社会环境，固然不必勉强钻入人群之中，然也不必望而去之。

1933 年 1 月 23 日记：

我时常自己思索，觉得自己似乎太与社会相隔离，与交际场所无接触，只有人家敷衍我，如果要我来敷衍别人，便觉得是莫大的苦痛。

1933 年 4 月 4 日记：

我是喜欢孤独的人，是喜欢热闹中的孤独，若像今日这种野庙孤僧的生活，独自在游廊上踽踽而行，与尘世相隔绝，那是连我也觉得太孤寂了。所谓“交游之乐”便是慰藉这种孤寂，我的朋友太少了。

夏鼐常常感到“孤寂”“朋友太少”。而吴晗算得上是他在清华时期结交的为数不多的朋友之一。

“天下英雄，惟使君与操耳”

吴晗看重夏鼐有做学问的潜力，拉他加入史学社团，又常约稿。起初，夏鼐还是有些不自信：“我也很想借这个机会练习写文章，既已以史学为终身事业，做文章的事安可忽略，但又有些胆虚，深恐把不成熟的作品冒昧发表，贻留笑柄……”

他在《清华周刊》发表《秦代官制考》《〈道光朝筹办夷务始末〉订误一则》《魏文侯一朝之政治与学术》《洋书辨伪》《二程的人生哲学》等多篇文章，这与吴晗的鼓励是分不开的，甚而受邀接手《清华周刊》文史栏的编辑工作：

有一天，他忽然来找我。他说：他已决定不再担任文史栏主任的职务，他要推荐我来担任。我拒绝了，我说我不会组稿，不能干这种工作，还是由他继续干下去为是。他劝我说："答应下来吧，不要害怕，你会办好的。拉稿的事，我帮你的忙。我所以要你来替代我，因为我有朋友，也有敌人。你呢，你似乎没有很亲昵的朋友，但也没有反对你的敌人。"

这件事发生在1933年2月22日，夏鼐当时心理是——"好名的心是一般人具有的，但是我不会拉稿子。假使自己做则功课太忙，至多仅能做三四篇，内容未必满意，而字数定不会多，故只好拒绝。"不过，架不住吴晗苦劝，最后还是答应下来。拉稿方面，吴晗帮了不少忙，那年《清华周刊》（第三十九卷）文史栏的稿子大多由他拉来，尤其第八期"文史专号"更是如此，夏鼐主要负责审稿和退稿。日记记有不少两人合作情形。4月15日记：

上午遇吴晗，询其曾否向钱穆先生索"文史专号"文章，据云已向之索取。张德昌患伤寒入协和医院，病愈后或可应征一稿。顾颉刚处当再向之索取，或有希望。

4 月 24 日记：

下午马玉铭君来，询文史专号稿件甚罕将如之何。乃往见吴春晗君，托其代拉稿子，并约其自作之稿，至少 2 万字以上。今日下午西洋近百年史没有去上课，便是因为与吴君在合作社中接洽这事。

4 月 27 日记：

晚间与马玉铭、吴春晗商酌文史专号稿件排列方法。

然而夏鼐终非擅长行政之人，一段时间后，痛感疲于应付——“半年的工作使我深感到来稿不少而可采用的太少，拉稿不易而退稿更难，由于退稿，不知得罪了多少投稿者”。不久步吴晗后尘，不再继续干下去了。

围绕《清华周刊》的编辑工作，两人有很多切磋机会。吴晗对清史著作有所批评，认为《清朝全史》关于外交方面，“多采取马士一书，发明之处较少”，又萧一山《清代通史》“虽为巨帙，而抄袭成书，无甚发明，而各部分间之联络，亦不能指出，以其缺社会科学之根柢也”。这些谈话直接启发了夏鼐，也是他后来写作《评萧一山〈清代通史〉外交史一部分》一文的缘起。对吴晗的学问，夏鼐有佩服，也有商榷。1933 年 2 月

26日记：

阅稿：辰伯（吴晗）《汉代的巫风》……辰伯对于西王母故事研究有素，此篇虽以《汉代之巫风》为题名，而仍以西王母故事为主。虽篇幅不多，而功夫自见，可以采用。

3月15日记：

阅稿：辰伯（吴晗）《读史杂记》……辰伯君专治明史，此篇寥寥十条，然非多读书而精读者不能下笔。虽所举多细节，然具见苦心……惟此篇之划分方法未见佳。校记之编次或依原书，或分种类，此篇最好采取后法，以示典型的误错。将来成为专书则应该用前法，将此意作成一信以给吴晗君。

夏鼐去信提出意见，很快就得到回应，有谓“来示指出弟文编次不当，卓识精见，语语自学问中得出，清华园内治此，惟兄与弟二人，鲰生何幸，得拜面铖”云云。对吴晗热情满溢的回信，夏鼐加有按语——“大有‘天下英雄，惟使君与操耳’之慨。实则我并无此野心。”

吴晗出身于清华史学系，研究方法上却“受了胡适之极深的影响，治学钻到考据的牛角尖里去”，他承认“治学的方法，以致立场基本上是胡适的弟子”（《我克服了“超阶级”观点》）。夏鼐在清华最亲近的老师是蒋廷黻，无论选择外交史为研究专攻，还是“用谨严精密的方法，细心来搜集和鉴定史料，然后才能做综合的工作，将组织完美的历史显示于一般读书界”(《〈道光朝筹办夷务始末〉订误一则·附识》)。这般宏远的学术抱负，皆受蒋氏所倡新史学指引。夏鼐的另一好友王栻在某次谈话中，直言“垦荒时代的史学界，考据工作似乎可少，因之不适于考据工作者，虽有综合之能力，亦英雄无用武之地，殊为可叹”，他亦深以为是，觉此“确有一部分的真理”。

清华园里史学双子星各具光芒，而吴晗这一颗无疑亮得更加耀目。夏鼐自谓缺乏“野心”，却未必没有竞胜之念。1933年上学期大考后日记：“教务处将此次考试成绩发表，外交史和史学方法都是E-，外交史得E-者仅我一人，得S-者亦仅吴春晗君一人，其余不外N、I、F……”一位张姓室友直接拿他来与吴晗做对比，也令他内心泛起了一层波澜。1934年2月20日记：

> 今天晚上，小张忽同我谈起说：“鼐！你的处世方法非改换不可！我遇见几个同学都不知道你的姓名，大家谈起历史系的高材生，都仅知吴春晗不差，而不提起你的姓名。我知道你不差，但是你的手段太拙劣，不会到教授处谈谈，与同学多接触，弄成了姓名不闻于清华。这也许与你将来的前途有碍，即欲作埋首研究的学者，也多少应该讲究些交际的手段。名过其实原属非是，但至少要名实相符。然而你的名声却远不及你的真实学问，我劝你要改换生活，不要关起门来读书。”

因这番话夏鼐受到不小的刺激，有过严厉的自我批判，而末了还是接受了“性格即命运”的现实——“我自己岂不知道自己的弱点，岂不感得改正自己弱点的必要！然而十余年来的生活养成了我的惯性，虽欲改变而不可得。违背素性行事，局蹐不安，反觉啼笑皆非。”

十字街头和塔

1954年夏鼐重读清华园日记，有一段补记：“1931年是惊动世界的‘九·一八’事变的一年，全国蓬勃兴起救亡运动。然而我仍沉迷于读书生活中，可见我当时民族观念的淡薄，有点醉生梦死！今日翻阅，不禁汗流颜赤！”“醉生梦死”或是事过境迁的“自我批评”语，实际那时书斋中的夏鼐也曾经激动于窗外“喧扰的市声”，并且为如何选择而迷茫。1931年3月8日，读到《大公报》上有“要硬硬不起来，要软软不下去，不硬不软，又不甘心”一段话，深以为“这真道着现代青年的心理”。当年选择清华史学系，固出于追求学问的欲望，却也未失掉求解社会问题的初衷，用他自己话说，“已经是十字街头钻入古塔中，但是对于十字街头终有些恋恋不舍，所以要攻中国近代史，以便进一步剖析当前的社会”。

然而，学院与十字街头咫尺天涯，他常有一种紧张：一方面得意，居然能“细心校读，一字不苟”地念古书，一方面又替自己恐慌，怕因此跌入故纸堆中翻不得身，成了一个落伍者。“念历史的人又不能绝古书而不读，此种矛盾不知该怎样解决才好？”1933年1月9日记：

今日预备中国上古史，但精神散漫不能集中，颇为痛苦。惟国事至此，民族存亡不可知，更无论此戋戋之分数问题。

1月15日记：

国难当前，书生已成废物，所谓“文不像录誊生，武不像救火兵”，还是干自己的事情去好。心想作成《上海制造局的编译西书始末记》。这件事情是中国当时“富国强兵”思想的具体表现，此种思想直到民国时还不衰，成仿吾学兵科，鲁迅、郭沫若学医科，胡适学农科，都是受这种思想的影响。

再往后，夏鼐由近代史改读考古学，其自认“简直是爬到古塔顶上去弄古董，离十字街头更远了，喧扰的市声，渐隐渐微了”。在那个时代，此种精神困扰并不只属于他一个人。吴晗进清华后，得到胡适来信鼓励，一一指点治明史之门径，对于胡老师的希望——“训练自己作一个能整理明代史料的学者”，他是欣然受之的，并相信“光耀所及，四面八方都是坦途”。然而，不久“九·一八”事变发生，次年“一·二八”接踵而至，吴晗在图书馆还能安坐么？1932年1月30日，写给胡适信里，其内心的痛苦纠结跃然于纸上：

翻开任何国任何朝代的史来看，找不出这样一个卑鄙无耻、丧心病狂的政府，也很难找到这样一个麻木不仁、浑浑噩噩的国民。学生不应离开学校去作无聊的举动，如发传单、喊打倒之类，但是应否作个别行动，为自己争人格，为政府争光荣，这行动是否有意义？学生一无可杀人的枪械，二无可凭借的势位，三无可号召的群众，空口说“救国”是否有用？假如不，看着人家出卖你的父母兄弟，听着若干千万同胞的被屠宰的哭声，成天所见到的消息又只是“屈服”“退让”，假使自己还是个人，胸膛中还有一点热血在着的时候，这苦痛如何能忍受？（《吴晗致胡适》，《胡适来往书信选》中册，中华书局 1979 年，第 103 页）

吴晗“盼望先生指示一个出路”，而胡适惯有的让学生勿放弃书本和实验室，去努力收获“科学救国的奇迹”的论调，能解决他的思想痛苦么？吴晗在《清华周刊》发表的《感事》诗有“回首辽阳惊日暮，温柔乡里着鞭先”一语，似乎在回答他自己提出的问题。在清华那几年，吴晗还是坚持了读书的本分，他后来说：“一般的学生活动都不参加，进步的我不懂，国民党的那一套我讨厌，成为一个超政治的完全不问世事的书呆子”，亲密的朋友们叫我‘腐儒’。”（《吴晗自传》）不过，上述那封信的思想底色已经和胡适辈力倡的“读书救国”论不相吻合了，隐伏其间的两歧冲突，实已发出吴晗由象牙塔走向十字街头的先声。

有趣的是，在夏鼐的观察中，胡适同样难逃落伍的印象。1932 年 10 月 14 日记：

晚餐后与王栻散步，谈到胡适之是时代的落伍者了。短短的十几年间，便将一位前锋移到后卫去，恐怕他读到自己所作《回国杂感》中关于康有为一段，未免有“夫子自道”之感了。

1934年清华毕业礼上，胡适为讲演嘉宾，他开给毕业生的还是三张“老药方”：多找出几个问题，以作研究；多弄点业余的玩意儿，在职业外发展自己的天才；要有自信心，自强不息，不问收获，但问耕耘。夏鼐当时的反应是，“胡适所说的，依旧是局外人的风凉话而已”。

毕业前后

毕业前夕，夏鼐与吴晗合作发起了一个在近代学术史上留名的史学社团——“史学研究会”。1934年4月29日记：“晚间至吴春晗房中，与吴君及梁方仲君商酌组织史学社事。”至5月20日，史学研究会正式成立：

进城开会。上午至骑河楼清华同学会，发起人10人（汤象龙、吴春晗、罗尔纲、朱庆永、谷霁光、孙毓棠、梁方仲、刘隽、罗玉东、夏鼐），除孙毓棠在津未来外，其余皆已到会，商酌会章及进行方针。下午继续讨论，至3时许始毕，定名为“史学研究会”，推选汤象龙为主席，约定下月17日再行大会，乃散会。

这是个以青年学人为主体的社团，吴晗为首要发起人，他说：“组织这个会的目的，是为了经常聚会一起，交换各人的心得，以便能对中国新史学的建设尽一点力量。”夏鼐还回忆，“曾有人提名吴晗同志为主席，因为筹备工作中他最卖力气。他再三谦让，后来大家推汤象龙同志为主席。吴晗同志干起事来，总是有那么一股劲儿，勇往直前，热情洋溢”。研究会建立后，每月集会一次，还吸引到张荫麟、杨绍震、吴铎等学者加入。它主办过天津《益世报》和南京《中央日报》的“史学副刊”，社会科学研究所《中国社会经济史集刊》的主编和撰稿人也是其会友。

这年夏天，吴晗毕业留校当了助教。夏鼐则报考了清华研究院和庚款留美公费生。结果揭晓前，吴晗还为他找工作操过心，1934 年 7 月 29 日记：“吴晗君来，谓广西桂林专修师范欲聘一文史指导，月薪 160 元，欲邀余去。余欲继续求学，乃婉却之，然吴君盛意殊可感也。”至 10 月 2 日，夏鼐得知考取留美考古门学后，第一时间找吴晗商量今后的计划，后者说：“昨天你还是预备弄近世史，今天突然要将终身弄考古学，昨夜可以说是你一生事业转变的枢纽，这一个转变实在太大，由近代史一跳而作考古，相差到数千年或数万年了。”10 月 30 日，又由吴晗陪同进城，“往谒傅孟真（斯年）先生，阍者谓尚未起身，至胡适之先生处，晤及罗尔纲君，乃与吴、罗二君同赴傅先生家中，询问关于国内研究计划……”

1935 年春夏鼐以实习生在河南安阳参与殷墟发掘。当时他起过改行的念头，一度希望梅贻琦校长能出为斡旋，帮他将留学专业转为经济史，在这中间吴晗充当了传话的角色。4月11日，接吴晗来信，“告诉与校长接洽的结果，此事恐无望”。5月4日，复接吴晗来信：

> 寿民先生（刘崇鋐）与梅校长接洽，梅意见如欲考经济史则必须放弃考古学，因兄为本校学生，如一通融，必将引起各方责备及纠纷也……事已如此，为兄计只能咬牙硬干，如抛去去年已得之物，另寻生路，毕竟不大妥当也，如何？

事已至此，再无别的选择，夏鼐也“只好咬牙硬干矣”。完成田野实习后返北平，6月9日参加当年的史学研究会年会：

> 上午赴史学研究会的年会，在工字厅举行。上午宣读论文：谷霁光君的《北魏崔氏之狱》、吴春晗的《建文生母考》、刘隽君的《盐税史略》。他们硬要我报告，我只好将在安阳实习的情况大略说了一些，颇有几个人感兴趣……晚间吴、谷二君为我及杨君饯行。

时隔多年后，夏鼐想起往事，仍有“不胜惆怅”之慨：“华北乌云满天，大家心情都很沉重。我在古月堂与他握手凄然告别时，彼此都感到后会不知何时何地，但是也都估计到后会不会是在北平了。”

夏鼐赴英国留学后，还与吴晗时有通信，通过他了解史学会动态，并抄寄过不列颠博物馆馆藏资料。夏鼐一直留意对方的研究进展，1935 年 10 月 29 日记："阅及《清华学报》，吴春晗君又有文章发表，此君努力异常，前途希望不小。"当再度见面，已经是 1941 年初了。夏鼐学成返国，赴四川南溪县李庄的中央博物院筹备处就职，途经昆明时，与时任云南大学教授的吴晗重逢。此刻，昔日的清华同学均已进入了各自学术生涯的新阶段。

后话

1950 年 7 月，夏鼐到京出任中国科学院考古研究所副所长，乘间至清华园访友，那时的吴晗已经是北京市副市长，但仍住在清华园西院。在夏鼐眼中，"十年未见，他已老得多了，头上添了几根白发，并且开始脱发。但是他还是有那么一股劲儿，甚至于可以说比从前更加朝气蓬勃、精力充沛了"。至 1959 年，吴晗在《人民日报》上发表《论海瑞》一文，引有《海瑞行状》中"特其质多由于天植，学未进于时中"一句，夏鼐读后，认为"时中"一语的译文有问题，专门去信指正。吴晗很快回信说：

> 示悉。承教"时中"译文，甚是。这是我的疏忽，当在出集子时改正。谢谢。一隔几十年，头发都白了。得兄信，恍如重温旧谊，极喜。以后盼多指教。

这次学术通信几乎重演了三十年前清华园中的一幕，老同学"重温旧谊"，自然别有滋味。也许因各自工作过忙，或受累于政治风云多变，两人在共和国成立后十几年里，发生交集的时刻并不多。1963 年 3 月 26 日，夏鼐因胃切除手术病休，吴晗前往探视，那或许是为数不多的一次深谈：

> 吴晗同志来病院探病，谓收到我的信后，以市人代会正在开会，故今天挤出工夫来看我，并赠我以他新出的《学习集》一册。我这时谈兴正浓，说："我对你只有一点意见，我一到北京便速赴清华园奉访，但是十几年来，只今天你才来病院看我，从未光临敝舍。但话又说回来，你是副市长，我是市民，你是父母官，我是属下子民，这又当别论了。"最后他以有会要走开，我笑道："结交三十年多年来，恐怕我今天所说的话，比这三十多年对你说的话还要多一些。"他含笑颔首而别。

然而，可以谈笑的辰光已经无多。三年后"文化大革命"爆发，吴晗遭"罢官"。夏鼐闻而有所感，作《赠吴晗》一首："史学文才两绝畴，十年京兆擅风流。无端试笔清官戏，纱帽一丢剩秃头。"原想将此诗寄呈，然而，"还没有等到我寄去，而传来关于他的消息越来越恶，遂未寄去，后来我将诗稿毁掉，深恐被发现又得多挨斗一次"。1969 年 10 月吴晗被迫害致死，而夏鼐因在北海庆霄楼参加过由吴晗召集的杨守敬地图编纂委员会座谈，受所谓"庆霄楼事件"牵连，一度接受调查。

到 1984 年，不堪的一页已翻过。这年 10 月 25 日，夏鼐参加吴晗诞生七十五周年、逝世十五周年纪念会，回家后翻看《吴晗传》《吴晗纪念文集》及《吴晗史学论著选集》三书，感慨不能自已。夏鼐日记中最后一次，也许也是最深情的一次，为永远的清华学长写下一笔：

> 辰伯学长以奇才遘奇冤，今虽昭雪而千古文章未尽才，终属遗恨，甲子孟冬躬其逝世十五周年纪念会，归来后检取旧作，略改数字以志哀思：史学文才两绝畴，十年京兆擅风流。只因一曲清官戏，遗恨千秋永不休。

（原刊于《读书》2015 年第 3 期）

“东化的西方”遭遇“西化的东方”？

——略述邵循正先生的一篇政论文

邵循正先生（1909—1972）是治蒙元史、中国近代史的大家，给人一般印象，乃一位单纯、宁静的学者，少有出位的言论。张寄谦先生说他“在政治态度上，观点敏锐，但严谨慎重，生活中沉默寡言”（《邵循正史学成就探源——写在〈素馨集〉出版之前》，《近代史研究》1994 年第 6 期）。目前可见 1949 年之前邵先生在学术著述之外的文字，几乎可说是空白。据《邵循正先生生平事业年表简编》“1944 年”条，“在《中央日报》‘星期论文’栏上发表《论觇国》，指出日本已出现必败的预兆”，编者说明：“这是他唯一一篇的政论性论文。”（戴学稷、徐如编《邵循正先生百年诞辰纪念文集（续编）》，福建社会科学院 2010 年，第 299 页）不过，结合一些新发现的材料来看，邵先生在 1940 年代发表的政治言论，似尚不止此。

张寄谦很重视清华学风对于邵先生多方面的意义，指出“清华大学给予邵循正的影响，当然不仅仅是学术研究的道路，而且也包括政治见解与态度，二十至四十年代的清华大学，崇尚政治民主、学术自由的校园空气深深地影响着这一代的教师和学生，邵循正也未能例外”，并且披露过一件少为人知的往事：

1945年夏，第二次世界大战结束时，邵循正正在英国访问。当时，正象第一次世界大战结束期间一样，厌恶战争的人们，提出对于人类世界前途的疑问。1945年7月26日至8月2日，在英国瑞亭大学（Reading University），由英国的社会学研究会（Institute of Sociology）主持召开一次以“文明往哪里去？”为总议题的研讨会。……有关二战后政治前途的议题，讲演人是由美国康乃尔大学（Uinversity of Cornell）英籍教授喀特林（George Catlin）和清华大学教授邵循正担任。这是一场针锋相对的讲演。喀特林以一个西方人，却带着东方人的幻想。他认为，人类文明由于在东西方文化相互交织中的发展，它已可能使人类转入一个新的合作型态，他高度评价了类似联合国这样的组织。而邵循正，以一个东方人，却提出了更为实际的见解。他介绍说，他认为中国人自历史上继承下来的解决矛盾的办法是不愿求诸太巫，采取直接干涉或暴力抑制，而是让时间不断推移后，使矛盾势力逐渐消磨去一部分，然后因势利导，觅取一个自然而直接的解决。至于世界局势，邵循正认为，目前英美的民主政治与苏联的共产政治所形成的一种两极性的对峙，是险象环生的。但我们未尝不可期待双方自动地作一番修正，使对峙局势减少其尖锐的程度。另外，我们也未尝不可促使其产生一个中立的带圈，或者产生更多的极点，使世界形成一个多极的而不是两极的系统。例如，法国在欧洲，中国在亚洲，都可以各自形成一个中立的极点。

据张先生注明，以上据“潘光旦《政学罪言》‘文明往何处去？’一节，观察社1948年版，第15—22页。此文承潘乃穆同志见告。”（《邵循正史学成就探源——写在〈素馨集〉出版之前》）按，抗日战争胜利后，邵循正与洪谦、孙毓棠、沈有鼎等四位西南联大教授应英国文化协会之聘，于1945年夏赴英访问，至1946年冬归国。邵先生在英期间的一项重要文化活动，便是参加英国社会学研究会在瑞亭大学（Reading University）举办的总议题为“文明往哪里去？”的研讨会，并发表了一次公开讲演。这次讲演的观点鲜明犀利，并且与美国康乃尔大学政治学教授George Catlin直接有所对话，颇引起当时知识界的注意，甚而带有了某些东西方学人“争鸣”的象征性意义。著名社会思想家、经济史家卡尔·波兰尼（Karl Polanyi，1886—1964）时在会议现场，专门撰文在美国学术刊物上予以介绍；中国学者潘光旦也在《世纪评论》(第1卷第7—8期,1947年)上发表长文《文明往那里走?：一个讨论会的述评》，表示“邵氏的这一番见地，我不但无可訾议，并且完全赞同”，此篇后来收入《政学罪言》（文字略有改易），也即张寄谦上文所参照者。

1946年4、5月间，George Catlin教授来华游历，并访问清华大学。不过，邵循正与George Catlin虽然是思想交锋的对手，被时人并举，俨然一时瑜亮，实际上，二人始终缘悭一见，从未直接谋面。关于这一次东、西方文化的“遭遇”，邵循正本人有其独到的理解，甚而写过文章一抒其胸臆。约撰于1946年下半年、正式发表于1947年的《学术交流：送别葛德邻教授》(载

《现代知识（北平）》第 1 卷第 2 期，1947 年）一文，起首追述了与 George Catlin 的关系渊源：

> 本人和葛德邻（George Catlin）教授，虽然有些文字薄缘，但始终未能谋面。去年六月在英国一个相当大规模的讲演会，我和他一同被邀去讲一个同一性质的题目。他临时有事不能到会，请别人代他宣读讲稿。我所讲的主要部分，他后来在另一政治学者 Karl Polanyi 的专文介绍（刊于美国 Commentary 九月号）中才看到的。当时他新从印度返英，我正准备束装归国，均极忽忙，所以虽然有许多朋友，怂恿我和他作一长谈，讨论我们表面上很不同的见解，却没有这个机缘。大约是因为 Karl Polanyi 先生过分的把当时讲演情形“戏剧化”的缘故罢，许多读他记录的人，都误认我和葛德邻教授在打对台。他说葛德邻教授“东化的西方”遭遇着我“西化的东方”了。他又说葛德邻号召“东方神秘主义者来协助我们重整欧洲政治的均衡”，本人“却运用东方最理智的政治科学来替我们解决问题”。我非常感谢他的盛意，同时钦佩他的虚怀，但是我总不免感觉到他在左袒我，所以我对葛德邻教授的思想渊源，在此有一申述的义务。

按“葛德邻”与“喀特林”为 George Catlin 的不同译名。其人以治现代政治学出身，但在“文明往哪里去？”的讲演会上，论及二战以后人类文明应进入一个新的合作形态，特别标举罗马天主教会组织与精神的意义，不免使听众感到“浓厚的神秘主义的色彩”。这种玄学化语言，与邵循正从“理智的政治科学”出发的“更为实际的见解”形成了一种张力，不仅卡尔·波兰尼注意到George Catlin的“东化的西方”遭遇邵循正的“西化的东方”，潘光旦的评述也强调了美国教授论调中与邵循正“针锋相对”的一面：“一是西方人，而所论颇有东方的宗教意味与神秘色彩；一是东方人，而所论却很脚踏实地，实事求是。”不过，邵循正文章意在“申述”二人“思想渊源”，并未过分夸张这种倒错性的东、西对立，反而提醒在George Catlin醒目的“神密思想”背后，有更值得注意的、作为现实基盘的“尘俗”部分：

> 当全场为他“神密思想”所笼罩时，很容易使听众忽略了讲词中其他同样重要的主张，如他在开头所缕述的马克思以后若干年来各方面学者努力的总结果，使思想型发生了改变，使独占性的旧型式变为合作性的新型式。又如他在末后的结论，我们还要寄希望于“联合国的武装执行部”。那就是说，他并不希望一个有组织的宗教，就能发生直接积极的作用，它的贡献也就在袪除人类心理的不安，使少的人们自己不觉得少，强的人们自己不觉得弱，如此而已。有了健康的国际心理而后，他仍愿意有一个切实有效的保障。宗教之穷，仍是有赖于他所谓的“尘俗的刀”。果然如此，那神秘主义的成分，也就不太多了。

George Catlin 认为当时人类文明正在发生由“旧型式”转向“新型式”的变化，其意义之大、影响之深，不在百年以前的亚当·斯密、边沁，以至于马克思所引起的变化之下，这种“合作性”型式赖于“健康的国际心理”及类似联合国的组织保障，进而主张人类政治生活的和谐展开，须有宗教精神的协作，也在此意义上，统一的、有组织的罗马教会正可发挥其效用。

今人对于邵循正的了解，多瞩目其史学研究成就，却几乎忘了他是清华政治学系的科班出身。他在政治学、国际关系学方面受过严格训练，具有相当的素养（参阅邵循正译述：《物理与政治新论》，《政治学报》第1卷第1期，1931年；《拉斯基与罗素之政治多元说》，《政治学报》第1卷第1期，1931年；《傅斯德论美国外交官》，《清华周刊》第35卷第3期，1931年；《社会学派最近之发展及其将来》，《建国月刊》第4卷第3期，1931年），他当然不欣赏“求诸太巫”一类解决矛盾的方法。只是，此处邵先生与 George Catlin 观念的不同，与其说是因为“理智的政治科学”的训练，对于“东方神秘主义”兴趣淡薄，不如说是出于中国人的现实立场，对所谓“合作性的新型式”的未来世界图景抱有怀疑和警惧。他说：

> 我自己的讲词，并非为故意针对葛德邻教授的主张而发的。我在国外，最怕听中国人背中国书，特别是关于“大同”一段。这在正式和非正式的聚会席上，几乎每次总可以听到。根本上我认为“大同”的说法，是自欺欺人，我们明知没有希望看到他，何必总提他呢？原子弹尽可以毁

灭世界，却不能就使世界大同。所以我说即使天下能成一国，仍然不能是一家，果然天下真成一家，那却没有成为一国的必要，国际上我们也该主张小家庭制度，不能主张聚族而居的。各小家庭尽可保持各小家庭中不同的风味和色彩，无须雷同。我们必须认清我们既处在许多现实和矛盾之间。这些现实和矛盾我们既不能抹杀，也不可加以强制。

在邵循正看来，George Catlin 欲使“天下真成一家”的“新型式”，与本国人津津乐道的“大同”话语，其一厢情愿、自欺欺人，如出一辙，并无稍异。借用潘光旦的总结，他的主张，不同于 George Catlin“统于一尊而强人‘既同且和’”，毋宁更近于一种“不同而和的原则”。而察其由来，除了自由主义政治观的底色外，更直接的现实因素，在于他对二战结束后，世界一分为两大阵营以及中国国内国共两党激斗的对立格局的担忧。邵循正文章径言道：

我们眼看“民主”和“共产”形成两极对峙，假如两极的关系继续尖锐下去，“小家庭”无术图存，两极也难幸免浩劫。所以惟一希望是在两极觉悟，为它们自己继续生存起见，他们须留余地给缓冲的人们，使得繁殖孳息等，世界的秩序逐渐地得到新的平衡和纪律，这个新的平衡，不是武力和一切强制的努力所可觅得的。……因此我主张西欧和中国须先急得拯救，必须成为有力的缓冲地带，甚或使两极世界，变为多极世界。

以上这番表述，实际是对上年“文明往哪里走”讨论会讲演主题的重申，邵循正承认“目前英美的民主政治与苏联的共产政治所形成的一种两极性的对峙是险象环生的，但一方面双方既未尝不可以自动的作一番修正，使对峙之局减少其尖锐的程度，另一方面，于两极之外，我们也未尝不可以促使产生一个中立的带围，或产生更多的极点，使全世界形成一个多极而不是两极的系统”。关于“多极”的具体设计，他把中国提到了一个特殊位置：“在欧洲，法国的形势特殊，可能利用希腊、拉丁文明旧有的传统，加以整理培植，负起一种领导的责任，而形成一个中立的极点。其在亚洲，中国度德量力，也就当仁不让了。”

与邵循正观点近似，潘光旦也意识到“一切乌托邦思想与一视同仁的理想的危险之所在”，他对前述主张评论道：“邵氏这番认识是很具体的，因此，他对于目下世界的危机，前途文明的展望，所持的结论也是很具体的。他认为在目前讲天下一家，或天下一国，是不可能的，不可能而加以高谈阔论，或满心以为咫尺可期，是一种危险的奢望。”在看待这一种“危险”时，潘光旦对前景尚抱有一些乐观，认为“也是人的理性所控制得了的”，只是，现实压力过于急迫和巨大，他在 1947 年说这番话时，已显得自信不足，坦言“至于把中国作毛遂自荐，历史虽很可以帮他（邵循正——引者按）的忙，现实却未必，特别是抗日战争结束以来的政治现实”。邵循正对此有所回应：

潘光旦先生在《世纪评论》第七期批评我的讲词，给我许多的教益。他说我把中国作毛遂自荐，恐怕现实未必许可。这是明眼人所共见。我当时讲着世界两极，并没有忘记国内的两极，我一样的盼望我们两极之间多留些余地。现在我们的两极，已是一爆而不可收拾，可是两极之外，仍然有许多人相信他们自己不是少者，不是弱者，虽然没有上帝站在他一边。他们仍是努力在繁殖孳息中，希望国家的秩序，终能得到新的平衡和纪律。

在这里，邵循正清楚表达了对国内政治的关心和期待。其实，他在海外讲演“文明往哪里走”时，所谓破“大同”、树“多极”，何尝不是针对“国内的两极”而言？他深知欲使中国在国际上发挥作用，前提仍在于国内政治的进步，并相信“两极之外”的建设性力量，“不是少者，不是弱者”。尤具意味的是，文中主张中国在国际上“必须成为强力的缓冲地带，甚或使两极世界，变为多极世界”，然而又加但书：

我觉得这希望并不渺茫，但是我也郑重声明“中国要经惨痛的蜕变，方克负起一个领导者的地位”。我讲词中对于此点不愿多所发挥，因为我很佩服邱吉尔游美对新闻记者的一句话：“我在国外，从不公开批评本国政府”，虽然他深恨工党的政府。

张寄谦作于二十世纪九十年代的纪念文章，已意识到邵循正当时谈到的世界局势，“正是二战后延续数十年，直到不久前才大体结束的冷战局面”，并指出“邵循正所持的对世界局势的主张，也正是他对一切两极性矛盾激化的政治区域所持的基本态度，无庸讳言，包括对中国的局势在内，在当时社会高等知识界中，这是带有一定普遍性的看法”。邵先生在国外，恪守“不公开批评本国政府”准则，但其打破两极格局、在国共路线以外探寻第三条道路的“大胆”呼声，在国内知识界确有基础，并引起回响。潘光旦便顺着他的话头，加以申说：

> 二十年来，中国的政治局势始终是一个两极性的矛盾，至最近而愈见变本加厉，若干建立多极性系统的努力，到现在还不能说有几许着落……邵氏那一番当仁不让的话虽说得对，却也说得真大胆，不过邵氏既把这大胆的话说了出去，我们也正好借此机会自己省察一番。我们姑且不问“文明往哪里走？”而要问“中国或中国的文明往哪里走？”对于中立带围的产生，多极性系统的建立，也姑且不问大规模的世界的，而先问小规模的、中国的罢。

1946年冬，邵循正由欧洲归国，回清华大学历史系任教授，讲授元史、清史、中国近代史。他似乎又返回书斋，成为一名宁静的学者。关于回国至北平解放一段时间内的政治活动，《邵循正先生生平事业年表简编》记：1947年，“同情和支持‘反饥饿、反内战、反暴行’运动，在联合宣言上签名”。也有传记作者提到，“1947年夏，他在反对国民党反动派企图镇压学生的座谈会上曾为学生辩护，说学生搞运动是有原因的。那时他还没有和共产党接触过，只是凭知识分子的良心和做老师的爱心来说这些话”（戴学稷、徐如《邵循正：学贯中西的史学家，忠诚于人民教育事业为国乐育英才而鞠躬尽瘁》）。值得注意的是，1948年以后，邵循正参加新路周刊杂志社同仁联合署名，在“我们的意见”栏上多次发表声明。如针对美国大使司徒雷登的“扶日声明”，通告美国政府“扶持日本是不诚、不公、不智的政策，施惠和恫吓的态度尤非中国人民所能容忍”；针对社会上日益严重的“大学毕业生失业问题”，建议使用毕业生参加政府组织的人口调查工作；针对国内缺少对于“独占企业”（即垄断企业）的法律制约，提出加速“制裁独占的立法”。

《新路周刊》是1948年5月在北平创刊的一份“走中间路线的刊物”，其主办单位“中国经济社会研究会”则为由北大、清华、燕京大学及中央研究院的教授、学者组成的学人团体，据该会创办人钱昌照自述，“其性质类似英国的费边社”。与创办较早的中间派杂志《观察》《世纪评论》等类似，《新路周刊》也是一份自筹资金的倡导自由主义的同仁刊物，因创刊时期正值国共内战高潮，其言论基调相对温和，一般回避敏感的政治问题，而偏重探讨经济和社会问题。邵循正、潘光旦都是中国经济社会研究会的成员，在《新路》上也有署名文章，这大概也可视作他们尝试建立“小规模的、中国的多极性系统”的实践。从邵先生参与署名的声明文字来看，议题主要针对中美关系和社会问题，并未涉及直接“批评本国政府”的言论。

不过，《新路》虽然标榜超然、采取温和态度，但在当时国内非此即彼的激烈斗争中，其处境只能是尴尬的——“进步人士乃至共产党人指责它阻挠革命，而国民党方面认为是‘反革命’言论”——终究摆脱不了两面不讨好的下场。它只办了短短半年，出了2卷30期，便不得不停刊了。据钱昌照回忆，“《新路》1948年5月15日在北平开始出版，它一面骂蒋介石和国民党，一面对共产主义抱怀疑态度，因此他受到左右两方面的攻击。香港方面的保守和进步舆论都对它不满。而蒋介石则横施压力，先是严重警告，12月30日国民党政府社会部又勒令其停刊”，并特别提到后来《新路》被算旧账的情节：“1949年我来到北平，周恩来对我提起这件事，他说那时《新路》这个刊物冲淡了共产党的宣传，所以要组织力量去批判。如果早三年办这样一个刊物，应该算是进步，到现在办也还可以，就是那个时候办不适宜。”（《钱昌照回忆录》，中国文史出版社1998年，第101页）

事实上，留给邵循正、潘光旦们在中国创建“多极性系统”的机会和空间，都已经没有了，哪怕只是“小规模的”。1948年，对邵先生来说，是巨变的一年——“在内战中，国军兵败如山倒，蒋政权拉拢平、津教授专家，南撤赴台，邵循正坚决留在大陆，并谢绝美国大学的讲学邀请。12月15日解放军解放北平西郊，进驻海淀。清华园师生为解放军的严明纪律和爱护人民的行为作风深深感动，邵循正在实际对比下身受教育，坚定了他跟共产党走的信念。”（《邵循正先生生平事业年表简编》）其人生途辙由此转换。

一年前（1947），邵循正在送别George Catlin返国的文章中，谨慎预言了中国的未来：

葛德邻教授这次来平小住数日，我未能去看他。他来清华园，又恰值我外出，缘悭一面，真是可惜。去年讲演会中讨论的热烈情形，宛在目前。他的讲词，和我的见解，实际上都注重首先恢复国际间的健全心理，虽然所拟的办法和步骤很不相同，他在上海的临别赠言说：“强盛的中国是世界和平的保障。”又说：“中国许多问题恐怕留到下一代才能解决。”那世界的许多问题只怕也要留给后代去解决了。

今年时逢邵循正先生诞辰110周年。重温他与George Catlin有关“国际间的健全心理”的对话，以及当时所言“留给后代去解决”的那许多问题，在半个多世纪以后，已否不成问题，吾辈仍当深长思之。

（原刊于《读书》2020年第2期）

补说“老新党”

杨国强先生的长文《西潮与回澜：清末民初的一段思想历史》（《上海书评》2011年9月11日），将话题对准了“老新党”这个曾占据了近代史显著位置、同时又常面临解释尴尬的人群，细腻描摹出一幕由“先驱”趋为“后进”、几近以“演进”展示“退化”的历史场面，尤显意味深长。如果说，清末民初的新陈代谢使得“老新党”更深地感受到“富强”与“价值”的撕裂之苦，那么，同缘于时代剧变，在这一“社会群类”内部也不断上演着分化与分裂。我们看变法失败后汇聚东南的维新士绅群，用杨先生话说“自强变法或维新变法中的局中人或同路人”，庚子年（1900）上海“中国国会”的分裂图景，已暗示了清末十年政治分化的格局。即使以调和新旧两说（大势仍为趋新，惟不满于“旧”的方式不取极端）、融会官绅两界为己任的稳健派，如张謇、汤寿潜、郑孝胥、沈曾植诸人，在“东南互保”期间曾经合作，新政发轫之初又联手草拟江、鄂变法复奏，可谓声气相求，而后十年渐见群体内的分化，及至民国肇兴，或投身共和革命，或甘为亡清遗民，莫逆终成陌路。辛亥年郑孝胥日记写道：“武汉乱后，国人多以排满为心理，士君子从而和之，不识廉耻为何物，于黎元洪何责焉；宜作书一正张謇、汤寿潜之罪，他不足道也。”（《郑孝胥日记》第3册，中华书局 1993 年，第 1361 页）批评措辞之严厉，观念割裂之决绝，前后对照，令人感慨系之。

入民国后，“老新党”的处境大体是日益边缘化，但亦非没有以“老新党”之资历而迎合“新潮流”者，张元济即是“主动”迎合的显著一例。另外，还可以举出王照，他的情况似属于“不动”而合。从清末创制官话字母，到民元发表“救亡以教育为主脑论”，王照主张者皆为普及教育。他有一段很有名的话：“戊戌年余与老康（有为）讲论……只有尽力多立学堂，渐渐扩充，风气一天一天的改变，再行一切新政。老康说：‘列强瓜分就在眼前，你这条道路如何来得及。’迄今三十二年矣。来得及、来不及是不贴题的话。”有趣的是，作为“新新党”的胡适却在这位“老新党”身上寻到了共鸣，他为《小航文存》作序，很带感情地说道：“我盼望全国的爱国君子想想这几句很平凡的真话，想想这位三十余年‘拙论不离普及教育’一语的老新党，再问问我们的政府诸公，究竟我们还得候几十年才可普及教育？”（《凌霄一士随笔》“胡适之序评《小航文存》”条）王照被激赏的是所谓“时髦不能动”的精神，也或因“不动”、不跟风、不逐潮，才会待潮流回转之际实现了“预流”。

另一个问题可能与杨先生大作的题旨关系较疏，但也值得注意。“老新党”固然是一个曾经存在于历史的社会实在，“老新党”这个名词却是后起的、回溯性的，它是如何产生的呢？王尔敏《今典释词》一书，见录有“老新党”一词，释语称它出现于二十世纪三十年代，针对者则主要为梁启超，其释词云：

……至三十年代，其有自国外留学而归，有访游列强而返者，日见其众。各挟更新学说，抱全新思想。很不耐梁氏之仍然表现昔日维新思想。大家俱要言新，而新新很排斥旧新。因是而把立宪出身的梁启超、保皇出身的康有为、革命出身的章太炎，一律命名为老新党。广加宣播，打动人心，终于新人大大出头，老新党终趋没落。

据王先生的解说，“老新党”一词产生之初尽管有具体所指，但在命名时却已现出“一锅端”的倾向。至于“三十年代”说所据何来，未知其详。据笔者所见，1933年鲁迅作文《重三感旧——一九三三年忆光绪朝末》，专门提到“一些过去的人”：

所谓过去的人，是指光绪末年的所谓“新党”，民国初年，就叫他们“老新党”。甲午战败，他们自以为觉悟了，于是要“维新”，便是三四十岁的中年人，也看《学算笔谈》，看《化学鉴原》；还要学英文，学日文，硬着舌头，怪声怪气的朗诵着，对人毫无愧色，那目的是要看“洋书”，看洋书的缘故是要给中国图“富强”。连八股出身的张之洞，他托缪荃孙代做的《书目答问》也竭力添进各种译本去，可见这“维新”风潮之烈了。

算起来，鲁迅要比光绪末的“新党”晚一个世代，但毕竟感受过“维新”的空气，故对他们尚多恕词，且不吝“赞美几句”：“‘老新党’们的见识虽然浅陋，但是有一个目的：图富强。

所以他们坚决，切实。学洋话虽然怪声怪气，但是有一个目的：求富强之术。所以他们认真，热心。”

差不多同时，周作人也谈过“老新党”，调子相比于乃兄则有很大不同。1932年，他在一篇讲演稿中说道：“在严译的《天演论》内，有吴汝纶所作的一篇很奇怪的序文，他不看重天演的思想，他以为西洋的赫胥黎未必及得中国的周秦诸子，只因严复用周秦诸子的笔法译出，因文近乎‘道’，所以思想也就近乎‘道’了。如此，《天演论》是因为译文而才有了价值。这便是当时所谓‘老新党’的看法。”上述不留情面的批评，似可与杨先生所论西学在“老新党”笔下被“野狐禅化”相印证。不过，如注意此文语境，实际承继了“文学革命”的脉络，责“老新党”观念“根本错误”，是联系到新文学运动兴起时，他们不仅“跟不上潮流”，且“都退缩回去而变为反动势力”（《中国新文学的源流》）。这样一套说辞，其实不必待三十年代，早在五四时就已成型了。1917年，《新青年》刊载钱玄同和胡适的通信，钱以《孽海花》一书中含迷信情节，故有“老新党头脑不甚清晰”的见解，而胡深以为然。几年后胡适为《老残游记》作序，进一步发挥说：“那最荒谬的部分也可以考见一个老新党的头脑，也未尝没有史料的价值。我们研究思想史的人，一面要知道古人的思想高明到什么地步，一面也不可不知道古人的思想昏谬到什么地步。”1918年，钱玄同另文说：“有人说国语是国魂国粹，废国语是消灭国魂国粹，国将不国，这是十六七年前老新党的议论……我意且以为国魂国粹要是永远保存，甚或昌大之，力行之，则国真要‘不国’了。”（《答姚寄人论 Esperanto》）此文背景是与“文学革命”“新文化运动”同时兴起的“世界语运动”，而思想易变的钱玄同也由原来国粹学派的同路人一变为强烈的反对者。似乎可以认为，钱是较早提出“老新党”一说的学者，由对立角度划定对象，主要目的是为排除异己，为“文学革命”开路。

附带一提的是，《孽海花》作者曾朴在 1928 年说了一段很值得回味的话：“当时我也没有改去，不想因此倒赚得了胡先生一个老新党的封号。大概那时胡先生正在高唱新文化的当儿，很兴奋地自命为新党，还没想到后来有新新党出来，自己也做了老新党，受国故派的欢迎他回去呢！”（《曾孟朴谈〈孽海花〉》，《孽海花资料》，上海古籍出版社 1982 年）五四时期站在浪尖的胡适，不过十年已有落伍之嫌，“新党”之后复有“新新党”，他自己竟然也被归入了原来作为对手的“老新党”阵容中。如此看来，前文提及对王照那种知遇之感，绝非矫情，他说：“王先生说的最好：‘时髦但图耸听，鼓怒浪于平流，自信日深，认假语为真理。’其初不过是想博得台下几声拍掌，但久而久之，自己麻醉了自己，也就会认时髦为真理了。”这番推赞别人的话，又何尝不是对自己的鼓励和暗示？其实还包括鲁迅，赞美“老新党”的潜台词也是为批评当下的青年，就因为前面那篇文章，后来还引起与施蛰存的一场著名笔战。话题已扯远了，打住。

（原刊于《东方早报·上海书评》2011 年 11 月 23 日）

青天不见使人愁：在清朝“告御状”

中国人对“青天老爷”总有一种特殊的情结，而“老爷”常有，“青天”却不易见。在千百年来官民对立的紧张下，遥远的“皇帝”往往成为一般人心中最后可信赖的仲裁，最后的“青天”。清朝嘉庆帝对待民间词讼，常用“覆盆之冤”这句成语。所谓覆盆之冤，是借阳光照不进倒放的盆子里头的形象，来譬喻真情被遮蔽、冤枉无处申述，而皇帝自认为就是那一束照亮黑暗的强光。“进京告状”成了底层小民伸冤求公道的最后指盼，而统治者也仿佛给臣民开启了一条可以“直达青天之上”的梯道。所以长久以来，像“杨乃武与小白菜”这样洗冤成功的传奇在民间传颂不绝。李典蓉博士新著《清朝京控制度研究》（上海古籍出版社 2011 年）依据台北故宫档案，系统研究了有清一代的京控制度，她告诉我们的历史，却没有多少“沉冤昭雪”“得见天日”的大团圆气氛，真相只是在“中央不信任地方官员，百姓不信任地方官员，地方官员不信任百姓的循环里，百姓只能选择相信皇帝”这样一个充满了无趣和无奈的故事。

从“叩阍”到“京控”：“告御状”的传统

所谓“进京告御状”，有着悠久传统。《周礼》就有“肺石听辞”“路鼓之制”的说法。“路鼓”后来演变为“挝登闻鼓”“鸣冤鼓”“上表投书”“邀车驾”等等，内容或形式不同，秦汉以降各朝允许小民上诉的渠道还都是有的。明洪武元年（1368），“置登闻鼓于午门外，日令监察御史一人监之，凡民间词讼皆自下而上，或府、州、县省官及按察使不为伸理，及有冤抑重事不能自达者，许击登闻鼓，监察御史随即引奏，敢沮告者死”。到了清朝，登闻鼓设于右长安门外，后移入通政司，别置鼓厅。电影《让子弹飞》里，鹅城县衙门前那一口硕大的鸣冤鼓，经年未用而绕满了藤枝，但一旦被叩响，就可能为“沉冤大白”的前奏，而这已经是在“共和”了的民国。可以想见，在有皇帝的年代，对有冤无处诉的百姓来说，亲叩登闻鼓、让冤情直达天听、赢得上位者的公正裁决，是怎样一种祈望与蛊惑……

历代流变的“告御状”形式，习惯上被统称为“叩阍”，意即直接跪拜宫门或叩谒皇帝。而“京控”作为系统化的审理制度，是在前者基础上发展起来，并逐渐常态化。对这两个古代法律术语，《清史稿·刑法志》是这样定义的：

> 凡审级，直省以州县正印官为初审。不服，控府、控道、控司、控院，越诉者笞。其有冤抑赴都察院、通政司或步军统领衙门呈诉者，名曰京控……其投厅击鼓，或遇乘舆出郊，迎驾申诉者，名曰叩阍。

简单说来，小民“击登闻鼓”或是邀车驾为“叩阍”，发生地点可在京城，也可在皇帝出巡途中；至京师都察院、通政司或步军统领衙门等处投递呈词，则曰“京控”。李典蓉发现，在明末清初，“京控”这样的名词尚未广泛出现。“幽幽宫门深几许”，乡野小民见官尚难乎其难，进京叩谒九五之尊，又谈何容易？于是乎，趁圣驾出走深宫、巡游民间之际“邀车驾”，俗称拦驾告状，就成为了胆大气盛者铤而走险的一招。但这实在不是一件轻易的事：

> 凡冤狱不得直于本省官长，则部控，又不能直，乃叩阍。然叩阍极难，其人须伏于沟，身至垢秽，俟驾过时，乃手擎状，扬其声曰冤枉。如卫士闻之，实时捉得，将状呈上，其人拿交刑部，解回原省。

如果从“叩阍”成功率来算，生活在康熙朝的百姓可能算是相对幸运的。众所周知，康熙曾六下江南，又常北至热河秋狝，百姓叩阍的机会不少。而且康熙素来勤政，记性又好，一次巡幸五台山，有一人叩阍，皇帝喝止了正欲驱逐的侍卫，回想起曾见过此人，道出其籍贯姓名及上次呈控的内容。臣下一问，居然和皇帝所说一一相符。康熙对叩阍尚属宽容，且勤于批审，但这样的皇帝并不多见。如李典蓉指出，“这并非生成于制度，而是依赖皇帝本身的能力”，实难以为继。就算勤政不输祖父的乾隆，一生多次出巡，但他对沿途叩阍者就缺少耐心，多将原告视作患了“疯症”“痰症”的精神病人，打发了事。嘉、道以后的皇帝，文采武功较诸康、乾均大为逊色，无论秋狝南下，次数剧减，小民一近帝舆的概率几近为零。

清朝规定严格的逐级告状制度，凡词讼须自下而上陈告，先经州县衙门审断，不服，再向上司衙门（府、道、司、院）逐级上控，如越级控诉，即为越诉。京控是放在《大清会典·刑律》诉讼门中的“越诉”项里的，哪怕告实，也须罚“笞五十”。叩阍则不属于越诉，属直诉，与京控最大的不同是，妄奏照“冲突仪仗”问罪，判“杖一百，发近边充军”。屁股挨打，外加流刑，受罪实在也不小。乾隆中期后，对叩阍的量刑趋严，即使控实也有罪；相反京控得实却可能“免议”，即使出现诬告的情况，有时获罪也不重。再者，京控的定点投告让连京城门朝哪边开都摸不着边的小民有了方向，而叩阍则难免随机、临时、安全无保障等等弊端。具有充分“理性”的诉冤者，在选择上诉途径时越来越倾向于京控，而不是叩阍。

根据李典蓉搜集的清代叩阍案例，顺康朝即占一半，嘉庆朝后渐少，也基本上在这一时期，京控成为一种常规运行制度。都察院和步军统领衙门为受理的机关，对京控案有奏交、咨交、驳回三种处理方式。一旦受理，根据情节轻重分为奏交或咨交案件，前者须向皇帝具奏，再发督抚衙门审办，后者则直接发回原省交督抚办理。地方督抚分奏咨案件限期办案，每半年结算一次，将审理结果汇奏呈览。刑部则负责复核地方审理的京控案，奏请皇帝最后裁决。

谁对京控负责：皇帝、钦差、督抚，还是谳局?

在李典蓉看来，统治者之所以允许叩阍和京控存在，“一方面是法古人德政，另一方面是预防官吏为非，借百姓申诉以达到监察官员的作用”。所以皇帝通常关注的案件多牵涉职官，或命盗重案。不过负责受理的都察院，把他们认为重要、值得奏闻的一律上奏，呈状山积，再勤政聪明的皇帝也无法应付。乾隆晚年发现他面对着越来越多的案件，不由大发牢骚。美国学者欧中坦分析其原因，由于乾隆宠信和珅，使政敌无法在奏折里对他弹劾，于是都察院透过奏交的京控案来向皇帝表达国家政治出现的问题，故意不给皇帝筛选。这让我们想起，孔飞力在《叫魂》中深刻揭示的一点：官僚负责制度的运作是围绕着对信息的控制而展开的。到了嘉庆帝亲政，在整肃和珅后，为一振已颓多年的政风，决意“广开言路，聪目达聪”，但他同样发现都察院的弊病，即“瞒上不瞒下”。皇帝派遣钦差下省审案，算是补救的一法，但大员浩浩荡荡下省，耗费国家公帑，又惊动地方，成本高昂，而且部院大臣与地方官常有暗中交通的情况，以此应付每年递增的京控案，终非长久之计。嘉庆帝最后也只能把约束上控的压力转嫁到地方，他说：

> 小民健讼刁风，固不可长，若一概禁遏，使民隐不能上达，亦恐覆盆之冤无自而伸。息讼之道，全在地方大小官吏勤于听断，果能案无留牍，曲直较然，则政平讼理，上控之风，将不禁而自息。

对中央来说，将案件发交地方督抚审理是最便利的方式。督抚审案应提人证卷宗至省，亲为审办，道光帝就这样要求他们：“遇有京控事件，务须亲为听断。冤抑者立予伸理，刁诬者从严惩治，以冀谳狱持平，期于无讼。”但督抚既为封疆大吏，公事庶务繁杂，面对每月如雪片纷飞的京控奏咨案件，想一一亲自审理，如何能办到？比如山东省，离京较近，京控数比他省为多，曾有山东巡抚吉纶到任后，提审京控各类积案700余件的记录。长此以往，督抚亲提审问京控人犯的要求根本难以实现。他们对特旨交办和咨交案件也常区别对待，前一种有皇帝盯着，不敢怠慢，后一种则多视为泛案，任意积压。

督抚无力顾及，而中央审限逼人，于是发审局（又称谳局）应需而生。督抚身边形成了一个专审省内案件的班子，其成员多出自“候补”官员，同样谈不上有何司法素养。局员奖惩标准在“量”与“效率”，并非当真“平抑冤屈”，为求案件速结，常使用刑罚逼供。曾国藩对京控案的审理发出过感叹：

> 近来直隶京控之案，一经发交谳局，平日则多方弥缝，临结则一味含糊。告官得实者，承审官回护同僚，但议以不应重不应轻之咎。告吏得实者，承审官删改情节，但科以笞杖及除名之罪，其控告全系虚诬者，则又曲庇奸民，惟恐反噬，但以怀疑妄控及愚民无知等语了结之。

乾嘉之际，京控审理者的身份渐由中央转向地方，中央钦差转向地方督抚，继由地方督抚转向属员道府。这一种“下放”也意味着，其审理后由下呈上的流程和原有地方司法审转流程并无不同。“政风倾颓，天下乌鸦一般黑，岂能寄‘拨云见雾’之重任于发审委员？”转了一个大圈，又绕回了原点。若百姓可以通过正常管道在地方解决诉讼，何至于千里迢迢地离家京控呢？

“官逼民告”的逻辑

从李典蓉收集的四百多个京控案中，我们看到，这些案例涉及命盗比重较大，平均为58%，以呈控对象身份论，涉及地方官府的差役、书吏、门丁等，平均约占27%，官员约占19%，富户地霸则占6%。数据集中指向了一点：“负责审理地方司法事务的州县在运作上出了问题，他们显然也受到社会各阶层群体的质疑。”州县是清代司法审判的第一级机关，州县官却成了京控案中出现最多的被告，这是怎么回事？

“天下之政在州县。”清人方大湜言：“兴除利弊，不特藩臬道府能所不能行，即督抚亦仅托空言，惟州县则实见诸行事，故造福莫如州县。”也就是说，州县官（知州、知县）为真正的行“政”之官，即治事之官，而他们的上司——府道、藩臬司、督抚——都是治官之官。州县官品秩虽低，在地方行政中却扮演了极其重要的角色，而出现问题最多的，也是这一群人。读过瞿同祖先生《清代地方政府》的人，大概都会对瞿老精辟总结州县官性质即为“一人政府”印象至深。州县政府所有职能都由州县官一人负责，而他的四个辅助集团（胥吏、差役、长随和幕友）均随其一人进退而进退，州县官与其被叫做老百姓的“父母官”，不如理解为前述四集团的“父母”，因为他的个人收入（微薄的薪俸＋不定数的陋规）也就是一个州县政府的财政收入，衙门六房书吏，分掌刑名和钱谷的师爷，出巡的皂隶、马快，捉盗的捕役等等，都要从中分一杯羹。据李典蓉统计控告州县官员差役的案件，大体可分为以下几类：（1）勒折浮收；（2）摊捐苛派；（3）侵吞匿抽；（4）传呈勒索；（5）捺案勒息；（6）监毙人犯；（7）串仵匿伤纵盗弭凶。“国家和公众看作越轨或腐败的行径，也许被（官吏们）看作遵循行业性约定俗成的行为规范（行规）而已。”这样的“潜规则”提供数不清的寻租机会，无异于开启魔盒的潘多拉，控案在身的老百姓难免其害。

由于基层政府的“混沌”属性，州县衙门等于帝国的基层法庭，州县官也身兼法官业务。清代培训官员的专业方向与司法完全是两条道路。文科八股取士，取“四书五经”命题，所谓“读书万卷不读律”，州县官在获得功名前，无法受到司法审判的实质训练。当然，精熟律例的州县官并非没有，但终清一代，李典蓉也只能举出刘衡、樊增祥两人（让人深感意味的是，樊增祥恰以文名闻世）。到处都有的，倒是黄仁宇笔下那种“诗人似的县官”。进而言之，清代法律不外是行政的一种工具，作为行政长官而兼司法长官的州县官，其注意力也只是在使乡民安分守己，减轻自身受到“考成”的压力。如清代审判极重口供，几乎是“无供不能定案”。京控者常大力抨击衙门“刑仵串贿捏详”“刑书朦详改供”，原因就在于州县衙门为把持审判结果的第一关。审理者可以借取供词拖延审案，也可以据此合理地对两造使用刑讯，以求案件速结。雍正皇帝曾抱怨州县对口供案卷的“精心锻炼”，只是为了对按察司负责，按察司的详察，只是为了应付督抚，督抚精心修改，又是为了避免三法司的驳案。

清代有官员感叹州县行政效率的低下：“州县审断不公，纵匪不办，故小民不能不上控。”李典蓉也说，如清代基层司法能够有序运作，对行政人员管理规范，行政人员素质皆有一定水准，那么“上控”的几率将大幅度地下降。而这些求之于当时，几乎是一个循环难解的死结。清代州县本身存在的结构性问题，是横亘在京控前的一座大山。

京控者的“原罪”？

朝廷与社会共同造就了作为“天下之政”的州县困境，迫小民走上京控之路。官方对京控原告的态度，却是一种压抑的方式。《大清律例·刑律》中的诉讼门，最多的是严厉打击“越诉”“诬告”“教唆词讼”的规定，而维护告状人权利的“听讼回避”只有一条。难怪有人说这不是什么诉讼法，而压根就是“不让告状法”。李典蓉在京控案里发现的最有趣的一点是，被告不一定被判罪，获罪的往往是原告，官员常用“原告有罪”的预设去审理案件。一部分档案里，京控原告在未判之前即被称作“该犯”，如被告确实有罪，也都是先拟原告的罪，再拟被告的罪。如此“有冤无冤皆可罚”的怪现象，屡屡让期待“青天”的小民失望。官方对原告如此不信任，主要出自一种长期的恶性循环：地方官表面上为了“无讼”“息讼”的理想，事实上却经常“压讼”，对某些“无利可图”的词讼，或是可能牵连衙门上下官吏的诉讼不予受理。

负责京控审理的官僚有意识地排斥原告，并将问题故意转嫁于上控者与唆讼者，以掩盖自身缺失与不作为。在官方史料里，“讼师”与“生监”是两个不断地被污名化的群体。李典蓉总结了讼师何以如此令官员反感的原因：（1）造成地方兴讼，违背“无讼”理想，增加政府负担；（2）勾结衙门书役；（3）牵累无辜；（4）挟制官吏；（5）挑战官权；（6）结党联盟；（7）影响边疆安定与和谐。讼师独立于地方与国家利益之外，可能更注重经济利益，不属任何衙门管辖，他们让官府难以控制，所以被视为“眼中钉”，也成了控案纷繁的替罪羊。“生监”是地方知识分子代表，有文化，也有影响力，在基层社会中，他们很容易成为煽动百姓抵抗政府、随意包揽地方事务的“不良分子”。李典蓉注意到，作为一个由少数民族管理多数民族的政府，清朝对集体行动，尤其地方士绅的集体行动的敏感程度超过前代。生监常常为群众的领头羊，也是官方最讨厌的“挟制官府者”。道光十九年（1839），湖北崇阳县发生“钟九闹漕案”，秀才钟人杰因代被浮收漕费的花户出头，大闹县丞，最后带领花户攻占县城。在官方文献里，钟人杰非但是好讼之徒，更是逆匪的棍徒；但在当地民间口头传说中，他实是为民请命。貌似对立的正史与民间传说，体现了两个阶层对同一事件的评论与价值观。

伸冤路上的“捷径”与“阻碍”

俗话说“赴京路迢迢，银两作道桥”。一旦赴京呈控，也就意味着不菲的开销，但京控还是成为越来越普遍的诉讼途径，这除了官吏本身的腐败外，还有一个重要因素在于通过京控降低诉讼成本。这里包含着原告的理性：面对官役的持续勒索，又不能预期州县能够迅速结案，宁愿直接京控，毕竟路费开销有限，衙门需索无穷。官方对于上控采取压抑方式，也影响到京控者或代作呈词者的“策略”，那就是“图准不图审”。为突破案子被拖延不审的困境，只有凭借出色的文笔或是张牙舞爪的指控来赢得注目，而“虚构词状”主要表现在三方面：（1）诉说己方的良善与无辜；（2）凸显对方的强横与凶恶；（3）夸张案件的事实与情节。日本学者滋贺秀三看了台湾《淡新档案》后，认为通过档案很难准确把握案件实情：“诉状中常常有夸张成分，还有不少是为了‘耸听’而捏造的假象。”在传统官僚主义下，所谓“大闹大解决，小闹小解决，不闹不解决”的方针一直是百般无奈下最有用的办法。直到二十世纪八十年代，“大河移民”上访时，不也是用着“说”（对自身苦难的叙事技巧）、“闹”（逼迫政府立即解决问题）、“缠”（抓住站得住的理由后就不间歇地密集上访）这不见得新鲜的三招吗？

京控越来越普遍，相应衍生出对京控百姓的一连串服务：乡民进城告状，来回路程有几十里到百里不等，如不能马上受理，势必要在城里过夜，有民人涉讼进城，必须觅地居住等候传唤。在县城里多有专供呈告者投诉的旅馆，一般称为“歇家”。黄六鸿曾建议州县普设“便民房”，与今日官营招待所意义不同的是，此等便民所专为讼事之人而设。歇家非包揽官司之人，即希图赚打官司人钱之人。他们有一套自己的人脉，可以协助没有诉讼经验的百姓交通衙门里的关系，或替他们代找讼师写手，逐渐发展成“一条龙”的服务。

京控渐成职业化的趋势，但小民京控注定是一条崎岖的路。

州县对上控者的压制层出不穷，非法监禁原告的情形非常普遍，或拘役原告家属以为要挟，甚至将原告诬为精神失常者，这样那些关系官员过失的案件也就瞒天过海了。为阻止原告上控，一些地方不惜中途“截拿”。有被控的地方豪强沿途布防，不让原告上路，甚至抢走行李盘缠，这些豪强势力若没有官府撑腰，是无法在地方上为所欲为的。清朝漕运积弊丛生，有地方官甚至养打手“专殴控漕之人”，使得东南办漕之民，控告无门，又进一步激起民变。在具有“民告官”性质的京控案中，还有原告遭遇“跨省”截拿。道光十六年（1836），四川陈姓民人打算京控，到达北京附近的涿州时，因为东西被窃而告官，当地查验现场时搜到状纸一张，涿州州官立即报告直隶总督琦善，将陈某解回四川原籍，不令京控。

京控档案里确有一部分原告获得了平反，不过通常那样的情形，是建立在他们或其家属先已付出了极大的代价之上。清朝末年，京控制度纠正错案的效率越来越低。一件京控案件，少则需要三年两年，多则需要十几年二十年方可审结。到光绪年间，关于“近年各省京控，从未见一案平反”，或“州县承审京控上控各案，往往逾期不结”的记载，极为常见。

李典蓉不止一次地强调，明清时代为中国传统王朝“最为保守”“最墨守成规”的朝代。京控制度是清王朝对社会问题的一种回应，却不能对既有的官僚弊病与司法问题作出根本改善，也无法满足社会的真实需求。表面上，京控保护的是允许百姓上控的传统，在地方实际操作里，主要保护的却是官僚的乌纱帽，维持统治者内部的平衡。作为京控制度的研究者，李典蓉说它“看似是法制史的领域，事实上也许更接近于社会史”，再放开一点眼光，京控何尝又不是一个政治史的问题？本书的实证研究证明，在行政与司法无法各自独立的古代专制集权王朝，依赖京控补救司法，只是一个幻觉。它最大的功能就是披着传统德政“伸冤”外衣，继续利用着对上控可能会成功的美好期待，麻痹民间潜藏着的改变动力。

（原刊于《东方早报·上海书评》2012年3月31日，
署“罗夷”，标题为编者所拟）

从“政治口号”到“口号政治”

——《民族主义政治口号史研究（1921—1928）》读后

一

民国前期（1912—1928），也就是习惯所称的“北洋军阀统治时期”，在历史书写中一直处在尴尬的位置。或因国共两党皆奉孙中山领导的广州政府为正朔，导致近代史上这一时期的“国家”与“权力”遭受到最多的质疑，连带对其政治、外交、经济、文化诸领域的评估整体趋向负面。不过，曾几何时“北洋”的历史相似乎正悄然发生改观。不久前，陶菊隐的名著《北洋军阀统治时期史话》再版，编者特意指出，该书记载的那段历史好比“理解现代中国政治的一把钥匙”，联袂荐书的多位文化人则强调其特色在以“活泼泼的细节”和“现场感”取胜（见海南出版社2006版封底及腰封推荐语），颇能满足今日读者对于“大时代”的想象。最近文艺界也突然发现北洋时期“很有意思”，那种“华洋混杂、思想解放，包括刚脱离了封建统治时人的那种疯狂兴奋状态”，成为了创作百姓喜闻乐见的好电影的灵感源泉（李宏宇《姜氏北洋片：有中国特色的美式西部片》，《南方周末》2010年12月9日）。

尽管可能是各取所需，但民间观感所见证的变化趋势，一样反映在了专门的研究领域。二十世纪八九十年代，多卷本《中华民国史》启动编撰，已经预示新时期的历史学家重新审视这一段历史的勇气和信心。约莫进入新世纪后，对北洋时代的历史认知呈现出整体重建的态势。“一九二〇年代”被单独提出为研讨主题，相关研究领域不断拓展，观察视角愈趋向多元，为人所乐道的近代中国“多歧互渗”（罗志田语）特性在此时段表现最为充分，渐成为一种共识。

王建伟著《民族主义政治口号史研究（1921—1928）》（社会科学文献出版社 2011 年）一书，由其博士论文基础上修改增饰而成。他选择对 1920 年代的“政治口号”进行研究，正缘于为这段“光怪陆离、众声喧哗”的历史所吸引，注意到那一时期国家事实上不统一、舆论分裂的现实，即“历史的发展不是由任何单一势力所主导的，没有笼罩一切的力量，而是具有非常多元的景观”（27 页，引文只注页码，下同）。历史蕴藏于此“无限可能性”，正是引人注目的最大魅力所在。

除“导论”“结语”部分外，全书凡九章：（一）五卅运动与 1920 年代国内政局；（二）1920 年代“反帝”口号的提出及其演变脉络；（三）1920 年代关于“反帝”口号的论争；（四）1920 年代“打倒军阀”口号的历史遭际；（五）“反帝”与“废除不平等条约”口号的逻辑关联；（六）从“赤化”到“反赤化”：军事战场的正面交锋；（七）师出有名：“赤化”与“反赤化”在思想战场的观念竞争；（八）社会舆论视野下的“赤化”与“反赤化”之争；（九）1920 年代中国的政治口号与口号政治。全书通过考察一系列政治口号的产生、运用和影响，特别是它们与具体政治事件的互动过程，揭示出口号背后的丰富历史意涵。

二

在作者看来，“反帝”“反赤化”“打倒军阀”“废除不平等条约”等政治口号是解释1920年代中国格局演变与时代特征的重要线索与“关键词”；并且申明，不欲将口号当做一个固定的概念，而力图从动态的角度梳理它们的具体生成机制与传播过程（29页）。借用瞿秋白的比喻，中国“打倒帝国主义”的口号如果是一个活人，他的古典和历史倒像一部很有趣的小说（瞿秋白《“打倒帝国主义”的古典》）。那么，作者选择这样一个课题，不仅要有读小说的趣味，还要有探索它“前世今生”的不一般的劲头和耐心。

爆发于1925年的五卅运动拉开了现代中国史无前例的民族自决运动的序幕，随后国共合作背景下进行的北伐战争则实现了中国最高政治权力的转移。以后见之明，1920年代对于北洋军阀来说，无异敲响丧钟的一段末路，而对于国共两党，却以“光荣的时代”“革命的时代”标榜史册，意义全然不同。“打倒帝国主义”“打倒军阀”这两个口号，正是伴随着北伐的凯歌前进被高调宣扬，并且穿越了时空，直到今天仍然为我们所耳熟能详。本书的视野没有局限在对这些口号所传达的政治立场或民族主义情绪的简单解读上，而是致力于发掘背后的历史故事。

“反帝”是国共两党当时的共同主张，也是国民革命高举的政治旗帜，但作者发现，对于什么是帝国主义，如何反对帝国主义，两党远未有一致的认识。在这中间存在着“口号与行动”（党的宣传鼓动与国家政权现实能力之间存在落差）、“国民革命与世界革命”（国民党较单纯地抵抗外来侵略，共产党在“反帝”同时还有捍卫苏维埃利益的一面）、“整体与个别”（国民党主张区别对待，以英国为主要敌人，共产党则要求将在华列强视为整体的帝国主义而打倒）三组突出的矛盾，而且，国共两党自身所附着的深浅不一的苏俄色彩及其与“反帝”之间的紧张关系，更是时人诟病的话题，尤其以国家主义者对此口号的质疑为最大，因他们认为，苏俄对中国一方面倡言对华亲善，一方面实行侵略，既以金钱收买中国之无赖，又以军队参与中国之内争，就是“变相的帝国主义”。

在中共关于“反帝”思想理论体系的建构中，“反帝”是置于“打倒军阀”这一目标之上的；而对国民党来说，虽然它也高举“反帝”旗帜，但从来都是将打倒军阀、建立统一的国家作为第一目标，以收回租界和取缔不平等条约为中心的“反帝”只能居其次。一旦落实到政治实践层面，“反帝”口号常会出现种种变异。北伐过程中，国民党一直自觉调整“反帝”策略，对所谓的“帝国主义”，竭力避免与其正面发生冲突，即使在冲突发生之后，也尽量缓和双方的关系。济南事件就是显著的一例（142 页）。恩格斯说，“判断一个人当然不是看他的声明，而是看他的行为；不是看他自称如何如何，而是看他做些什么和实际是怎样一个人”（《德国的革命和反革命》）。若移用此语观察某政党或政权，看来同样也是适用的。

另一方面，孙中山虽然亮出了“打倒军阀”旗号，但在当时舆论界及许多知识分子眼中，很难将孙与其他军阀相区别，孙常被视为南方的“军阀”。国民党改组以及在国民革命军中引入“党代表制”，就是为了“造出一班党化的、主义化的军人”，即所谓“政党领军”“主义治军”，这被作者视为国民党人为区分自身与军阀所作的现实努力，亦即“打倒军阀”口号另一种意义上的政治实践（244 页）。

北伐初始之际，“党军”发挥出巨大威力，然而随着进程的深入，敌我之间的区分转而模糊，国民党自身的工作不能及时跟进，“党军”迅速“军阀化”。国共合作破裂后，中共迅速即指认国民党为“新军阀”，而在国民党内，胡汉民同样批评蒋介石为“新军阀”。王奇生在《党员、党权与党政》一书中，对国民党性质有一个著名的“弱势独裁政权”的判断，认为由于蒋介石重军轻党思想的主导，造成国民党党治体制名义为以党治政、以党治军，实际上是以军统政、以军控党。本书作者同样注意到，“旧军阀”被打倒后，“新军阀”随之而起，国民党的“政党领军”与“主义治军”建军目标逐步被“以军控党”“武主文从”取代的现实（243—244 页）。正是这一现实，消解了“打倒军阀”口号的有效性。

至于“废除不平等条约”口号与“反帝”口号几乎可以说是同根而生。当时主流舆论将“不平等条约”视为帝国主义控制中国的工具，将二者的关系比喻为“唇齿相依、皮毛相附”（269 页）。在特定时代语境下，几乎一切与中国签订不平等条约的国家都被视为帝国主义。“废除不平等条约”口号迅速兴起，使得“帝国主义”的形象变得前所未有的清晰，也使得“反帝”有了具体可触的目标。本书关于“废约”口号的研究，可与最近译介过来的美国华裔学者王栋的一部著作《中国的不平等条约——国耻民族历史叙述》（复旦大学出版社2011年）并看。王栋归纳了“不平等条约”解释的三种模式，即道德模式（moral interpretation）、法律模式（legel interpretation）、宣传模式（rhetorical interpretation），其着力揭示的以国共两党为代表的近代政党通过对不平等条约历史的“不断定义”和“不断叙述”，从而确立自身权威与合法性，无疑属于最后一种。

本书主要关心的同样非条约本身，而是国人对条约的认知和叙述，从这一点看，与王著的旨趣相当接近。不过，作者没有太多纠缠于“不平等条约”语义和修辞方法，也没有刻意将它作为一个“带有某种象征意义的符号”来处理，而是平实、细致地考察了“不平等条约”概念的形成、不同社会群体（包括各政治力量、舆论界、专业学术领域）对它的解释和运用，以及“修约”与“废约”口号之间的竞争关系。书中特别指出，对“不平等条约”的研究与“废除不平等条约”口号的提出实际形成了一个“逆向的过程”（271页）。这是一个非常有意思的观察，值得进一步深入研讨。

如作者所言，“不平等条约”是揭示近代中外关系的关键性问题，“废约”口号迎合了社会激进的情绪，长期困扰国人的问题在此找到了简单直捷的答案。不过，现实中的“废约”又不会那么简单。在近代外交史叙事中，“革命外交”一直是作为绝对主角登场的，而北京政府等于脱离民众的“军阀傀儡”、毫无外交成果可言的见解也代表了学界主流。近年来学界开始出现重视“修约外交”的倾向，对北洋政府取得的外交业绩评价相当不俗（唐启华《被“废除不平等条约”遮蔽的北洋修约史（1912—1928）》，社会科学文献出版社2010年）。有海外学者甚而指出，以改订条约为特征的“近代外交”并非北京所独有，广州政府亦然，后者所标榜的“革命外交”，尽管加入了新颖而富动员力的要素，但究其实质内容，与前者并无大的不同（川岛真《中国近代外交の形成》，东京大学出版社2004年）。

本书对“修约”与“废约”实践的“南北互动”也有专门的考察，他发现：北伐之前，由于广州国民政府并非各国承认的可以代表中国主权的中央政府，国共两党的“废约”主张并不能落到实处；南京国民政府成立后，蒋介石发表宣言，已表明有关处理不平等条约的外交方针逐渐与北京政府的“修约”目标接近。至1928年6月，北伐大业底定，南京政府基本摒弃了“废约”口号而代之以“修约”方针（287—290页）。总体而言，从五卅到北伐这段时期革命外交的成果极其有限，其意义只是“在特定的时期提供了一种（对待不平等条约的）特定的方式”而已。

既往关于北伐前后这段历史的研究，多以南方国民革命军为中心，而较少注意以直、奉等为主要代表的北洋军阀的表现，尤其是除军事行动之外的其他方面更被忽视。对这种因“优胜劣败”进化史观而造成的研究局限，作者深有意识，而“力图超越革命时代所造成的激越的批判语境，尝试将胜败双方都纳入到一个论述体系中来，将双方置于同等的位置”（26页）。

这一努力在本书中的具体表现，即在于对“赤化”和“反赤化”这一组口号的梳理。

三

本书第六、七、八章分别讨论“赤化”的国民革命军与“反赤化”的直奉军阀在军事战场的正面对抗，中共、国家主义者及章太炎等围绕“赤化”和“反赤化”的思想论争，以及社会舆论对这场论战的持续关注，这三个部分取材各异，而指向问题则一，最宜合而观之。相对而言，较之“反帝”“废约”“打倒军阀”这些口号，今人对“赤化”和“反赤化”的感受可能最为陌生且似是而非。本书对这一问题有较前人远为详尽的研究，可以说是做出学术贡献最多的部分。“反赤”重点有一个逐渐从言论口号转向具体军事政治行动的过程。从国民党改组时期开始，社会上开始出现指责其“赤化”的言论；五卅时期“反赤”舆论开始在社会上发生影响；直到1925年底，“反赤”口号被应用于军事行动（340页）。作者很敏锐地捕捉到，从“反赤化”口号的流行程度可以判断当时的民心并非全在南方的国共两党；军阀争相使用“反赤”为军事行动正名，而国民党方面也积极辟谣，并有意识地与中共保持距离，恰从侧面反映社会舆论对“赤化”的负面观感（300页）。

就“赤化”和“反赤化”口号的使用情况而论，都有相当大的随意性。在中共看来，“‘反赤’变成了一切反动势力向民众进攻的最时髦的名词”（356页），其主子是帝国主义，工具则为反动的军阀（张作霖、吴佩孚、张宗昌、李景林、陈炯明等），以及反动的知识阶级（研究系、国际主义派及老民党反动分子如徐绍桢、章太炎、冯自由等）。反之，奉直军阀也将“赤化”范围愈推愈广，从前有此头衔只是国民党左派与共产党，现在工会、学生会、农民运动领袖、国民军、郭松龄、虞洽卿，甚至段祺瑞治下的贾德耀内阁也算在赤化之列。

比较有意思的是，“反赤”口号刚兴起的时候，共产党限于自身力量并没有引起北方军阀及主流社会舆论的足够重视，时人认知中的反赤对象，更多地指向了“北赤”冯玉祥与“南赤”蒋介石，后者甚至被视为“赤魁”。国民党开始清党后，共产党才成为“反赤”的最大目标（340 页）。可见，“反赤”主要是一面旗帜，一种“名义”，虽然多数人对“赤化”真正含义所知甚少，但并不影响对其任意使用。

不过，对口号运用者的性质，作者还是有所分梳。他认为国共两党具有理论宣传的明显优势，而直奉军阀则在“反赤化”口号的理论体系建构上缺少建树。当时中共真正的辩论对手是以章太炎为首的一批人以及以曾琦为代表的国家主义团体，后者的“反赤”言论更多源于与中共政治理念的根本冲突，是基于一种学理上的对“赤”排拒，这点与军阀势力借助“反赤”做政治旗号的行为根本不同（378 页）。北洋军阀对“反赤”口号没有形成哪怕一种粗浅的理论体系，详解其发表的“讨赤”宣言，充斥“仁义”“廉耻”“孝悌”“伦常”等充满浓厚道义色彩的词汇。作者很遗憾地指出，他们“大多出身草莽”，“在掌握思想动态方面相当欠缺”，“与当时社会发展趋势背道而驰，渐行渐远”（362 页）。

这让笔者想起何兆武先生口述自传里的一个说法，他回忆在北洋时期当童子军的经历，军歌里唱“二十世纪天演界”“不竞争，安能存”，这不过清末《天演论》物竞天择、适者生存的那一套，对比北洋和国民党两个政府，他印象最深的是：“国民党有意识形态的灌输，开口三民主义，闭口三民主义，但在这之前完全不是这样，北洋政府没有意识形态的统治，这是和国民党时期最大的一点不同。”（《上学记》，生活·读书·新知三联书店 2006 年）由纵向的历史视野来看，北洋政府上承清朝，下启整个二十世纪，它明显还是一个不太进行组织、宣传、动员的政权，不太擅长意识形态作业，从此意义上讲尚难脱“十九世纪性质的政权”的色彩。陈志让早就指出，“军阀因袭了清末保守派文化的传统”，其所代表的保存旧秩序的思潮与激进知识分子代表的建立新秩序的思潮之间形成了尖锐对立。（陈志让《军绅政权：近代中国的军阀时期》，生活·读书·新知三联书店 1980 年）

北洋政权在理论宣传、国民动员方面表现出来的笨拙和低效，已经不适应民族主义兴盛的时代，而这些政治要素恰为后来国民党和共产党政权所共有。可以说，北洋政权更多沿用了形同清朝的文化统治方式，而与同属于“中华民国”序列的南京政府之间反而呈现出承继关系的明显断裂。何兆武还曾说：“这前后两个政府的统治有很大不同，至少在我的感受上是这样，不过这一点，好像写当代历史的人都没有足够地强调。”本书通过对“赤化”和“反赤化”口号的研究，其实也打开了观察此种“不同”的一个窗口，足以启发我们继续思考。

至于“反帝”与“反赤”虽然以一种对立的姿态出现在时人视野当中，但在它们身上，作者发现了许多相反相成的性质。二者的实际指向都是当时外部势力，不管是前者涉及的英、美、日等国家，还是后者所特指的苏俄，都因对中国事务的介入而成为反对的主要目标，它们的原始出发点，都来自强烈的民族主义意识，“这两个相互对立的口号背后实际上隐含着相同的理论逻辑，即1920年代中国强大的民族主义浪潮”（406—407页）。无怪本书标题在“政治口号史”之上，要加以“民族主义”的前缀。

同时，在激进的时代语境中，政治口号所特有的局限性也有明显体现。两个口号都以“反”字加带有形容词性质的名词组成，具有鲜明的指向性，同时也隐藏着“火药味”，是一种“带有暴力性质的口号”（455页）。对于国、共两党与直、奉等军阀而言，他们所高举的“反帝”与“反赤”旗帜一方面源于各自的政治理念；但是另一方面，更多的是对这些口号的策略性运用。在1920年代的中国，口号实为权力争夺的辅助手段，在南北双方的不断建构下，不断超越本身应有之意而具有了一种“魔力”。本书作者对“口号政治”的限度已有意识，指出过分强调北伐胜利中“宣传”的效果，乃是一种历史迷思，但作为二十世纪中国政治的遗产之一，口号的“魔力”仍无时不刻不为今天的人们所感应。

四

作者有思想文化史研究的专业训练，通读全书的印象，这是一部视野开阔、论证详明的好书。在史料利用上，对档案、文集、日记、书信、报纸期刊兼收并蓄，其中尤以报刊为最大宗。作者对言论材料的使用，有着很强的方法论自觉，强调辨析“文本产生的特定背景以及作者的写作意图”，而非简单将其当成必然支持本书论点的史料；除分析社论文字之外，还留心报纸、报社、报人之间关系，“从报社立场、报人风格等方面综合考察报上文字的社会意义”（28 页）。又如前文提及的，本书非常注意摆脱后来胜利者一方对历史书写的选择性，强调“平心”对待争论各方的言论与观念，给各方以尽可能均等的“发言权”，从而尽可能还原口号在当时的历史处境。

而且，作者的学术抱负尚不止于此。“导论”还示意将“在一定限度上”尝试使用“新文化史”的研究方法，对本书涉及的政治口号，“不仅将其视为一种情绪的宣泄与表达，或者主义的标榜，同时还将其直接视为一种连接心态、思想，并贯通政治、军事和文化诸领域的主体社会化‘实践’；不仅关注口号的生成与传播的过程，还特别关注受众对此的接受与回应”（30 页）。细绎写作实践的文本，上述方法论皆有不同程度的贯彻，但我们并未看到有何醒目的理论术语或框架统摄全书。

就笔者的阅读感受而言，《民族主义政治口号史研究》并未单纯地就口号论口号，而是努力呈现“政治口号”台前幕后的历史，这势必需将政治史、思想史、社会史结合起来讨论。乍看本书标题，其实很容易让人联想到符号、概念、象征、传播、记忆、想象种种（这样相对“窄化”的联想当然并非作者故意使之）。但事实上，这里的“史”，已不止思想文化史一个面向，而带有浓厚的“综合”性质。与其说本书研究的是“政治口号”，毋宁说是“口号政治”。这样一种写作取向，与“新文化史”的旨趣或有所暗合，实已难以被它完全范围。对于“未能在口号史研究的理论和方法方面有令人满意的表述”，作者在“序言”中仍然表示了“比较遗憾”。在“写作者”，见之于行事或为无奈的一种选择，作为“受众”之一的笔者却未必不能接受，甚至以为上佳，如此相异的取舍，置诸“阅读史”上大概也不算是可怪的现象吧。当然，以作者的学术才华，俟完善精准的理论表述于来日，也应是值得期待的。

最后，再简单提两点本书的优长处。“学术史梳理”是目前所有国内出版的学术著作的“规定动作”，但能做到胸有成竹、言之有物者却不多觏，本书这部分写得扼要而且周到，有“述”有“评”，对于将读者带入相关学术语境极有帮助，此其一。其二，作者文字清通，议论明快，开篇以“五卅运动”为引子烘托出时代氛围，最后以“口号政治”渗入二十世纪社会生活方方面面收束，一头一尾的处理颇具画面感。全书读来少有一般史著的艰涩枯燥，整体感觉相当愉快。

（原刊于《二十一世纪（香港）》2012年8月号）

“弱”政府的“强”外交

《中国近代外交的形成》（北京大学出版社 2012 年）不算是一本很新的书了。2005 年，现在的东京大学大学院综合文化研究科准教授川岛真先生，还在北海道大学法学部任教。当时他应邀访问北京大学历史系，就是带着这部出炉未久的著作而来的，接连几场报告的内容也多围绕本书展开。在日本，该书刚一出版，即被誉为“在时代语境中把握中国外交官为追求在国际社会中的文明国地位而创立制度和政策的力作”，一举斩获日本学术界分量至重的“三得利学艺奖”，同年加印发行，后又再版，就笔者目力所及，日文书评大大小小已不下十篇。不过，国内学界要消化这一部近 700 页的大书，显然需要更长的时间。在它的中文全译本出现之前，许多久闻其名的读者也只能靠零星的译介和引用窥其一斑。

本书非常适宜与两年前出版的、台湾政治大学唐启华教授所著《被“废除不平等条约”遮蔽的北洋修约史（1912—1928）》（社会科学文献出版社 2010 年）一书并看。两部著作的研究视线不约而同地聚焦于中华民国前期，即一般习惯所称的“北洋时期”，并给予当时政府外交迥异于传统的评价。长期以来，“革命外交”一直是作为近代外交史叙事的主角出现的，国共两党尽管在政治上互为敌手，却在历史观方面享有许多共识，比如奉孙中山领导的广东政府为正朔，将北洋政府定位于反革命的一方。“北洋”形象的整体负面化，也包含了对其外交成绩的评估，最明显的表征就是冠之以“卖国外交”“屈辱外交”“弱国无外交”等帽子。不过，曾几何时，“北洋”的面相开始变化，并且这种变化从学界、读书界到民间皆有所反映。具体至外交领域，2004年中国社科院近代史研究所和复旦大学联合主办以“北洋时期的中国外交”为主题的国际学术讨论会，会后出版的同名论文集（复旦大学出版社2006年）可以说基本反映了对此课题的最新思考。据编者介绍，“解释北洋外交的本来面目，并作出实事求是的评价，是本次会议论文的一大特点”。重估“北洋外交”或尚谈不上蔚为潮流，但在两岸学界，及至日本、欧美，都已经能明显感觉到此种风气。参加此会的几位海外作者，如川岛真、唐启华、徐国琦、王栋等人的研究专著也陆续被引介进来。由此看，“北洋外交再研究”不能说是一种孤立的学术现象。

唐启华毫无隐讳地指出，革命党利用宣传舆论抨击北洋外交卖国，局外人不知真相，常被误导，其书的一个研究目标，即在于“探索史实与神话之边际”，检讨诸多写进教科书的宣传与神话之谬误，减少政治对历史的滥用。川岛真同样承认，自进入研究课题以来，始终有两个问题念兹在兹、不能释怀：一为研究十九至二十世纪“中国”如何形成并得以维持；二为阐明国民党和共产党谈论的中国外交史与外交档案之间的错位。他并且注意到，中国大陆随着民族主义高涨，近代外交史研究转向活跃，而研究取径也正发生着微妙的变化。本书至少有两处提到了同一部中国电影——《我的一九一九》，这部以民国外交家顾维钧（1888—1985）为主角的影片描述了中国参加巴黎和会的历史，没有像从前那样把北洋外交视同“卖国”，对拒签凡尔赛和约的评价颇为正面，片尾更打出令人振奋的字幕——“中国人终于第一次向列强说不！”川岛真对此印象至深，尽管这部电影公映的1999年，巧合地发生了刺激国人神经的国际事件，影片主人公历史形象的某种“反转”，也不过是了无多少新意的民族主义立场的表达，但这没有妨碍有心的海外观影者从中找到乐见的部分，进而喻之为“对外交史重新定位的象征”。这样可爱的误会，不知道是文化语境差异造成的隔膜，还是作者有意无意顺势而为，在读者看来，好像是给外交史研究与政治的亲密关系加上了一个别有意味的注脚。在历史学知识更新方面，学术界领先于社会的时间差，或者说，在学术研究的递进程度与容许其普及于大众舆论的政治氛围之间，仍然存在着某种不合拍。

川岛真著作讨论了近代外交的方方面面，而贯穿其间有一个明显主轴，即负责中华民国前期外交的年轻外交官所具有的“近代”意识和建设“文明国”的志向。这里的“近代”概念，并不简单对应“近代化”理论或发展阶段理论中的“近代”，而专指中国外交官意识到的以欧美为中心的国际社会范式及其所实行的外交。作者清醒地认识到，不同政治主体的价值观和意识形态投射于历史中的“外交”，以致各时代的外交史叙述都反映了政治性，外交实相被隐没在“反帝”“近代化”“国家独立”这些跟正统性相关的论点背后；本书所要做的，就是尽可能远离各种后起的“评价类”话语，依据档案揭示“事实”，发现存在于民国外交官头脑中的“近代”概念，进而论述它何以成为追求的目标、如何构思并推行的。本书第一部“‘近代’外交行政制度的确立”、第二部“‘文明国化’与不平等条约的修改”，分别从制度与实践两个角度论证了全书的一个基本假设：当时外交官确立了“文明国化”的目标，即追求文明国地位和国际社会成员资格（fullmember），从他们所从事的活动中可以看到“近代外交的形成”。具体而言，“文明国化”趋向最早从十九世纪八十年代开始出现，举国形成潮流则是在清末新政时期，1899、1907年清政府两次参加海牙和会，都对外交官世界观的转化和“文明国化”使命感的酿成产生影响。至二十世纪初，中国已清楚意识到自己在国际社会中的位置，从文本、程序、价值观多个层次接受国际法，参与国际会议和组织，继而发起修约运动，为收回主权不懈努力。

尽管川岛真以实证方法重构外交史为己任，再三声明无意“重新评价”民国前期，不过由“文明国化”视点出发的一系列观察，恐怕也不能尽去重估的意味。此前佐藤慎一从知识人角度描绘了十九世纪以来中国接受作为普遍规范的万国公法的过程，其意在“反抗”在日本国内长期占据主导的左翼史学话语，将对“废约史”的理解放在“文明国化”脉络中展开，最具“近代主义”的立场。严格而论，这是一部属思想史范畴的著述，但在中国史研究领域产生了重大影响，川岛真将“文明国化”当作关键词之一，也是直接受到佐藤启发的结果。稍微了解日本史的读者，对明治时期的“条约改正”运动都不会感到陌生。

大河剧《坂上之云》里面，有留美背景的新锐政治家高桥是清（1854—1936）说道：“制定宪法，召开国会，让世界看到日本是文明的国家，得到全世界的认同的话，治外法权才会消失吧……”这样带着憧憬的话语正代表了“开国”后的日本意识，如不具备文明国要素，就不能被视为国际社会成员，因此着力健全国内法，以期达到“国际标准”，实现修约目标。在川岛真观照中国外交的视野中，明治时期的日本相当于一条潜在参照线，时序或有参差，而角度几乎平行，故而他在欣赏民国外交完全投身“近代”时，发出堪与日本“媲美”的赞叹。

确实，对外交官群体来说，民国前期大概是近代史上少有的“黄金时代”。川岛真自信地认为，“外交官群体的职业模式”就是在这一时期形成的。不过，如果将焦点从民国外交家推向更大的背景，他们值得称道的职业素养、谈判技巧、人格魅力、主权意识等等，又似乎显得苍白。记得唐德刚在不同场合多次说过，中国百余年来只出过“两个半外交家”，而顾维钧还得排在周恩来、李鸿章后面，只能算那可怜的“半个”。（《晚清七十年》）同样，依据档案、追随当事人视线去诠释近代外交的性质，在彰显内在性的同时，也可能忽略“列强”或“国际”的一面。所谓“文明国”是指具备国际社会完全成员资格的国家，要做到这一点，就必须满足西方意义上的“近代”要素，这一前提已经提示了“文明国化”并非一个单向的行为。中国何时加入国际社会，是争论已久的老题目了，徐中约、张勇进、梁伯华、徐国琦等学者均各自给出过答案，“走向世界”或为不可抗的趋势，而如何定义关键性的那一步，既关系到行动主体取“被动”或“自觉”的姿态，也必须考虑为我向往的那个“国际大家庭”（family of nations）是否准备接受。本书意图用“文明国化”的视点，发掘在“反帝”理论下难于把握的外交特质，这一强调内在连续性的思路对于从事“外交”的特殊人群或许是适用的，但要进一步处理复杂时代语境下中外关系课题，还需更为综合的研究。

北洋时期通常被认为具有强烈的“分裂性”，川岛真质疑这一判断于外交方面的适用性：对北京政府来说，“外交”是一种寻求“中央政府”正当性的资源，而当时几乎所有政治角色（包括“军阀”在内）都未怀疑“中国”这一整体的存在，他们仍然作为中华民国的一员进行各种活动，不约而同地关注于外交问题，主张对外统一。本书第四部“外交中的中央与地方”，呈现了南北两个“中央政府”、地方政府、法团等多个主体同时进行着“外交”的一幕，作者强调这里的多元结构并不是“近代与反近代”，上下的志向都是“近代”，可是“近代”概念没有开花结果，产生出一个“近代国家”，这一现象被命名为“脱节的近代（分節化された近代）”。北京政府在外交的成绩，为什么不能给政权本身加分？据本书的分析，“北洋外交”固然受到了地方和舆论的推动，但它缺乏将社会运动用作外交“后盾”的真正手段，本质上，北京政府还是一个不太进行“组织”“宣传”“动员”和“解释”的政权，不擅长意识形态的作业，而这些要素恰为后来国民党和共产党政权所共有的。

随着近代史研究视角的内转兼下移，传统外交史趋冷似已为不争的事实。在其研究领域内部，学者的兴奋点转向抽象层面的观念形态，对具体外交实践缺少兴趣，文化批评的犀利锋芒无远弗届，甚至外交主体也被打破实体性，由民族国家转移至“文化间接触的结构”，国家政治与外交，此类曾被理解为具有“垄断”性质的大叙事，反而近乎有待被“拯救”的对象了。也许这不是偶然的，类似状况也发生在日本。用本书作者引述东大前辈学者佐藤慎一的话说：“中国外交史是绝学。做这门研究的就像珍稀动物大熊猫。”如此看来，川岛真的工作几乎具有“兴灭继绝”的意味了。

二十世纪九十年代初，当作者开始本课题研究时，东京大学已经没有正宗研究中国外交史的教授了。在日本，坂野正高（1916—1985）是与美国汉学家费正清同时代的标杆性学者。如果说，费正清以中外关系史为专业起点，构建起庞大的战后美国中国学研究的体系，那么，坂野凭借对清朝外交体制的全面研究，也奠定了日本中国外交史学科的基础。（《近代中国外交史研究》，岩波书店 1970 年；《近代中国政治外交史：ヴァスコ・ダ・ガマから五四運動まで》，东京大学出版会 1973 年，后者有台版陈鹏仁、刘崇稜译本，台湾商务印书馆 2005 年）在后学的批判性视野中，“坂野外交史”或带有浓重的时代印记，未脱西方冲击论与“传统—近代”范式的窠臼，但他开启的外交史研究路径影响相当深远。川岛真对于台湾“中研院”近史所所藏外交档案的开拓性利用，某种意义上，等于在完成前辈未尽的遗愿，他没有忘记——“实际上将台湾外交档案介绍给日本学界，被中国外交的承担者所吸引而对其进行考察，使问题内在化的领路人，不是别人，正是坂野先生。”

如同费正清史学在美国学界受到猛烈批评，“坂野外交史”在日本也遭遇过类似尴尬，继而无奈式微，以至后继乏人。在坂野去世多年后，《中国外交的形成》近似于“横空出世”，令人为之一振。我们可以说，中国外交史研究的基因足够顽强，尽管是通过“隔代遗传”的方式，仍然结出了硕果；不过本书酝酿成形在本世纪初，实已脱胎于新的学术传统，比如说在日本蔚为风气的地域（区域）史研究。本书第三部“中国‘传统’外交的潜流”，用“宗主国”“大国化”“空间意识”三个关键词统括主题，而其中讨论的问题，如中国对朝鲜、暹罗的外交，俄国革命前后围绕新疆的中俄交涉等，对国内读者来说也许会感觉有些陌生，它们实与日本学者特有的研究视角相关。作者关心的是，近代中国与西方遭遇后，原有连续性某种程度上被打断，该如何估计亚洲社会内部新的互动关系？在“国家”作用相对化的地域史视角下，中国近代史上的最大课题之一——“国家建设”又该如何定位？而这些问题，实际关系到如何确立日本在东亚历史中的坐标。他看到中国探索近代国家化的道路，最终目标是成为强国或列强（powers）之一，这种“大国化”志向，一方面表现在克服不平等、争取与列强对等的意识，另一方面则为某种意义上的“帝国主义倾向”。民国前期是“人们从中国已经失去的和曾经有过的本来面目的角度，将包括‘属国’在内的整个朝贡制度作历史性回顾的时期”，在当时国际环境中，中国意识到应恢复原有的雄姿——原点性质的“中华”意识作为理念得到了发展继承，与民族主义和大国化倾向结合了起来。而且，朝贡体制下孕育的华夷秩序、方位性、中央与地方关系等等，作为外交的“软件”可能从民国时期一直继承到现在——当然，也仅仅是作为“软件”而已。

（原刊于《东方早报·上海书评》2012 年 10 月 28 日，署“罗夷”）

近卫笃麿经营的晚清中国社交圈

无论历史或现实中，中日关系总是一个敏感的话题。或因两国间长久形成的战争恩怨，国人回顾历史时易导向“侵略”“帝国主义”“军国主义”等批判模式，研究政治外交史的学者考察晚清中日关系，多将它纳入日本帝国主义侵华的长期脉络中；而由文化史、教育史、留学史等角度出发的研究，又偏重中国与一衣带水的邻邦之间源源不绝的“文化交流”，多见其“同文”“睦谊”的一面。晚清时期，尤其十九、二十世纪之交，中日关系处在一个很特殊的时期。日本学者径称为“纯粹的亲日时代”（实藤惠秀语），有西方学者更提出“被遗忘的黄金十年”的说法。（任达［Douglas R. Reynolds］：《新政革命与日本——中国，1898—1912》，江苏人民出版社1998年）事实上，“黄金十年”一说迄未在国内被真正接受，作为争议性话题持续遭受质疑。对同一段历史各有判断，貌似对立的观点皆不乏证据可供佐证，此种学术现象恰恰说明：这段中日关系的历史有着多个层面或侧面的内容，要认识清楚，仍有深入研究的必要。

至少可承认一点，在晚清多数国人的认知当中，日本的面目如果不至于清纯，恐怕也不像后来理解的那么可憎。日本在华建立丰富的政治人脉资源，中国官绅阶层对其普遍抱有的好感，都显得不同寻常。这与甲午战后日本政府、民间双重势力在华的长期经营密不可分，而相对于官方层面的工作，日本民间团体，如东亚同文会的活动触角更广，介入程度也更深。近年来的研究似有综合中、日两方面历史文献，重建相关史实的趋势，而这方面以孔祥吉、村田雄二郎、李廷江、翟新、郑匡民等学者创获最多。新近出版的李廷江先生编著《近代中日关系源流：晚清中国名人致近卫笃麿书简》（社会科学文献出版社 2011 年）一书，披露了原藏于日本京都“阳明文库”的一大宗清人函札，而它们对于晚清中日关系史研究，可说是不可多得的珍贵史料。

近卫笃麿（1863—1904），号霞山，是活跃于明治时期的日本政治家。他出身名门，曾留学德国波恩大学、莱比锡大学。1885 年，二十二岁时就被封公爵，跻身华族。1890 年归国后，当选为贵族院副议长，从 1896 年到 1903 年担任贵族院议长一职长达八年之久，同时身兼学习院院长、帝国教育会会长、枢密顾问官等。1898 年东亚同文会成立，他出任第一任会长。被明治天皇誉为“名门伟器”的近卫笃麿，在日本近代史上有着相当重要的地位，他对东亚问题抱有持续不衰的兴趣，积极发表有关朝鲜、中国事务的言论，被公认为明治三十年代“对外硬运动”无可争议的领导人。就中日关系而言，近卫本人为“日清同盟论”的提倡者，以他为会长的东亚同文会是当时日本国内处理中国问题的最大民间团体，围绕着近卫，聚集了一大批对东亚问题热衷的日本人，同时他们与形形色色的中国人打交道，以公务、私谊为纽带，建立起相当发达的关系网络，这种关系进而渗透到现实政治层面，产生了不容小觑的影响。

近卫笃麿的私人日记经过编辑整理，已于二十世纪六十年代由鹿岛研究所出版会以《近卫笃麿日记》为名刊行，全六卷，前五卷为日记本文，始末时间为1895年2月19日至1903年3月3日，有大量涉及中国关系的信函、电文、报告书等附录于日记正文后，第6卷为“附属文书”，以人名分类的往来文书项下，也收录了少量清人函札。近卫日记涵盖的时段正是其人政治生活最活跃的时期，也是中日关系史上一段非同寻常的“黄金期”，该日记一出版，就受到学界广泛重视。但比较遗憾的是，收入其中的、数量可观的清人函札，却较少得到利用。原因主要在于各札分散编排在总计2775页的日记中，缺少索引，检视不易，加以原件部分字体难以辨识，整理中不免误认误植，这也给研究者带来困难。

李廷江先生鉴于这批信函“至今没有得到很好的整理，也没有引起学界的足够重视，令人感到极大的遗憾”，故将现藏于日本京都“阳明文库”的近卫笃麿关系文书中的汉文函札全数搜罗，整理点校，合成一集。从编辑体例上看，原则上遵照发信时间排序，时间不明者则以收到时间为据，原函影印件与经整理标点的文本一并收入，编者在书前作有长篇“解题”，对写信人及其与近卫的关系有精练的介绍，这些都给利用者带来非常大的便利。全书收录函札总计99通，其中92通为1898至1903年间清朝人士写给近卫笃麿本人的（另7通为1939—1941年汪精卫致近卫笃麿长子、时任日本内阁总理近卫文麿［1891—1945］的信函电报），信主总数超过50人，根据编者的分类，大致可以包括四类：（1）“清末改良派”，包括康有为、梁启超、王照、汪康年等；（2）“南方实力派”，包括张之洞、刘坤一、岑春煊、余联沅、赵尔巽、陈宝琛等；（3）“清政府要人和外交官”，前类代表人物有荣禄、庆亲王、王文韶、袁世凯、陈璧、那桐、恭亲王、肃亲王、毓郎、德寿、喀啦沁亲王等，后类主要为驻日公使蔡钧；（4）“留日学生及其他”，代表人物有张之洞长孙张厚琨、余联沅二子余祖钧、祖逵等，此外邹凌翰、陶森甲、钱恂、张权、俞明震、黄中慧、姚文藻、汪凤瀛等人，均值得注意。就内容而言，大致与政治活动相关者为一类，缘于私交的应酬请托为另一大宗，且只存来件，基本不录去函，要了解其背景与内涵，须参照近卫本人日记，并与中国一方史料相互对照。

1899年10—11月、1901年7月近卫笃麿有过两次中国之行，而从函札反映出来他所结交的“中国人朋友圈”也大致以这两次访华为界：最先直接与近卫打交道的中国人，是戊戌政变后流亡海外的以康有为、梁启超为代表的改良派人士；1899年初次访华，沿长江一线遍游华东、华中诸城市，与湖广总督张之洞、两江总督刘坤一、上海道余联沅等地方官员建立联络，及后围绕庚子事变的应对和善后，与东南督抚及其戚友、幕僚、派出留学生的交往越来越多；1901年访问北京后，其交际圈扩展至荣禄、王文韶、瞿鸿禨、袁世凯、那桐等中枢大僚及庆亲王奕劻、醇亲王载沣、肃亲王善耆、贝子毓朗等满洲权贵，在清朝新政启动过程中发挥了影响。如果说，近卫广泛接触的带有不同政治背景的各类中国人有一“面”的覆盖，那么，从戊戌、庚子，再到新政时期则构成了一条纵向的时间“线”，将“面”和“线”

联系起来看，晚清中日关系就会变得立体起来。

这一批函札绝大多数都是首次披露，信息量非常丰富，正如编者所言，“对于了解从戊戌维新到日俄战争前的东亚国际关系，以及同时代中国人对日认识等极为珍贵，特别是对于研究近代中日关系史而言，更是不可多得的第一手史料”。今据笔者肤浅的研究心得，兹举一例。“张之洞在庚子年的帝王梦”是一个在近代史学界颇具争议，而迄未有定论的话题。有研究者指出，当时庚子事变前夕，时任湖广总督的张之洞背着朝廷派出由长子张权率领的军事考察团赴日秘密活动，进而向日方提出了“成立新政府”的建议，由此推证“这位清末大僚庚子年独立称王的内心世界”云云。那么，历史事实究竟如何呢？据近卫笃麿日记透露出的信息，近卫本人对于来日游历的张权印象明显不佳，这大概有两个原因：首先，张权任性、不拘礼节的名士做派，不为贵族出身、等级意识浓厚的近卫所喜；其次，也是更重要一层，在当时就读于日本贵族学校学习院的张之洞长孙暨张权之子张厚琨的教育问题上，张权与近卫发生了直接冲突。冲突的具体起因，则可以清楚地见于《近代中日关系源流：晚清中国名人致近卫笃麿书简》一书所收的几通张权手札中。1900 年 7 月 15 日张权致近卫笃麿函云：

现届休业闲暇，无功课之时，欲令小儿暂住弟处，可否。再，游泳之行，闻学生不去者甚多，弟在此住无几时，不知小儿亦可援例不往否？此二事，可行则行，可止则止，统俟钧复，以便遵行。敬上。（99 页）

张权向近卫提出两项请求，一则张厚琨暑假时离校与其同住，二则免修赴外地的游泳训练，后近卫邀其面谈，张权却借故爽约，而使人“代面”。（100 页）这在张权看来，不过是为成全抽暇小聚的家庭乐事，无足轻重，也无可厚非；对近卫来说，则加深了恶感，厚琨“行为失检”明显为其父纵容的罪过，召而不来更是“无礼”。当近卫通过湖北留日学生监督钱恂对张权提出警告，后者“直率”“狂戆”的公子气又一次发作。同年 7 月 17 日去函，言语已掩不住许多锋芒：

> 弟性直率，不耐繁细，且此来本为闲游，疏散尚且不足，何暇预此等事，自苦乃尔。即日前所请于近卫公之事，可则可，否则否，一言而决耳，亦无烦赘辞也。诸事有钱监督在，告之胜于告弟万万也。如谓清谈，则久愿闻近卫公之绪论，第不敢请耳。近卫公苟幸赐教，愿嗣诸异日，以身伏前，敬聆珠玉也。乏驾之马，不受戆鞠，狂戆之性，未闻道德，此语正复相类。尚祈诸公见原为祷。（101—102 页）

至此，在张厚琨的教育问题上，张权和近卫笃麿的矛盾已经表面化。近卫不满厚琨连续休课，擅离学校宿舍，多次违反校规，认定张权来日适足以败事，给他的儿子做了一个坏榜样。在面见钱恂发泄一通后，仍余怒未消，又致信东亚同文会会员、时任日本驻上海代理总领事的小田切万寿之助，专谈张权“妨碍其子教育”之事，声言“如此愚物可令其早日归国矣”（《近卫笃麿日記》第 3 卷，239—240 页），愤愤之情溢于文字。张权在东京显然成了不受欢迎的人。他在与日人打交道的过程中，明显表现出“不耐”，对于近卫笃麿这样位高势重的大人物，不愿直接接触，甚至有所忤逆。很难想象，这是一个直接受张之洞遥控、带领军事团队在日本从事“特殊的外交活动”的代表所应有的表现。从此角度看，张权致近卫手札无疑可以为“张之洞在庚子年的帝王梦”之有无，提供深入讨论的第一手证据。

据李廷江先生交代，本书从动手到基本成型，经历了差不多十年的时间。全书资料的整理编辑非常用心，极便参考。惟信主及发函时间的考订，略有微误。如编号八十七的那亲王札（319—320 页），落款署“那桐”，将札萨克和硕亲王那彦图与那桐混淆，二者原非同一人也。编号十一的刘学询札，内以“本部堂”自称（70 页），可知发信人官至督抚，明显与刘氏身份不符，推测信主可能为时任两广总督的谭锺麟。编号五十七的刘坤一札，系日作“1902 年 2 月 20 日”（234 页），函中有“敝国上年北方拳匪启衅”“伏查公约大纲十二条，早经照准……现议各条子目”等语，据此作函时间应以“1901 年 2 月 20 日”为是。编号七十五的袁世凯札，系日作“1902 年”（287 页），据函中“观于上年六七月间妖徒啸聚”及“仍乞诸君子转恳贵国驻华钦使于北京公约婉为调护，力为维持，俾各国勿过甚其诛求”等语，作函亦在庚子事变后次年、《辛丑条约》签订之前，故应作“1901 年”。

再顺带介绍，本书的日文版本先已于 2004 年由东京原书房出版，书名作《近衛篤麿と清末要人：近衛篤麿宛来簡集成》，编排体例与中文版本一致。又本书所收汉文函札，仅限在“阳明文库”中确认有原件的部分，割爱了《近卫笃麿日记》中收录但是没能在“阳明文库”找到原件的函札，这是利用者需要注意的。

（原刊于《东方早报·上海书评》2013年3月22日，
署“罗夷”，标题为编者所拟）

“完全可以想象”成的晚清史

一

近读周一良《郊叟曝言》，谈到邓广铭与一般史学家不同的一点，“他不但研究历史，而且写历史”，又列举邓著多本人物传，推许“都是一流的史书，表现他的史才也是非凡的”（《纪念邓先生》，《郊叟曝言》，新世界出版社2001年）。论出身，周先生属燕大——史语所一系，而治学取向，倒可将他对邓先生的评论移用：“早在学生时代，就受知于胡适之先生、陈寅恪先生和傅孟真先生，他的史识从议论到分析都是很宏通，容易接受的。”读此，深感先贤自有今人不可及处。

对吃历史饭的人来说，“研究历史”与“写历史”，非一而二，二而一欤？但在今天，实已被生生打成两橛，且有愈演而愈乖离之势。学院体制与专科化取向下，凡从业者，单就逻辑论“研究”便可自足，论文、专书一旦进入学术发表程序，就不必在乎有多少受众；至于“写”，余事耳，不仅须“不惮辛劳不惮烦”的精神，或还有“吃力不讨好”的风险。不论段位高低的学问家，大都固守“学者”（“高深学术探讨者”？）定位，终不肯“与一般人生出交涉”。而大众一面，大概不少人意识中会把“历史”与“故事”画等号，觉得史学本来最需要也最适合“讲故事”，不过回到现实中，又只能抱怨今天的历史著作实在没有多少“故事性”和“可读性”。

中国人多少都舍不下那点“历史癖”，又无从发展“考据癖”，于是真相未得，先要“教训”，这种急迫的心态，对于近代史尤然。有需求就有市场，读书界呼唤、出版界打造“新黄仁宇”“新唐德刚”的事业从未停止，这里约有两个着力方向：一是往前、往外找，数年间蒋廷黻、李剑农、郭廷以、徐中约、陈恭禄的著作被多次重印或引进。这些作者背景参差，功力与史观各异，惟宣传基调倒颇显一致，有明说有暗示，总之这本书会“告诉你”一个不同于主流的“不一样的中国近代史”。另一方向是内部挖潜，定位“通俗历史读物”的各路各色作者（而以学院外专业外居多）层出不穷。平情论之，在个人经眼稍多的近代史方面，确有不少兼具文史素养（或大致仍偏向“文”的一面）与淑世情怀的作者，对“大时代”中的“小细节”有着持续的关心，不遗余力地打捞着“私人记忆”、追踪着“个体命运”、叩问着“历史深处的误会”，向着“于幽微处见宏义”的理想再三致意。由此，当“民国范”或者“知识分子热”一类本来有特定局限的话题竟一跃为“社会”的热点，实在不需要太多惊讶，哪怕所谓“学界”在这些话题上实已处在下风，而不得不采取追随态势或干脆“失语”（当然分自愿与心有不甘而不得不如此两种）。只要承认非学院作者的执著（同一意思不惮反复申说）与勤奋（往往既“著”且“编”，特别高产），就足够令“清高”的学院派汗颜。

二

鉴于供求间的巨大缺口，马勇先生作为目前为数极有限的出身学院而卓有成就的、且有志于写作普及读物的近代史专业学者之一，他的面向大众的著作，实在应受到热烈欢迎，并值得高度期待。大约从2008年起，马先生开始对大众“讲故事”，而且一路讲到了今天，这些“故事书”的不完全目录（难保尚有未经寓目者）列下：

一、《1898年中国故事》，中华书局2008年

二、《1900年中国尴尬》，中华书局2010年

三、《1911年中国大革命》，社会科学文献出版社2011年

四、《晚清二十年》，人民文学出版社2011年

五、《1898年那场未遂政变》，江苏人民出版社2011年

六、《戊戌政变的台前幕后》，江苏人民出版社2012年

七、《清亡启示录：一个王朝在一百天的危机中走进历史》，中信出版社2012年

八、《容忍历史不完美》，中华工商联合出版社2012年

九、《大变革时代：1895—1915年的中国》，经济科学出版社2013年

十、《坦然面对历史的伤：重述1840—1911年故事》，中华工商联合出版社2013年

十一、《重新认识近代中国》，社科文献出版社2013年

从戊戌、庚子、辛亥，到“晚清二十年”，再到“大变革时代”、“近代中国”，言说对象范围的延伸是显见的；从单纯讲“故事”，到“容忍”“坦然面对”，再到“重新认识”，言说主体姿态的高扬，似乎也配合着同一个节奏。同样有目共睹的，是作者绝对不输于人的“执著”（“1898年的故事”连讲三遍）和“勤奋”（五年内写了超过十本书）。笔者当然不可能通读这些书，但初步印象是，其大致仍循传统政治史的叙事框架，以洋务运动、甲午战争、戊戌变法、义和团与八国联军之役、新政改革、辛亥革命等重要史事为主干，并以高层政治为首要讨论对象，各书基本不越此范围，社会、经济、文化等方面少有涉及。当然，这无可厚非。近年史学研究目光朝下已成趋势，遂有“重提政治史”的呼声，不啻意味“政治史”被边缘化已经好久；而与之对照，坊间对“吃喝玩乐”诸议题固然喜闻乐见，但最有兴趣者仍在于带“秘辛”意味的政治。近代政治史之重新检讨实有必要，且空间巨大。问题在于，史料拓展或史实重建，均非易易，“征实难巧”而“翻空易奇”，急欲有所言说、有所突破者，惟有阐释出新、出奇一途。笔者拜读马先生著作后，感受到双重遗憾：（一）在书里没有读到什么精彩的故事；（二）反而被灌输了一大堆未经论证、似是而非的说法。如果说，

前者引起的只是习惯性失望罢了——果然继续保持了专业史家的某一本色；那么，后者则带来巨大的意外——这难道不是专业史家做的最最外行的事么？

鼎尝一脔，即可知味。姑借《晚清二十年》一书略为申说。此书时间跨度是1886—1911年，不算长也不算短，但已囊括马先生最有研究心得的部分，还有就是，它是手边可见惟一带注释的一本（全书340页，共61个注，其中32个集中在第二章，第六、七、十章无注，第五、九章各一个注）。此书原非针对专业读者，注释有无无关紧要，马先生选择出注的原则如何，无从了解，至于平均五页以上一个注对读者来说是否真有意义，亦不敢妄断，对笔者来说，这些注的唯一好处是可以稍知凭借，较便于发言。全书基调大致可概括为：晚清历史被改良主义者、革命者多次妖魔化，以慈禧太后为首的满洲统治者背负了太多误会，有必要抱持“一种适度的温情和敬意”去看待历史，从而发现——“过去所接受的历史认知可能还真有继续探讨的空间，可能并非先前所说的那个样子”。

在马先生多个“反妖魔化”壮举中，先说对本人冲击最大、颠覆最深，同时也是全书申说最力的一例——所谓慈禧与光绪不共戴天、视若仇雠，非历史真实，而是“政治反对派的肆意攻击与诋毁”，是“无论如何不能相信”的“谎言”（262、264页）。康梁时论带有鲜明的政治意图，且“文本”屡经改写，观念颇具“层累”意味，本不可径引以为信据。史学界几代学者迎难而上，攻坚不已，凡“辩伪”“订正”“考实”“笺注”，披荆斩棘，前路先驱。马先生谓政治反对派对清朝蓄意抹黑，不当偏听偏信，确为有所见，但不必是孤明先发，甚而过犹不及，从“谎言”的一头急遽跃至另一头，推出极端观点，更加令人瞠目。试举观点一：“瀛台囚禁”是光绪帝自愿赎罪之举，因为（一）“错看康有为而自责不已，执意不愿继续在第一线主持朝政”，“觉得这事忒没面子，于是以生病为由关了自己的禁闭……很长一段时间就住在瀛台不愿出来”；（二）“他的身体状况似乎也不会允许他像过去那样废寝忘食，日理万机，再加上他无法生育自己的皇子已经是不能更改的事实。”（123、157 页）观点二：“己亥立储”不得不行而受外界误解，“要害”在于（一）“皇上的病一是太难说出口；（二）“皇上的病情在一惊一乍后更有加重的趋势”，“已到了清廷不得不考虑皇上万一实在支持不下去或‘龙驭上宾’的善后问题”（124 页）。那么，如何证明呢？就是不用证明地但言之凿凿地告诉读者——皇帝是一个不折不扣的“病人”。因为：“光绪帝自年幼时代就身体不好，经过戊戌年的惊吓，可以肯定其龙体又受到新的损伤”，“应该相信光绪帝的健康状况在 1899 年初确实出现反复，甚至日趋严重”（124、127 页）。马先生不同意光绪在瀛台“静养”被说成“幽禁”，也反对“皇太后对皇上的任何关爱”被解释成“别有用心”，于是高屋建瓴地指出：“一百多年后重新检讨这些史实，其实还是应该相信一个合法的主权政府不会如此卑劣地造谣误导。我们在清廷高官所留下的文献以及清廷官方史料中根本看不到康、梁等海外政治流亡者所说的那些事情。”（128 页）至 1899 年 12 月，清廷上谕驳斥康梁言论，强调训政以来上下一心，宫府一体，告诫中外勿信谣言。马先生又认为，这是因“康、梁等政治流亡者的攻击终于惹恼了清政府，甚至惹恼了光绪帝”（128 页）。然而，无法视而不见的是，在此前后清廷内部正紧锣密鼓选拔小皇帝，对此“令人不解”处，马先生是这样打发的：“作为政府文件，应该相信其严肃性”；“如果基于同情立场去看待清政府这一重大决策，其实也不难感到这一事件之所以发生，主要原因还是应该从光绪帝的病情、清代皇帝的传承体制等方面去寻找”；“从善意角度去理解己亥年建储活动应该是一条思路，大阿哥如果经过适当教育培养，将来接替光绪也不是不可以”。（128、129 页）

至此，差不多可以小结一下写法了：叙事则照搬官方史料，换言之即抄上谕，议论则据人家怎么说，就相信人家怎么做，凡有异说，则一律归为“造谣”。昔人有言“才繙史略，即可成文，凿空生义，僻谬不情”（语出《四库全书总目提要》“史评类”序说），诚此之谓也。欲由“清廷高官所留下的文献以及清廷官方史料”来为政治敌人背书，何异缘木求鱼？如果可以径听单面声音，而不必研判材料性质，排比辨析、去伪存真，那还要史学家何用？殊令人不解者，为何马先生对康梁毫无信任，直斥为“有意造谣”“散布迷雾”，而对清廷独具“同情立场”“善意角度”，因之深信不疑，照单全收，同一怀疑精神何不能持平贯彻于双方？标榜“从一个王朝政治本身去理解王朝政治”，莫非就是“从一个王朝的官方文件去理解王朝政治”？专业历史学者表现出的“非历史”和“不专业”，徒令读者齿冷。

三

这还没完，同样的“神论证”在光绪、慈禧相继死亡上又次重演，并达到高潮。先是对光绪被害的所有猜测和论证一笔抹杀，认定都带有“阶级斗争时代的深刻印痕”，“慈禧太后政治上的反对者肆意编造的印痕”，证据则继续老套：“清政府的官方文书没有这方面丝毫记录，当年能够真正接近权力中枢的大臣们也没有人对光绪之死表示过怀疑。”（260 页）“民间的传言和议论当然不能代表历史真实，而历史真实只有当事者或政府当局知道。作为一个享有主权的政府，我们不必怀疑清政府在道德上的起码诚信。”（261 页）“光绪帝的死亡对慈禧太后的打击太大了，生命垂危中的老太后越想越伤心，越想越觉得自己的一生太命苦……也就一命呜呼了。这个解释不仅来自清代官方正式文件，而且应该更合乎人道，合乎人情，合乎常理，合乎历史和逻辑。”（266 页）

“这个解释”来源就是慈禧遗诏，马先生用此谆谆劝告读者，“不应于此不疑处生疑，更不应该疑其母子之间的真感情”。何谓真感情呢？据说“他们的关系不是一般的和谐，而是荣辱与共”（262 页）；“尽管经历了那么多的政治波折，大风大浪，我们从清代正史中从来没有读到皇上对皇太后的抱怨，皇上至死都是感激皇太后的养育之恩和多年来精心照料、耐心辅助”（265 页）；“如果从日常情理的层面去观察，他们之间的相互关系应该是，皇上清楚地知道自己是领养的，也知道自己在家、国两方面将要负起的责任，因此对于皇太后是尊重的，敬仰的，佩服的，对于皇太后的所有安排、嘱咐，一般地说来是照单遵守、认真执行的”。（264 页）又“据说”，长期肾病和遗精对光绪构成“男人无法说出口的羞耻”，也造成他“性格稍有扭曲”，因为——“作为皇上他没有完成、而且永远无法完成大位的传承，甚至无法对皇后、对嫔妃履行作为一个丈夫应尽的义务”，对此，慈禧能做的事情，“除了安慰，除了劝勉，还能做什么呢？”（265 页）

马先生对慈禧充满“同情”，以至于“移情”，不知不觉竟至于角色代入：“表面上的辉煌和体面怎能填满一个青春少妇的正常欲望，年轻的寡妇守着的不是大清王朝的江山，而是孤独和寂寞。”（262 页）“我们完全可以想象，慈禧太后只能从内心深处哀叹自己的命太苦，为什么上帝或者说老天爷要把一切的危难、一切的坏事留给她呢？青年丧父、中年丧子，也就罢了。为什么用几十年辛辛苦苦领养的这个儿子，这么听话，这么有出息，却又这样让他身体不好，让他无后，让他英年早逝呢？”（265 页）

不需要再引了罢。再引的话，越看越像宫斗剧剧本了。尝记吕思勉先生以“再造以往”为史家最要之事，即“综合各方面，使其时代的情形，大略复见于眼前”，然区分史事为“特殊事实”与“一般状况”两类，后者“重常人，重常事”，前者则与普通见解多相反，“因为许多事情，都有其内幕，而其内幕，在当时总是秘密的”，当时无论局中、局外人，“免不了利害和感情上的关系，其见解总不能平允”，故真相须历久乃明（《吕著史学与史籍·历史研究法》）。马先生最喜用“同情和理解的立场”，“从温情和敬意的情理”，“日常世俗伦理”来“重构光绪帝、慈禧太后相继死亡的真相”（262页）。然此恰恰不是“常事”，不能径用常情判断，何况，“常情”非出于实证，而多由假说和推论，一旦书中充斥“如果”“或许是”“应该相信”“完全可以想象”“应该是事实”“也不是不可以”……一旦“假设史学”也成了史学，一旦逻辑代替论证，那真搞不懂马先生所讲的，到底是真实发生过的“历史”，还是连自己都不太相信的“故事”？

四

马先生一面号称晚清史有“许多还可继续探讨的空间”，一面对有关光绪之死的大量史学、医学研究取无视态度，如果白纸黑字尽可能是“谣言”，那么光绪头发标本中测出高得离谱的砷含量这样的“物理存在”呢？是不知以为无有，还是明知故意不提，此处未敢悬揣，但类似的情况，又在戊戌政变、义和团战争起源、载沣罢免袁世凯等重大关节论证上反复出现。历史通俗著作应以准确和可读性为最要，或不必一味强求原创、一一交待史源，然如何处理与先行研究的关系，在多大程度上反映专题研究深度，以及是否需要反映最新（哪怕较新）的研究成果？这些恐怕都是一个严肃的作者所应该思考与回应的。否则，所谓“重构晚清历史的叙事框架”，不过是离开既有研究基石的危险腾空或大踏步倒退。

兹举两例。（一）马先生谓张汝梅、毓贤在山东巡抚任内，“经清政府批准，‘化私会为公举，改拳勇为民团’，将这些民间结社纳入体制内”（137 页）。按此引语不过为奏折中说辞，未经批准，何可以事实视之？且原意并非直接变义和团为乡团，而是先将其取缔，再收编其成员。又谓 1899 年毓贤以“神来灵感”将义和拳改称义和团（138 页），实则这是一个流行已久且早经推翻的假说，相应论证可见林华国先生《历史的真相》一书。（二）马先生谓近代中国很长一段时间“以俄为师，师法俄国”，复举严复为例，“当胶州湾发生后，严复一方面对沙俄乘人之危谋取不义深表不满，另一方面希望中国执政者要虚心地学习俄国”。（199 页）按“以夷制夷”为晚清驭外惯技，然就一般论，晚清士夫对俄国抱好感者并不多见，有关以俄罗斯为“战国之强秦”加以口诛笔伐的诸多记录，王尔敏论文罗列已夥（参阅《十九世纪中国士大夫对中西关系之理解及衍生之新观念》）。主联俄者不能说没有，但举严复为例恰凿枘不合。戊戌前后维新派本力主联英、日，严复在《国闻报》发表《中俄交谊论》，格调迥异，宜乎引人瞩目。而据孔祥吉、村田雄二郎的研究，《国闻报》成立前后，受到俄国的忌恨与收买，《中俄交谊论》是“为了报馆生存而敷衍俄国间谍的文字，不可作为评论他们政治观点的依据”（《从中日两国档案看〈国闻报〉之内幕——兼论严复、夏曾佑、王修植在天津的新闻实践》）。今以严复违心之言，畅论“中国终于在俄国人那里找到了知音和先例”（200 页），岂非南辕北辙？

与比比皆是的论断形成反差，以争取一般读者为目标的本书竟出奇“干燥”，实无多少细节可供体味，有趣的人物和故事更是严重欠奉。据说“人物”一直是马先生的研究长项，曾为上起李斯、董仲舒，下至胡适、丁文江近百号人立传著说。然而，诚令人遗憾，通读全书，除了对“应该是”“可能是”一类判断句式印象深刻，对慈禧、光绪这头两号人物形象仍旧模糊。至于康、梁，虽被念叨不休，但始终不过拿来充当反光的背景板，缺少实质内容的刻画。其他呢，大概只剩下一个个人名外缀一串形容词而已。比如康广仁，马先生要为“变节求荣说”翻案，但用来说服读者的，竟是“可以相信的一点是，当康广仁不得不作交代时，一定是侃侃而谈，他甚至以毫不畏惧的精神滔滔不绝，甚至可以说带有几分炫耀也带有几分遗憾地谈到了他们的计划，他甚至会说……”（218 页）。又如摄政王载沣，“或许不是一个英明的政治家，不是一个有胆略、有智慧、有权术的政客，但他确实是一个好人，是当时满洲贵族统治集团中最具有世界眼光的贵族”（278 页）。怎么看都像极用胡萝卜印盖戳的人品鉴定书，先不问其真假，总之用作标榜的“知人论世”的本领，完全无从领略。

写到这里，差不多明白，对马先生来说，“历史”还是“故事”都不重要，念兹在兹者其实是“启示”。于是面对书中触目皆是、跟鱼骨头一样生硬的现代语汇，尽管一度有时代措置的愕然，但随即也就释然了——大概这些都属于“预流”的标帜罢。再借新政数章，试举几例。(一)强行比附，似是而非：“光绪爷既不愿意承担失察的政治责任，也无法在现有的工作岗位上工作”（123 页）、“大清王朝最高领导人真的认同了危机意识，认同了普世价值，认同中国必须世界化，必须与世界同步发展这一客观而不可更易的大原则”（176 页）、“政府越来越倾向于一个政策的制定者，政策的保护者，充当裁判员的角色，不再下球场与球员一起踢球，既当裁判员，又是运动员，不再与民争利，所有领域，包括新创办的工商、交通和金融，一律向所有资本开放，所有资本均享有同股同权的国民待遇”（188页）、“改革原本应该进入深水区，不料却在制度层面出现了困难”（193—194页）。（二）比附，但明显不实：“将中国逐步推向世界一体化的轨道确实是张之洞、刘坤一的真实想法”，“至少在张之洞的思想深处，他清醒地知道中国的强大决不仅仅是物质财富的增长，绝不是在世界上称王称霸，而是要有世界一体化的政治理念和世界观”（178页）。“满洲贵族集团只是名义上享有大清帝国的所有权，但经营权、管理权都几乎交给了汉族高官”（197页）。（三）索性连比附也省却，在一无直接关系，二无证据链的前提下，径直为历史中甲乙方的情感甚至心理代言：“中外大臣的不懈坚持，反复劝说，终于使两宫回心转意，重新认同了政治变革，回到向西方学习的正确轨道上来”，“封疆大吏、明智之士的执著终于感动了朝廷，清廷于1901年8月29日发布上谕……”，“摄政王载沣和清政府的诚意、决心，深深打动了各地立宪党人，使各地立宪党人觉得一定要踏踏实实按照九年立宪规划去执行，一定要在1909年将各省咨议局选举完成”。（175、185、280页）

清末十年，最易让人产生联想。近来学界开始反思，清廷在十年间推行改革不可谓不力，对外方面上也不乏振作迹象，并未见特别明显的倒行逆施，为何反引发革命，迅速覆亡？改革主动力来自“上”还是“下”，政府“扩权”与“再造”社会是同步一律还是零和博弈？“与世界接轨”与“洋人的朝廷”是历史误会还是硬币的两面？这里实有大量问题需要好好研究。然在马先生笔下，新政在“风云突变”之前，基本上只有“凯歌行进”的单一剧情。从组建督办政务处，看到“新政从一开始就没有设置什么禁区”（194 页）；从地方官制改革，看到“中国行政管理体制现代化的开端，一般民众的政治参与能力和参与热情在这一过程中获得了很大提升”（242 页）；从各省咨议局选举，看到“会议开得非常好”，“议员们从容不迫文质彬彬激烈而有秩序地讨论着各种议案，充满诚意、善意、严肃而礼让的美德”，“中国终于走出了民主政治的第一步，如果按照这条路走下去，中国的民主生态一定会改善，民主选举一定会逐步走向成熟”（281—282 页）；从预备立宪缩短年限，看到“清廷对于这个宣布是认真的，宣布之后清廷也是踏实筹备，踏实进行的”（298 页）。马先生总结说，“我们不能说清廷没有进行政治改革”，只是反对者、后人看来，“可能还不叫政治改革，充其量只是行政体制改革而已”。这是全书多次出现的“历史主义观点”（此处引马先生语，不涉“历史主义”的原典意义）的再次搬演，从这一观点出发，慈禧太后“从来不是一个保守主义者”（176 页），载沣坚持立宪计划“并不表明他在故意拖延”，“而是在坚持一种原则，坚持一种理想，而这种坚持本身就是一个负责任的政府、负责任的政治家必须做的”（287 页），“晚清最后十年的政治变革是真诚的，也是有效的”（340 页）。这些判断究竟是否属于“事实”，笔者没有再追问的力气；而从这些判断可以收获何种“启示”，却是不敢深想……

在本书最末，马先生号召读者对大清王朝“执政团队特别是隆裕太后的深明大义，断然决定”、对他们在最后时刻表现出的“潇洒和智慧”铭记在心，“以温情和敬意去看待一个王朝的消失”。（335 页）不必再去喋喋纠缠清亡一刻，那对“孤儿寡母”有过怎样的惊惶失措、愤懑无助、满心不甘然又无可奈何，不必管他们离“潇洒”“智慧”“深明大义”有多远，我只佩服马先生有毅力将“坦然”和“容忍”贯彻到底，虽然无法判断——这究竟是一种“恕道”，还是“乡愿”？

五

笔者曾为是否要写这篇文章犹豫，在友人处瞧见马先生新鲜出炉的《容忍历史不完美》（中华工商联合出版社 2012 年）后，竟将“容忍”之心泯灭，深恨不受教诲有至于斯者。据说这书连同《坦然面对历史的伤》，都是“编辑朋友”“创造性地理解市场”，从“已经发表或已写好而尚未发表的文稿中选编出来的”（见该书“序”）。好奇心遂又发作，竟发现《容忍》一书基本是《二十年》打乱章节、另拟标题的重排本，而尤妙者，后一书“后记”也改头换面移用作前一书之“序”，“一鸡双吃”，倒全不糟践！《红楼》里妙玉有一句隽语：“一杯为品，二杯即是解渴的蠢物，三杯便是饮牛饮骡了！”莫非马先生真把读者当做只晓“解渴”的东西？或如旧条约体系下西人之待华人，另使“一套”也？我由此及彼地联想，马先生待市场如此，视专业写作又如何？莫非果真截然分作两事，一则尚知边界所在，守住规矩画好圆，一则可以自降标准，或听编辑摆布，乱云飞渡，我自从容？究竟如何，已非吾辈有兴趣有能力置喙，且待有心的专业人士索解。

最后要说的是，各人读书口味不一，见仁见智，固难强同。马先生的书有“人气”，不会是无理由的，不见尚有嗜好者以“中国的房龙”期之欤？但回到本文的开头，“研究历史”与“写历史”自为两事，层次递进，秩序终不可乱也。毕竟只有先“研究”，然后才能“写”，古今一律。在此意义上，周先生的话，对学院内外所有人也仍是同等适用的。

（原刊于《东方早报·上海书评》2013 年 9 月 29 日，
署“杜树人”，标题为编者所拟）

发乎考证，止乎欣感

一

“史学碎片化”是近年来史学界一个热门的话题，而面对同一种事实，各人的理解并非一样。研究选题一味求小，研究范围偏窄，重叙事、重考证、轻阐释等现象大量存在，令一些学人深感忧虑，史学领域相较过去缺少了许多“热点”“兴奋点”，有习惯于讨论“重大问题”或热衷“论战”者甚至不大适应，起而呼吁“重建史学的宏大叙事”；而另一些学人则根本不承认有什么“碎片化”，在他们看来，随着史学专门化及学风趋实，研究者各守专攻、分头并进本乃学术研究的常态，且为“非碎无以立通”的必由之路，“越来越多的近代史研究涉入更具体的层面，或许是一种欣欣向荣的现象”（《中国近代史研究中的“碎片化”问题笔谈》，《近代史研究》2012 年第 4—5 期）。这当然是一个见仁见智并可以不断讨论的问题。不过，从实践论的角度，今日学界似乎还有一个“救弊”的高（绝？）招，即每逢五十、百周年纪念重大政治事件或历史人物的传统做法。除了一以贯之的“纪念性”在持续发酵，这种惯例还难得地为貌似“分裂”的学界贡献了稀缺的“共存感”和“话题性”，趁着这些由头，学术圈在短时间内可以聚集起可观的社会资源和关注度，从而造成“热点”“热门”。这里的“热”，未必指众人实际参与的“热度”，但至少形式上的“热情”“热闹”，是必须的。周年纪念一般也分大年、小年，少不了八竿子打得着或打不着的“名门正派”和各路“草野神仙”，以及彼此间客套和吆喝，有善戏谑者比之为“赶场庙会”，不仅要掐着节点去赶集，而且还分“大集”“小集”（杨念群《“五四”九十周年祭》，世界图书出版公司2009年，自序）。过去尚未久的“辛亥百年”纪念，无疑是多年才一遇的“大集”，着实闹猛了一阵，可其兴也骤，其亡也忽，“散集”之后再回头盘点，却也很难说留下了多少有分量的东西。“热闹”中人的耳朵习惯了某一听阈，往往对微妙的声音失掉敏感，倒是对“客套”和“吆喝”不必那么上心的海外学界，在反思“纪念史学”方面已经走在了前头（村田雄二郎《超越“纪念史学”——日本纪念辛亥革命100周年国际会议》，《开放时代》2013年第3期）。

今年正值甲午战争发生120周年，又逢上“赶大集”的日子，学术界、读书界、文化界不出意外地熙熙攘攘，以“甲午”为主题词的各种会议、讲座、对话、访谈、论文、专书层出不穷，令人目不暇给，而议论者兴趣所寄，多在于“阐释”。甲午战败是民族之痛、家国之殇，是中国和东亚历史进程的转捩点，在今日又与民族觉醒、文化复兴等宏大叙事勾连，不久前在威海举办的“纪念甲午战争120周年国际学术研讨会”，主事者宣告会议目的即是“要告诫人们汲取历史教训，勿忘国耻，奋发图强，全面深化改革，加快发展强国、强军，维护世界和平”

（《纪念甲午战争120周年国际学术研讨会闭幕》）。钱锺书说过，“过去已是给现在支配着的；同一件过去的事实，因为现在的不同，发生了两种意义，我们常常把过去来补足现代的缺陷，适应现代的嗜好，‘黄金时代’不仅在将来，往往在过去，并且跟着现在转移”（《近代散文钞》），这话实在没错。这里“支配过去”的“现在”，不仅有批判性的传统观念和观点，也包括刻意与之立异者。今有学者最喜袭用陈寅恪“了解之同情”一语，动辄抒发“对历史的温情与敬意”，号称“跨越狭隘的立场，重构了甲午战争的历史现场，展现了教科书未曾有过的新视点和新理解”（《甲午战争十二讲：温情敬意看历史》，华文出版社2014年），而恰恰忘记了（甚或不知道！）陈寅恪那段话中更加重要的后半句——“但此种同情之态度，最易流于穿凿傅会之恶习”，结果所犯毛病，也正合陈氏所指摘的——“著者有意无意之间，往往依其自身所遭际之时代，所居处之环境，所熏染之学说，以推测解释古人之意志。由此之故，今日之谈中国古代哲学者，大抵即谈其今日自身之哲学者也；所著之中国哲学史者，即其今日自身之哲学史者也”（《冯友兰中国哲学史下册审查报告》）。

辛亥、甲午这类前人研究较为成熟的领域应如何深入，考验学者的学力与识力。冯友兰在构建自己的哲学体系时，提出“照着讲”和“接着讲”的区别。在历史研究中，照本宣科、亦步亦趋，当属于等而下之，而一味平地造起，自我作古者，同样不足为训，能够接续前贤未竟之业，以堂堂之阵正面迎战，后来而居上，可谓善哉。吉辰新著《昂贵的和平：中日马关议和研究》（生活·读书·新知三联书店 2014 年）便是这样“接着做”的一个好例。

二

1912 年（辛丑），即 1895 年（乙未）割台后 17 年，梁任公访台途中，舟次夜泊马关，有句云：“明知此是伤心地，亦到维舟首重回。十七年中多少事，春帆楼下晚涛哀。”春帆楼是马关条约缔结之地，春帆楼下不息的晚涛也见证了国人深入骨髓的伤痛与耻辱。《马关条约》十一条，“其内容之苛刻，在这个近代对外签署的条约中罕有其匹”，著者认识到“它的效力，改变了中国近代史的走向”，故而致力于探讨以下问题：“这部条约是怎样出笼的，又是怎样签订，怎样批准，怎样互换的？这样的结果是否有机会避免？”（引言，1—2 页，引用只注页码，下同）

为了解决这些问题，著者奔走于中、日各图书馆和学术机关，广搜材料，且多有斩获。“本书所征引的史料，有相当部分未经中外学界使用”（引言，4 页），在“扩充史料”方面，著者的努力不可谓不突出，而更令人欣赏者，在于对常见史料与既有解说的把握，进而用之于释读新材料，将其安放到合适位置，有效、有分寸地推进研究。今人治学，片面依赖新出史料，似乎史料够“新”、够“独家”，既已先立于不败之地，反而忽略对史料自身地位的探究，忽略新、旧史料的比勘互证。实则，即使是极端强调“动手动脚找东西”的傅斯年，也从未忘记提醒后学，此中有辩证关系须留意：“必于旧史料有工夫，然后可以运用新史料；必于新史料能了解，然后可以纠正旧史料。

新史料之发见与应用，实是史学进步的最要条件；然而但持新材料，而与遗传者接不上气，亦每每是枉然。”（《史料论略·史料之相对的价值》）

在甲午战争史领域，“中国近代史资料丛刊”之《中日战争》正、续编是基础史料。这两套汇编时间跨越近40年的大型资料集，在中、外文献的搜辑整理方面，已达相当高度，而学界利用程度未必可言充分。著者对它们看得很熟，进而辅以第一历史档案馆藏军机处档案、中国社科院近代史研究所藏张之洞档案、日本以及英、美、德、俄等国已刊与未刊外交文书，由此建立起历史认知的“大体”，保证其不（至少不大会）误读或遗漏重要的“细部”。在日本福岛县立图书馆“佐藤文库”查阅战史资料时，他一眼发现《日清媾和条约案并其理由》抄本。这件尚未被学界利用的资料，开列十二项条款，内容与《马关条约》草案相仿，并附详细“理由”，更规划了中日媾和之后日本国策的走向，颇具价值。著者了解此案在《马关条约》草案演化过程中的大体位置，亦熟悉本文内部征引条目的具体出处，故而在阅读时产生可贵的共鸣，“似乎能够切身感到作者（指《条约案》作者——引者按）一面翻检档案、一面字斟句酌的写作情景”（129—130页）。

私家著述方面，《翁同龢日记》对于探求清朝中枢动态、重建甲午史事最有帮助，张荫桓、王文韶、张謇、徐世昌等人日记，李鸿章、张之洞、盛宣怀诸家往来函电，亦多可观者。著者通过全面的爬梳整理，由此而及彼，一些为他人未见或未注意的边缘史料也有了用武之地。如直隶饶阳县知县汪宝树日记，记甲午八、九月之交翁同龢天津之行及京中各种传言，可借由透视时人观感（18 页注 4）。又如《马关条约》签订后，姚学源致李鸿藻函，指出李鸿章在日遇刺是“最好一大转机”，以中方未能善为利用而“竟委曲求全了事”为遗憾，著者赞许其见“可谓难得”，并注明“这是我见到的唯一一条时人此类意见”（180 页注 3）。姚氏虽为李鸿藻表弟，实则不过身处局外的一介商人，能够意识到刺杀事件为谈判一大转机，其识见尚在直接襄助谈判的诸多幕僚和外国顾问之上，不能不引发后人反思。

此外，本书参引之日本枢密顾问官佐佐木高行日记多录明治天皇言行，伊藤博文亲信、内阁书记官长伊东巳代治日记则记载了他作为日方全权大臣参加烟台换约全过程，均为国内学界所罕用的、反映谈判对手方动态的第一手史料。至于刺杀李鸿章的小山丰太郎回忆录《旧梦录》、为李鸿章治伤的军医总监石黑忠德与佐藤进的回顾或自传，对外交史研究而言，用处虽然有限，但在还原时代氛围与历史现场方面，自有其价值，很可以一读。

三

甲午之役、马关议和如此重要，相关研究起步很早，中外学界已经积累了海量成果。著者自陈，“在整理学术史的过程中，我确实感到了先行研究数量的庞大，进入写作阶段之后，也时时觉得自己是站在前人的肩膀上顾盼”（引言，2 页），不过，在消化先行研究基础上，还是选择迎难而上，尤其注意与旧说对话。如甲午（1894）十月十二日，盛京陵寝总管领衔地方官民致电督办军务处，请代奏“公呈”，这是第一份、几乎也是战争期间唯一公开请求议和的上奏。此前戚其章认为这一行动出于军机大臣荣禄与盛京将军长顺的策动，著者据《长顺函稿》再解读，指出此属当地官员的自主行动（49页）。复如乙未（1895）四月刘坤一的著名电奏，究系主战抑或主和，石泉、茅海建、贾小叶等学者各持一说，莫衷一是，著者未止于对刘坤一内心世界的探究，而由“电奏的实际作用”入手分析此奏的意义（246—247页）。再如日人胜海舟对甲午战争的态度问题，松浦玲与刘岳兵观点直接对立，著者以刘氏所举胜海舟致山县有朋赠别诗、致陆奥宗光挽诗及致伊藤博文信函等论据，皆不足以推翻胜海舟反对甲午战争的传统观点（120页注3）。著者有能力不囿于成说、调停于异说，在乱花迷眼的局面中作出自己的判断或选择，前提在于读书细心。譬如关于翁同龢对待割辽的态度，茅海建认为既不同意割台也不同意割辽，房德邻则认为主张割辽保台。著者逐字逐句分析房先生引以为关键证据的文廷式《倭攻台湾请饬使臣据理争论折》，指出“文廷式的上奏只是用来论证割台之不可（晓之以理），而不能用于论证割辽之可行（碍之于情）”，从而判定：“要说翁同龢同意割辽，还缺乏足够的证据。”（211—212页）类似细腻解读史料的场合，书中所见多有，再如张之洞未刊电稿中“性恶”之暗喻（37页注3）、翁同龢日记中“连鸡不飞”之典故（59页注2），皆可谓读懂一词，而成活一片。

外交史研究对从业者要求相对苛刻，不仅需要传统文史之学的素养，同时还要对国际法、外交学、国际关系等社会科学理论和方法有所体悟，而后者尤非一般史学系出身者所长。（据笔者所知，日本大学的中国外交史研究，一般不在东洋史学科内，而附属于法学部的研究专攻。）著者显然在这方面下过功夫。书内有关“谈判地点”选择及其意义（69 页）、“国书”“国电”的性质与用途（79、100 页），均有基于国际法术语、惯例的正面解说，再结合清政府的外交行为及时人观念，更可以丈量两者间的距离。第三章“全权证书”一节，围绕条约批准的制度设计，指出清政府没有为全权大臣张荫桓、邵友濂准备合乎规范的全权证书，除了不熟悉国际法之外，更深层次的原因在于“不愿放权”（78—82 页），分析尤见透辟。

本书虽然为《马关条约》个案研究，而眼光亦未局限于一时一地，《马关条约》与欧洲国家媾和条约先例的横向比较，尤其与同样以苛酷著称的《法兰克福条约》对比，最足予人启发（125、230、303 页）。在“全权证书”问题上，著者也敏锐地捕捉到“历史有着惊人的相似”：明治四年（1871）日本政府派遣岩仓使团出使欧美，希望进行修约谈判，与张、邵使团一样，也只带了国书而未准备全权证书，在美国吃了闭门羹，使团成员伊藤博文、大久保利通不得不返国办理证书。而过了十几年，已经轮到伊藤就全权问题来教训清政府。光绪十年（1884）朝鲜甲申事变起，伊藤以全权大使身份来天津与李鸿章谈判，要求互换全权证书，面对中方敕谕，指摘其只规定了“商议事务”而未说明签约画押之权。这些情形，一如十年后广岛的那一幕，所不同者，当时日本并未挟有战胜国的威势，而且伊藤是客非主，故当李鸿章保证自己确有全权之后，伊藤同意继续谈判，证书一节便被轻轻揭过了。正因有此纵向贯通的视野，本书讨论史事时，较少那种就事论事的局促感，著者能够看到“天津谈判犹如广岛谈判的预演”，清政府不愿授予臣下全权的心态前后如一，“全权证书”与国际法的抵牾亦如是，而在国力一消一长之后，清政府最终为此付出了代价。（84—85 页）类似发散性的比较思维，也体现在对“德璀琳出使”的观察上，揭出它延续了清政府议和的特殊做法，“即派遣地位较低的非正式使者先行投石问路，与对方接头之后，再行派遣大员进行正式谈判”。早在鸦片战争期间，这一手法已被广为运用，即一般大员常把交涉事务借重微员，最典型者，即张喜以伊里布的一介家仆，居然促成了浙江停战与《南京条约》的签订；至中法战争时，停战条约由海关税务司金登干赴法签订，《中法简明条约》签字者则是德璀琳，他们的地位虽不能与张喜之流同日而语，但身为洋员客卿，在清政府中依然处于边缘（102—103 页）。诸如此类案例，绝非国际交涉常态，而经整理排比，则有助于把握清政府外交的特色，可能恰在于其非制度化的一面。

本书研究，如同历史上的交兵交涉，竭力贯彻知彼知己的宗旨，落实效果也相当不错，对中、日两方外交都有检讨，而不至于片面说教，人云亦云。在李鸿章和清政府一面，谈判过程中犯了两个严重错误：一是低估了电报密码的重要性，由于战前电码被日方破译，谈判期间李鸿章与国内往来“密电”完全成“公开的秘密”，本方底牌被看得一清二楚，对谈判的影响无可估量；二是没有利用刺杀事件向日方施加压力，李鸿章的反应只是愤怒、羞愧，清政府也没有意识到其中的外交意义，只是被动接受日方在停战问题上作出的有限让步，待谈判重开，日方已通过成功的危机公关化解列强恶感，并了解到中方无意就此大做文章，于是在谈判桌上又恢复肆无忌惮的姿态（230—231 页）。在日本一面，著者亦能由人及事，平情考量，并有所评判："日方的外交也绝不能说是出色的。伊藤和陆奥在谈判桌上做到了十二分的锱铢必较，对外部环境的观察却显得粗枝大叶。条约虽然如日方的意愿签订，但埋下了三国干涉还辽的伏笔。过犹不及，一流的外交家不会如此行事。"（231 页）进而，由中日关系史涉入至日本史研究的脉络，提出自己的意见。比如信夫清三郎在二十世纪三十年代出版的《日清战争》一书中提出"二重外交"说，他由同时代外务省与军部的尖锐对立，回溯甲午战时的日本外交，认为当时已有这样的"二重外交"：军事当局的外交比外务省的外交更加强硬。本书著者对这一观点产生的语境非常敏感，指出"建立在对时局的思考之上，甚至令人觉得有点借古讽今的味道"，继而由此检视甲午时期日本外交当事者的直接史料，揭示出另一种"二重外交"——外交官反而比军人更强硬，而且，"外交家的对外眼光反而不如军人，这是陆奥的一大失误"（207—208 页）。

四

如果说，两次鸦片战争是一把标尺，量出了"天朝"与"泰西"之间在近代化上的差距，那么甲午战争则是量出"天朝"与"东洋"差距的尺子。本书终章提出一个沉重的问题："对自己的失败，国人常以一句‘就当是交了学费’自我解嘲。那么，在前人支付了‘昂贵的学费’之后，今天的我们又能由此学到什么？”（311—312页）“甲午”是牵扯国人敏感神经的“伤心史”“痛史”，而长久以来，“爱国”与“复仇”几乎为集体无意识的一体两面。著者似颇欣赏儒家“反求诸已”的智慧，故而呼吁“民族间的仇恨不应助长；‘仇己’则理应深化”。约90年前，眼见“五四”后中日关系矛盾激烈的鲁迅说过这样的话：“仆以为一无根柢学问，爱国之类，俱是空谈；现在要图，实只在苦熬求学，惜此又非今之学者所乐闻也。”（《致宋崇义》1920年5月4日）甲午战争距今已过两个甲子，经过如此长时间的沉淀，对这段历史理应看得清楚，理应有足够的反思。著者深知治学之难，在完成本书后，也不得不承认：“自己实在提不出多少创见，更不要说颠覆什么结构，建构什么框架，基本只是前人基础上的小修小补。讲得好听些，或者算是‘史实重建’吧。”（引言，4页）这一朴素且坦诚的学术观，或正合于“苦熬求学”之旨，也是今人“纪念”甲午较有建设性的一种方式吧。

最后想说的是，本书是由著者的硕士论文修改增订而成，而从论文到专书，并非那么直截简单，这中间实存在一个读者论的自我调适。对治史学者而言，“研究历史”与“写历史”，原为一事，但在今日已被打成两橛，且有愈演而愈乖离之势。外交史著作的可读性尤其堪忧，那种以国家政府为出发点、用往来文电编织经纬、平淡地叙述史事的经典模式，更难引起阅读快感，无怪有学者自嘲为“了无趣味的事件史”（川岛真《中国近代外交的形成》）。本书在这方面显然有所自觉，并做出了努力。著者文字清通，足以达意，兼有叙事能力，随着事件的铺陈展开，引出一个个人物，不只是枯燥的履历介绍，而加入人物个性的分析以及对更长时段人物命运的理解，颇合于传统史学“知人论世”之旨。书中对于中、日二国两大主角，陆奥宗光和李鸿章的描画，俱见心力所注，最可一读。难能的是，作者有很好的考证学训练，处理史料手法细密，但在出之表述时，较少冗滥（很多以“实证”姿态示人的著作一味滥引史料，或是为掩饰分析能力不足）。

就同类著作比较而言，本书“作者意识”异常鲜明，行文中常见第一人称的出现，诸如“我十分赞同”“我也无力回答”“我发现了”“我尚未发现”“我倾向于认为”“我没有查到原折”“关于此事我没有见到下文”等等，不一而足。史学研究当中是否可以（或应该）突出叙事主体，也是一个尽可讨论或终无定论的问题，本书在这方面的尝试成功与否，见仁见智，但要承认，它的风格化正是给人深刻印象的原因之一。而且，书中史论结合，较少生硬刻意，有感而发的部分，总体来说，相当节制。傅斯年尝以文学史写作为例，谈史料考证与史书写作的关系，其基调迥异于我们一般熟知的他的史料学观点：“写文学史当无异于写音乐史或绘画史，所要写的题目是艺术，艺术不是一件可以略去感情的东西，而写一部文学史，应当有一个客观的设施的根基，所用的材料可靠，所谈的人和物有个客观的真实，然后可得真知识。把感情寄托在真知识上，然后是有着落的感情……希望诸君能发乎考证，止乎欣感，以语学始，以波涛动荡止。”（《中国古代文学史讲义》）“发乎考证，止乎欣感”，当然是一种化境，但值得著史者去追求，去不断逼近。

另有一点或属于题外的个人观感，本书无论史料考证，还是行文叙事，整体中规中矩，均显出其师承的明显烙印。这或许是初学者入门的必经道路，也是相对“多快好省”地成长的不二法门。张舜徽论为学次第，譬之初习临池，“盖临摹之初，惟恐其不似；及其专力致精，惟恐其似。入而能出，惟大家为然，推之为文、治学，莫不如此”（《清人笔记条辨》）。著者毕竟年轻得令人羡慕，已有相当高的起点，有所法而后能，有所变而后大，俟“入而能出”于异日，大概是值得期待的吧。

（原刊于《读书》2015年第3期，署“罗夷”，发表时有删略）

描画“天才”的“详密”之作

——《张荫麟评传》读后

一

张荫麟只活了37岁，却是一颗照亮过民国史学界的大彗星。不轻易许人的陈寅恪尝谓“庚子赔款之成绩，或即在此人之身也”。心气高傲的钱穆也认为“中国新史学之大业，殆将于张君之身完成之”。举世滔滔皆目为“天才”，殆非一种偶然，而作为与钱锺书并称“北秀南能”的存在，成为今人口中乐道的“新世说”，也颇符合一般的民国想象。不过，对于理解一个真正的学人来说，“天才论”或包含了锐利的洞察，同时也存在着极大的化约风险。张荫麟本人对“传记文学”做过研究，且有心得，曾提出传记求“真”之三大标准，即：一、愈抽象愈不真，愈具体愈真；二、愈缺乏个性的愈不真，愈富于个性的愈真；三、愈缺乏情调（即生命力的表现）的愈不真，愈富于情调的愈真。（《论传记文学的创作》）这让我们想起对“传记文学”抱有持续兴趣的胡适，也坦承给近代中国重要人物写“新体传记”实在不是一件容易的事情——“应该有写生传神的大手笔来记载他们的生平，用绣花针的细密功夫来搜求考证他们的事实，用大刀阔斧的远大识见来评判他们在历史上的地位。”

（《〈南通张季直先生传记〉序》）

令人遗憾的是，在张荫麟身后固不乏师友同好追忆悼念的深情文章，也陆续有讨论其诸多方面学术贡献的专题论文，但始终缺少一部能够“具体”描画其人，从而细腻表出传主“个性”与“情调”的传记，此亦旁证“大手笔”之不易得。新近出版的李欣荣、曹家齐两先生合撰《张荫麟评传》（广东人民出版社 2014 年），正循这一方向做出了尝试。全书凡五章：（一）清华园中的翩翩才子；（二）未来史家的哲学之旅；（三）编修通史之业；（四）宋史研究之建树；（五）抗战时期的事业波折与生命归宿。（二人分工为曹家齐执笔第四章，余皆李欣荣撰写）如作者在“绪论”中开宗明义，“如今要为张氏撰写评传，叙述其天才的轨迹，但主旨并不在于表彰个人，而是欲明史家素养之如何养成，表明当时史界学术理路之多元化，以及反思史家在世变中的因应之道。换言之，做成详密的史家个人之史，不以外在的理论框架规范历史人物”（1 页），验诸全书内容，可以说贯彻得相当不错。

本书并非作者激赏于“天才”的一时兴起之作，实际经历了长期的准备。撰写评传之前，李欣荣教授与美国陈润成教授越洋合作，搜集有关张荫麟的一切论著、译文和书信，相继完成“张氏史料三部曲”，即《天才的史学家——追忆张荫麟》（清华大学出版社 2009 年）、《张荫麟全集》（清华大学出版社 2013 年）、《张荫麟哲学论著集》（北京大学出版社待刊）。据作者交代，自 2001 年开始着手，到 2013 年编成付梓，打磨《张荫麟全集》的时间超过了十年，成三巨册，共收文 250 篇，篇幅达到180万字，为迄今为止张荫麟文集之最全者。又《追忆张荫麟》中收录广州中山图书馆藏“容庚档案”和台北“中研院”史语所藏“傅斯年档案”中有关张荫麟函件，多半属首次公开，弥足珍贵。

这类“用绣花针的细密功夫”搜求史料的工作，为评传写作打下坚固基础，也使得作者在讨论问题时，较前人更多凭藉，更中肯綮。如张荫麟留美前后由哲学转入史学，论者多据其后来致张其昀信中语为解释：“国史为弟志业，年来治哲学，治社会学，无非为此种工作之预备。此哲学冀得超放之博观与方法之自觉，从社会学冀明人事之理法。”（《与张其昀书》，《思想与时代》第18期，1943年1月1日）作者先是找到了《张荫麟清华学校成绩表》，这当然是张氏早期功课表现的直接证明，也是其“文史天才”的直观证据。通过斯坦福大学学籍档案，作者又掌握张荫麟1929年在哲学系所修科目，发现其明显欣赏数理逻辑和分析哲学，而对“中世纪哲学”一类直指内心的心灵哲学不感兴趣，故自谓“素不喜此，格格不入，而又不能不应付，每一展卷如饮黄连”；张荫麟稍后转入经济系攻读社会经济，完成社会学理论、社会心理学、社会组织等课程，当时斯坦福大学另有纯社会学研究的学位课程，张氏没有选此，透露其“欲从其他学科获取研治史学的方法论，而非向社会学转行”（54—55页）。

张荫麟在美国虽然主修哲学和社会学，但最终目标仍在于国史研究。作者引用致容庚书札，证明其以英国大史家吉朋自况，且有“弟主要兴趣虽转向哲学，回国后断不能忘情于国史”

的自述（62 页）。本书更有意义的发现，是留学时期的张荫麟已为将来史学研究有意识地做史料准备工作，在他计划中，将纂成两种史料汇编，即“美国访书志”与“清史外征”，尤其后者征集外人观察清代大事之记录，内容约分为“明末清初来华耶稣教士之通讯及见闻记”“西国来华使臣之行记”“对中国各次战争之纪事”“洪杨变乱之记载”四类，“可见其对于近代史，尤其是中外关系史颇为留意，且注意到由外人撰写之相关史料的重要价值”（63 页）。作者进而指出，“蒋廷黻在数年后方才提出中外关系于近代史之重要性，亦与张荫麟不谋而合”（62—63 页）。实则，较张荫麟略早几年留学的罗家伦，在欧洲眼界已开，意识到“近代中国通史是与世界关系分不开的，所以近来专刊英、德、法各国有关系之材料，在中国所不能得的”，并手抄“鸦片”“洪杨”书籍多种，有意为将来编纂“近代中国史料丛书”之资。张荫麟留美前后，程演生、刘复、俞大维、萧一山、王重民等人于海外“访史”亦多创获。不过，张荫麟对保存近代史料的敏感和领悟确有“异乎常人”处，联系到他后来力倡“历史访员制”，以及在北平厂甸、隆福寺书市长期搜购辛亥革命史料，为写“民国开国史”准备（108—109 页），真可算作较早着意于近代历史研究，并于史料工作着人先鞭的前驱人物。这就大大丰富了我们对张荫麟与近代史研究关系的理解，突破了既有的他只就甲午海战写过几篇文章的刻板印象。

二

人无往不在关系之中。梁启超晚年在清华教授“中国历史研究法”，谈到“理想专传”（即评传）写法，是“以一个伟大人物对于时代有特殊关系者为中心，将周围关系事实归纳其中，横的竖的，网罗无遗。比如替一个大文学家作专传，可以把当时及前后的文学潮流分别说明”（《中国历史研究法补编》“分论一：人的专史”）。张荫麟自号“素痴”，却绝不是“不通世故之书生”，贺麟认为他有中国一般旧式学者少有的“与朋友共事合作的精神”（21页）。留洋期间，他也相当留意跟进国内学界的动态，故拜托好友容庚，“国学界如有重要消息，便中望略为见告，免致回国时从无头绪，变成落伍者”（63页）。本书为张荫麟作全传，未仅局限于阐发张氏史著的内在理路，而能用学术史的眼光关心到时代思潮、政治取向等外援因素与史学的互渗影响，运用以下两者的辩证法：一面在“关系”“网络”中探究人物命运，一面藉由人物趋向探明“潮流”。作者提示我们，张荫麟在清华求学期间迅速崭露头角，得助于在北平的粤籍学者，如辈分较高的梁启超、陈垣、伦明及新来求学的容庚、容肇祖兄弟（28页）。张荫麟固然是“学衡派中的书评健将”，不过与学衡派的关系却比表象要复杂得多，作为吴宓的得意门生，张荫麟与乃师始终有一种“合作的紧张”，极耐寻味：张受命于吴编辑《文学副刊》，但在书评风格上时有“过火”，为后者所不容；张承认“文学兴趣是雨僧先生启发的”，但在文言和白话的文体之争、翻译理论问题上坚持己见，迫吴做出妥协；张身边学友多“南高”背景，就其学术关心而言，“对于北大学者的兴趣就远不如东南大学”，相应对于东南学风的理解已非吴意念中的“学衡”精神所能范围（29—43页）。

张荫麟由美回国求职之际，陈寅恪专门致信傅斯年，推毂可谓不遗余力："其人记诵博恰而思想有条理，若以之担任中国通史课，恐现今无更较渠适宜之人。若史语所能罗致之，则必为将来最有希望之人才，弟敢书具保证者，盖不同寻常介绍友人之类。北大史学系事，请兄转达鄙意与胡（适）、陈（受颐）二先生。"以往论者多从这封异常著名的推荐信立论，强调陈氏奖掖后学，然而恰不能解释张荫麟后来为何没有去成北大，也没去成史语所。本书辟"求职因缘与学界派分"专节讨论此问题，鄙意为全书最见精彩的部分。据作者分析，陈、张相交除了因岭南学人的交往圈外，主要以吴宓为中介。陈氏推荐张荫麟入北大教通史，既有对其"精于考据却不止于此的史识"的欣赏，也关系到钱穆独任中国通史讲席的特殊背景。而除了出身清华的因素外，张荫麟留学美国欲以哲学和社会学辅助治学的取向，此时已难获得傅斯年的赞同，后者婉拒推荐，"反映出其对张荫麟不大看中，而与陈寅恪的看法有所分歧"。至于张荫麟进入北大的主要阻力，则在胡适身上，因为张氏与吴宓关系过密，招致不满。这从张荫麟回国后只在北大得一临时兼职，而且讲授其"不甚措意"的"历史哲学"可见一斑（82—83 页）。诸如此种学界派分、暗中竞逐的消息，在张氏受命纂修通史课本及冯友兰《中国哲学史》书评事件上亦有透露，从中略可窥见 1930 年代以胡适、傅斯年为首的主流派与各种非主流纠葛中并进的多元学风。最终张荫麟还是入职清华历史系。从觅职过程看，粤籍在京学者"颇为关心，且互相支持"，尤其容庚发挥了积极的作用。同为粤籍出身的作者对于"北平的粤籍学术网络”再三致意，且特别留心“南学”兴起的势头，想必别有会心处。

关于张荫麟的通史编纂观及未能完卷的代表著作《中国史纲》，为学界关注最深，研究成果最丰富的问题。作者亦不吝笔墨，第二、三、四章中“留学时期的史学准备”“撰写通史课本的缘起、方法和实践”“通史原理之探索”各节，均有涉及，且见新意。如梳理《中国史纲》写作过程时，着重还原张荫麟与清华同事兼好友吴晗的合作和矛盾（90—92页）。又通过铺陈张荫麟与钱穆的“歧见”，分析三十年代通史纂修的一般理念及其约束条件（93—94页）。张荫麟素长于抽象理论思维，除了通史教科书的写作实践外，也有“通史原理”的全面总结，这方面最著名的文字便是《中国史纲·自序》。今人讨论张荫麟通史方法论，多据此展开。作者发现张荫麟的理论探索并未以《自序》为满足，而是继续加以修订，成《论史实之选择与综合》一文，最后以“遗著”形式（谢幼伟整理）发表于《思想与时代》第十八期（1943年）。《自序》中提出判断史实去取的五大标准，即（1）新异性的标准；（2）实效的标准；（3）文化价值的标准；（4）现状渊源的标准；（5）训诲功用的标准。《论史实之选择与综合》则多出一种“决定性的标准”，同时强调编年史的重要性，以及厘清统贯“动的历史繁杂”的程序。张氏强调时间秩序“最原始”“最粗浅”，但却是“最客观”“最少问题的”，在此基础上，还应认识因果、循环、演化（发生变化而大体不变）、矛盾发展（新旧组织体发生蜕变）、定向发展（循一定方向变化）等五种“秩序”，其并无识见高下之分，而是“任何通史所当兼顾并容的”（148—152 页）。

三

从本书的叙事方法看，基本按照时间这一“最客观”“最少问题的”顺序展开，完整叙述人物生平。作者似颇服膺张荫麟通史写作中“说故事”的方式，相信“贯穿史材的最好之线索是事实本身的脉络”（92 页）。这种办法的一个好处是畅达易懂，但相应的问题是容易割裂同主题的材料及其相关分析，如本书多次讨论到张荫麟的通史编纂，但被打散在各章，读者不免有复按之累。又各章中小节安排，有些纯系传主生平行止的铺叙，有些则基本局限在学术史的内部问题，首尾读来，文气略显不畅。相对而言，本书第四章“宋史研究之建树”，大概是全书主题最为鲜明，论述也最集中的一章，执笔者曹家齐教授专攻宋史，故所作也有很强的针对性，这部分不仅是对张荫麟个人宋史研究业绩的总结，同时也可以视作对民国时期宋史研究史的全盘清算和评估。

作为一本史家评传，本书征引史料可谓不厌其细，对传主刻画和分析亦极具体，然在“评传”之“评”的部分，则表现得相当节制。作者自谦曰“张荫麟先生之高才硕学，当是比肩之人堪窥宏旨，我等末学后辈，与先生渊霄之距，不能扬先生学术真谛，本在情理之中”，付之于写作策略，则取“他观”以别于“主观”和“客观”，即尽量减少个人的主观判断，“不妨以其他学术人物的观察和评论来代替，或更能体现历史的真实性”（8—9 页）。这当然是对待“天才”相对保险的方法。

不过，读者贪心如我，固感谢作者用“写生传神的大手笔来记载他的生平”，也期待“用大刀阔斧的远大识见来评判他在历史上的地位”。以作者之勤敏，这样愿望的满足，或可以俟诸异日罢。

本书文字雅洁流畅，读来颇感愉快。惟有一些措词细节或尚可斟酌，如“以胡适、傅斯年为首的主流派首当其冲受到冲击”（63 页）、“报纸的记载范围既广且速”（108 页），不过白璧微瑕，无伤大雅耳。

（原刊于《中国社会科学报》2015 年 9 月 30 日，
发表时有删略）

“守护最后的堡垒”

——新编《近代中国研究入门》读后

一

昔人治学，主张循阶而进不可躐等，非辨门径，无由窥堂奥。邓广铭先生有古史入门“四把钥匙”的著名说法，即指职官制度、历史地理、年代学和目录学。吕思勉先生总结生平治学，亦谓“指示研究学问之方法，愈具体愈善，最能具体地指出研究之门径者，殆莫目录之书若”，并忆及“苏常一带读书人家，本有一教子弟读书之法，系于其初能读书时，使其阅《四库全书书目提要》一过，使其知天下（当时之所谓天下）共有学问若干种？每种的源流派别如何？重要的书共有几部？实不啻在读书之前，使其泛览一部学术史，于治学颇有裨益”（《从我学习历史的经过说到现在的学习方法》）。《书目答问》在晚清读书人中几近“家置一编”，被许为上继《四库提要》的佳制，张之洞本人也颇以自得，谓此撰“于学术源流门径，开示详明，令学者读书，即可得师”（《抱冰堂弟子记》）。民国以降，“近代学术转型”转入加速度轨道，新派当然不满意旧学的“含混”“笼统”和“支离”，然而于新学“门径”能够郑重其事、详明真切有所解说者，却殊不易得。“旨趣”“宣言”“发刊词”

一类，殆属登高一呼，言简意赅，在听众未免觉得渺茫；充斥坊衢的“概论”“通论”“概说”，则多转抄稗贩，以空对空，脱不去 ABC 教科书气味。最有资格谈也最喜谈方法论的胡适，除了开列“最低限度的”国学书目，最让人熟记的也只有那八字或十字“真言”，此或为最具象征性的一例。至于当代学者，自然也有擅开“必读书”清单，或乐向公众展示其“秘密书架”者，但终嫌性灵多过实学，距志于学者期待的厚实周全兼平易可行的“研究入门”稍远。老实说，包括笔者在内的晚学有关学问门径的一点初体悟，仍多来自对经典著作的阅读和揣摩，而实际起到帮助的，或还有一些专家（未必为名家）相对个人化、片段式的治学经验谈。近见桑兵先生新著《治学的门径与取法——晚清民国研究的史料与史学》（社会科学文献出版社 2014 年），或为国内近代史研究领域首部以“为初学者提示读书治学的门径”为题旨的专书，而其主张“良法必然高深，不可专为小夫下士乃至坊间流俗道”，“基本的途辙门径，看似简单易行，实则暗藏玄机”，则书中所论“门径”取向，有较为特别的意味。

有意思的是，倒是邻国日本，诸如“研究入门”一类书籍却有相当悠长且牢固的编撰传统。笔者没有能力追溯这一传统的渊源和流变，但就目力所及，不独中国史然，几乎所有重要的甚至不太重要的国别地域史或专史研究，都见有相应“入门”或“案内”，并且随时代迁易不断更新。众所周知，山根幸夫编《中国史研究入門》（山川出版社 1983 年，1991 年再版），很早就被译介到国内，为学界所看重。岛田虔次、狭间直树等编《アジア歴史研究入門》全六卷（同朋舍 1983—1987 年），前三卷全部是有关中国的内容。二十一世纪初，砺波护、岸本美绪、杉山正明编《中国歴史研究入門》（名古屋大学出版会 2006 年），基本反映出日本的中国史研究最近成果与动态。

至于更加专门的中国近现代史，“入门”书籍亦蔚为大观。坂野正高、田中正俊、卫藤沈吉合编《近代中国研究入門》（东京大学出版会 1974 年），执笔者汇集一时名家，堪谓典范之作。接踵问世者，有野村浩一编《現代中国研究案内》（岩波书店 1990 年），辛亥革命研究会编《中国近代史研究入門：現状と課題》（汲古书院 1992 年），小岛晋治、並木赖寿编《近代中国研究案内》（岩波书店 1993 年），野泽丰编《日本の中華民国史研究》（汲古书院 1995 年）。进入新世纪，饭岛涉、田中比吕志相继编有《中国近現代史研究のスタンダード：卒業論文を書く》（研文出版 2005 年）、《21 世紀の中国近現代史研究を求めて》（研文出版 2006 年）。

本文想要介绍的冈本隆司、吉泽诚一郎合编《近代中国研究入門》（东京大学出版会 2012 年），就是诸多中国近代史研究入门书中最新的一本。据编者交代，“本书的缘起，在于 2009 年夏，两位编者共乘东北新干线时的一次闲谈”，而最终成书于 2012 年。全书凡七章，具体分工如下：第一章“社会史”（吉泽诚一郎，东京大学）；第二章“法制史”（西英昭，九州大学）；第三章“经济史”（村上卫，京都大学）；第四章“外交史”（冈本隆司，京都府立大学）；第五章“政治史”（石川祯浩，京都大学）；第六章“文学史”（斋藤希史，东京大学）；第七章“思想史”（村田雄二郎，东京大学）。另冈本隆司执笔“导言”，书末附录题为“近代中国研究的现状与课题”的全体执笔者座谈会纪要。7位作者均活跃于各专门领域的第一线，除村田为1950年代生人，其余四人为六〇后，两位为七〇后，可以说集合了新一代有代表性的学者。他们对于学术环境的剧变感同身受，对于外来之势，譬如“全球化”问题的逼迫亦有强烈意识，“研究既然是社会的产物，那么也必须在时代的骇浪中炼成”（前言，ⅰ页），正是这样一份现实感和危机意识诱发了本书的产生，而细绎诉诸实践的因应策略，却又相当独特。编者强调，“如果仅仅是应对状况的话，并不意味着能使有魅力的学问有所发展。毋宁说即便环境、条件变化了，但研究核心并不会轻易的改弦易辙，这一点必须清楚地认识到。研究核心中理所当然者，也应不断地重新确认、习得与实践”。这里“研究核心中理所当然者”，可由三十八年前坂野、田中、卫藤所编同名前作中寻得——“前作放在今天，确实可以说有部分内容陈旧了，但其披沥的学问理想，以及与之紧密联系的研究手法，我辈仍受到言之不尽的影响，真不愧一代名著”（前言，ⅰ—ⅱ页）。

二

两本同名著作，出版间隔近40年，面对的时代显然不同了。追溯日本的中国史研究，最初以“近代”命名晚清民国史，实有与“时事论”对等的意味，换言之，正是在“晚清以后不算历史”“它的研究只不过是新闻而已”这样的氛围中，酝酿了近代史研究的起点。这首先与日本中国学、东洋史学的方法和性质相关，复因晚清民国研究接近于时事问题，造成与之相表里的“为政治所左右的危险”。当时对现实政治抱积极态度的人，热衷于时事论的、新闻报道式的“研究”，而清高者有意回避晚清民国，选择“逃回往昔”“回归传统中国”。有意思的是，如此两分的趋势亦见于战后流行的马克思主义史学，明清以前的研究，即如“时代分期”论争尚保留一层学术外衣，而晚清民国史研究则更直接地受到左翼革命史观的支配（2—3页）。坂野、田中一辈学人接受过汉学传统尚存的战前中等教育，洞悉中国学、东洋史学之短长，他们在1970年代编写《近代中国研究入門》的一大动力，即出于对研究现状的不满，亦因如此，该书虽主要处理十九世纪后半至二十世纪前半期的问题，但也没有停止与“现代”接续的努力。

进入1990年代，在加速改革开放的中国发生的剧变，成为日本自身吃紧的课题，当时井喷式出现大量有关中华人民共和国、现代中国的著述，曾存在于晚清民国史的强烈的“现代感”消失了，将之视同“时事问题”的感觉和关怀也悄然转移到了二十世纪后半期。历史学家必须直面的现实是，当下日本对“中国”确实异常关心，也有很多人愿意学中文，但对象更多指向的是经济、军事、政治上大国化的中国，而非古典汉文表现的历史的、文学的、思想的中国。研究“近代中国”的学者无法回避这样的冲击，对于“越界式发言”也不得不做出反击：“目前对于近代中国史认知的关心并非不活跃，相反从关联领域、其他领域出发涉及中国的言论日渐增多。然而，说到它们的内容，杜撰史料、轻视先行研究等等比比皆是，总觉得完全没有对历史学的尊重。历史学家、中国研究专家自不必说，非专家者也涉足历史学、近代中国研究领域，造成鱼龙混杂难以分辨的话，就难办了。故而提示‘最低限度’的东西，也并非是无意味的吧。”（前言，Ⅱ）

相较于前作出版的1970年代，形势似乎出现了某种倒转，那时是“逃向古代”，现在则无意识地“逃向现代”。编者还是努力看到积极的一面：“这未必是一种悲观事态。晚清民国的‘近代中国’研究从‘只不过是新闻而已’的氛围中解脱，‘为政治所左右的危险’变少了，作为一个历史时期，一个纯粹客体对象而研究的时代终于来到了。这样看，也是一种建设的态度吧。”（5页）本书处理的“近代中国”，时段明确定义为“十九世纪初至中华人民共和国成立”，这也体现与前作的一大区别——尽管承认“前作同时处理‘历史研究’与‘当代中国研究’的手法，无疑极具魅力”，但还是选择将“历史研究”专门化，即某种意义的“画地为牢”（前言，ⅱ页）。

有异，也有同。“同”当然不止体现在书名的延续性，以及作者群多数为东大、京大出身。近代中国领域的入门书已有不少，再加概论书、教科书、译著的话，更难仆数，编者却说“不顾叠床架屋，决定出版本书，还是因为不能彻底去除的危机感”，“陆续出版的类型书中，可以继承前作（指1974年版《近代中国研究入門》——引者按）者，反而不可得。失掉了对美妙学问的憧憬，相应研究技法日益低下的现状，明显地表现出来。”（前言，ⅱ页）此处表达的遗憾，主要针对侧身“入门”之列的一批“文献目录”“研究指南”而言，按笔者理解，编者实颇不满于前者的“简”与后者的“陋”。搜罗论文、著书、史料，分门别类加以呈现，即制作所谓“文献目录”“文献案内”，为入门书籍的一般模式，包括《史学杂志》每年五月“回顾与展望”专号，承担的也是类似功能。近年又有若干新变化，入门书更强调实用性，侧重指导论文写作法及如何利用研究资源/工具（特别是电子资源），广告宣传语往往冠以“对外发信力”“竞争力”“全球化”诸名词，更有甚者堂而皇之径名以“指南/便览（manual）”。既然是指南，仿佛按图索骥就能写出像样的毕业论文，“这样的话，也真有点到头的感觉”——本书编者之一冈本隆司非常担心“简易”流为“简陋”，造成对年轻一代的不良影响。他说：“日本的中国研究或历史研究，以前被称为‘世界第一’。尽管要尽力恢复到那样的水平，但现在光讲‘技法’‘技术’‘指南’的话，根本是不可能的。到底今天有什么样的问题，需要稍微想一想。”（235 页）

同样的问题，作为中国读者，不是也感到熟悉并需要“稍微想一想”吗？吕思勉有谓：“昔人读书之弊，在于不甚讲门径，今人又失之太讲门径，而不甚下切实工夫，二者皆弊也。”（《经子解题·自序》）又古之目录学，有属目录家/史家、藏书家/读书家之别，以目录作“入学门径书”，其意义在“辨章学术，考镜源流”，“凡目录之书，实兼学术之史，账簿式之书目，盖所不取也”（余嘉锡《目录学发微》“目录学之意义及其功用”）。吕思勉提示江南读书之家重视《四库提要》，相当于“使其泛览一部学术史”，然后世以目录学为门径，易流于见书不见学，更有等而下之，止以目录为学。有学者已注意到当代著述序论中的“学术史”，即多受低层次目录学的影响——往往充斥着何处何人写了何作品的罗列，却少见具体问题的研究如何发展之陈述，明显可见偏重作品（works）而隐去问题（issues）的“藏书人”倾向（罗志田《经典淡出以后：20世纪中国史学的转变与延续》，生活·读书·新知三联书店2013年，自序）。国内期刊常见各类“综述”“述评”，有账单式的罗列，少结账式的整理，仍可谓“述”远多于“评”。近时电子文献资源大量开放、海外中国学信息蜂拥而来，渐有乱花迷眼之感，材料去取成了“幸福的烦恼”，而以转译、转录、整合为功用的新型目录学也有了用武之地。学术全球化背景下，两国学界面临信息爆炸（泛滥？）的挑战其实是近似的。

回到本书的定位，则自觉向同名前作靠拢：“不是罗列名论卓说，无论有怎样的学风，大凡是论述作为学问研究所必需的基础素养，及资料与工具的使用方法、论文的写作方法等instrumental的东西。”编者认为正是这一点，体现出前作区别于目录、指南的特征，在其“基础素养”与“方法”中，有着研究实践的原理、不易的核心（7页）。本书对于“文献目录”非一味排斥，仍予市古宙三等前辈的工作以“意义非凡”的评价（12页），指出课堂上、师生间口传身授的东西有必要书面解说，不应为“独得之秘”，需要有人本着严肃认真的“职业人”态度来撰写目录指南（236页）。各章中均有相应篇幅处理工具书、数据库、信息化等问题，不过，这些讨论更多带有反思性，如斋藤执笔的第六章专门分析了“信息陷阱”（194—197页）。

冈本还比较传统资料卡片与计算机处理数据的利弊，并援引田中正俊的名言，“动脑动手一字一笔抄写的东西，是理解内容最有效的办法”“植根于学问研究本质的正统方法”，指出现在的问题，“不如说容易被这种便利所埋没，头脑对于信息技术不能善用。未咀嚼消化史料内容的论述激增，正为其典型表现，而本人尚懵然不知”（16—17 页）。诸如此类，卑之无甚高论，或许还会予人迂执的印象，然而竟也有一股力量，令闻者倏然而惊。编者用自谦的口吻道出心底的抱负：

> 我们不顾力量微薄，想继承前作的精神，写一部新的《近代中国研究入门》，意图也是向这样的现状投入一块小小的石子。也许，这不过是逆潮流而行的反时代的尝试，但既然作学问，感觉到抱有这样的“意气用事”也还是必要的。（前言，Ⅱ页）

相较两书作者群，已经发生至少两代以上代际更替，他们处理时代的范围未必一致，但在史学理解、精神气质、使命感以及那一点“意气用事”上，却有明显的继承关系，哪怕只是隔代遗传。

三

全书章节设置，一本前作，仍循传统专史分野，编者承认这些都是“非常古典的部类”。吉泽诚一郎执笔“社会史”一章，从“社会”“社会史”概念的“暧昧感”入手，指出其研究对象、方法与史料的多样性，继由人口、家族、民族、村落等视点具体展开讨论，并提示近来盛行的田野工作中存在的问题。或许会让中国读者略感意外，目前在海峡两岸都相当火热、引领“新史学”趋势的社会生活史、物质文化史等，在书中几无体现，这当然不代表日本没有人研究，只是至少还未深刻地反映到学界主流视野中。无论概念厘定，或问题提出，吉泽发言的前提都在于对既有社会史（包括社会学）研究学脉的内在把握，同样的，西英昭再三叩问滋贺秀三的老问题——“什么是法”，在确认了“没有这一问题意识的研究，不可能是‘法制史’”的立场后回顾研究史，村上卫以积累了最丰富成果的地域经济史为焦点，指出“模式化”意义的同时，提示避免琐碎实证的可能方向，斋藤希史在文学史语境继续讨论“近代中国”的位置，基于传统观点的批判，呼吁视点转换。（据编者交代，本书设计原有“军事史”一章，因为“不光是近代，整个中国史的现实过程也是严酷的武力政权交替的历史，军事史是必须进行的研究课题”，只是限于目前研究兴趣的偏向与研究程度，尚不足以开辟专章解说。参看同书，前言，Ⅴ页）这些论说，无一例外都体现先因后创的取向。

各章执笔者有自己的问题意识和相应对手方，但在史料重视程度上几无差别，均注意对其位置、相互关系、使用原则与方法作细腻解说，从而响应编者初衷：“历史研究说到底以史料为基础，清楚表现研究领域个别特征的也是史料。本书没有对史料作网罗性质的介绍，但既然是‘研究入门’，那么展示处理史料方法之一端，也是不无意义的。”（前言，Ⅳ页）村田雄二郎执笔“思想史”一章，由丸山真男的“思想史”类型说阐发，在区分中国思想史叙述类型为“学案型”“运动型”“主题型”的基础上，强调语汇概念、文体及语境研究的重要性，分别与第四、五、六章形成呼应。先以郑观应《盛世危言》屡次修订、再版为例，说明文本与语境的互动关系，“先应了解各时期《盛世危言》编纂的动机与意图，进而对郑氏思想与行动的全体像有更为深刻的理解”；其次强调“史料精读”，其援引国内学者桑兵的话——“‘看得到’不一定‘读得懂’”——在史料总量极端丰富、研究者面临选择障碍的今日尤具针对性；复次依据实践经验，总结文献解读“四重苦”，即“文体混杂”“语汇流入”“编纂史料的圈套”“笔名与年代误植”；最后提醒避免从现代价值观出发去理解历史，而应经由史料将过去“去熟悉化”。“总之，研究近代中国思想史的要谛，在于尽量精读现存史料，同时理解史料书写、编纂、解读的背景与状况，也是极其关键的。”（225 页）这样就把史料批判从真 / 伪、一手 / 二手、间接 / 直接的简单二分法，拓展到更加丰富和多元的层次，相应解读也立体化，从而逼近整体的“实相”。石川祯浩在检讨政治史研究动向时，也非常注意“史料性质”问题。他将传统研究类型定义为“旧案新探”“破案型”（又称“揭秘史学”），与之区别者为“新境开拓型”，特指将信息传送（包括误传）、情报操作等要素纳入的政治史路径，在情势瞬息万变的紧急事态下，信息处理方法本身也是一种政治行为，一旦意识到信息与政治的双向互动性，信息（伪信息）不只单方面受到政治规定，那么也就有可能规避“阴谋史观”的窠臼。（167—

169 页）姑不论他对“揭秘史学”评价公允与否，以“史料本身来源为分析对象”，确正体现了政治史研究的精髓。

本书衡之于史料利用的标准，可以说非常苛刻，但并不狭隘。比如公刊编纂史料，即使在档案至上的外交史领域，仍予以适当位置，冈本隆司接续前一代外交史学者坂野正高的话头，平实地解说已刊史料的利用价值及与未刊档案的关系，并无抑扬的偏向（131—137 页）。村田雄二郎亦提醒利用者，史料复制、拼贴、编辑过程中会有信息误传和遗落，包括数据化的场合，如亚洲历史资料中心（Japan Center for Asian Historical Records）的电子文档亦并非完璧（261 页）。他另举大陆学者王奇生《新文化是如何“运动”起来的？》一文为例，提示这篇极具原创性的论文所用主体史料，实际上早在 1980 年代已经出版，建议“从极常见的编纂史料开始，好好拾阶而上，这是非常重要的”（264 页）。以上种种，对于日下横行的档案原教旨主义，无疑具有“解毒”的作用。

实证而外，本书在表述、思辨层面着墨不多，这亦非意味着轻忽。编者强调的一点是，“掌握基础素养，临时磨枪肯定不行，要注重平素的留心和修炼……直接使用理论、术语、概念当然不用说，即使不用，影响到构建思考框架的例子也不少”（10 页）、“实证是论文中表现出来的部分，支撑它的、看不出来的非实证部分的素养与积累有多少，这是相当大的问题。阅读文本，没有职业训练，是无法胜任的”（245 页）。这里贯彻的依然是长期累积、循阶而上的思路，而对偏离此思路、挑衅“基础素养”者，则缺少容忍。“导言”中罕见地点名批评了美国学者何伟亚（J. L. Hevia）《怀柔远人》（*Cherishing Men from Afar*）一书，然后重新确认以下一点：

> 只有正确理解字词意义、文献来源，才能确定事实，通过持续的积累，描画时代，这是非限于历史学的人文社会科学研究的基本，但现在从这一初始就变得反常。不管世界潮流如何，既然是学问，就必须是这样。（10页）

四

书后附录了2012年2月18日全体执笔者座谈会纪要，就各章写作未尽的问题及平常研究中的疑惑、想法展开讨论，很多带有普遍性的问题实已经溢出近代史范畴，差不多也适用于观照日本整体的中国史研究，甚至，还可以反照中国的研究。比如针对来势汹汹的“现代中国”研究的冲击，正文批评相对委婉，而座谈会上的言论则要直接犀利得多——

> 冈本：近年来一个趋势是历史研究的形势不佳，可以说是置身逆境之中。并不是说对历史的兴趣减弱了，现状分析的研究者谈及历史的场合非常多，尽管对历史也有兴趣，但是对历史“研究”是否有兴趣和尊重，确是让人怀疑的。（235页）
>
> 冈本：我本人，明白说吧，反正那些搞现代中国喜欢谈论历史的家伙实在靠不住，很气人的。（248页）
>
> 村田：基本问题是，研究现代中国者的历史视野，俨

然对历史学成果持无知、不关心的态度。一部分人虽已意识到该问题,但因相互研究过于细化,不知道从何进入。……搞现代中国的人至少需要有一百至一百五十年的视野来看中国。（249 页）

当然，批评以外，仍然有反省——

村田：另一方面，近代史研究一方也许努力不足。如果说近百年到一百五十年之间，反复出现的类似现象之下存在着历史的底流，或者说有构造变动的话，那么对此做清楚地提示，也是历史研究者的责任。像冈本《中国反日の源流》、笹川裕史《銃后の中国社会》，是给关心现代中国的人启发的历史书。（249 页）

关于“研究案内”，执笔者均有自己的切身经验与感受——

村田：研究指南或者详实的解说书一类是必要的，并非没有意义，但真正的研究，必然是超越研究指南的。……制作文献目录、案内，研究指南一类，我是不干的。我感觉，这种事情应该让学生自己去做。……京大的情况不知道，东大有一种“放养”的说法。

石川：大学时过于“放养”……连教你“读这个”“读那个”的人也没有，更不要说有人告诉你有这样的入门书。

村田：学会和研究会的作用大，今天稍微有些变弱。……

我觉得能够读书的地方不是研究会，而是读书会。

冈本：自己是地方大学出身，周边谁都没有。……在“放养”这点上是一样的，一是通过研究会露脸，二是找手边的书看，田中正俊先生的话，简直当做金科玉律。（237—238页）

又谈到“项目中心主义”的流弊——

斋藤：写研究提案什么的，对文学研究来说还是挺难的……

村田：“预测效果”和“社会效果”，很难写。

斋藤：不知道写什么啊。

冈本：因为不知道，所以有研究的必要。

村田：只能写“丰富人的心灵”。（众笑）

村田：这不仅是日本的问题，韩国、中国也能看到“项目中心主义”。五年、三年，年轻人都被牵涉其中。以前日本的研究会、读书会招来外国学者，在恳亲会上常常说：“自己也想做这样的事情。”但是回去后，即便想做似乎也不顺利，现在项目化趋势早已超越日本。（241—243页）

在言语交流向来温和的日本学界，如此直率陈说、自由讨论，并不多见。刺耳批评与不断反躬自问，都有原汁原味的记录，很可以一读。这中间可窥见执笔者的心声与苦恼，也能读出对后辈的期待，由周遭环境、压力出发的平易可行的建议，而不尽是居高临下的批判。谈到读书法——

斋藤：不是光了解那些指南化的研究，而是完整地了解某个学问体系，然后才知道自己到底想做什么。

吉泽：不是从某个学者的论文中选择一两篇来读，而是好好地读全部，在研究生阶段作为训练是非常有意义的。所以说全集是个好东西。（240 页）

作为日本式读书会的典型，京都大学人文科学研究所的“共同研究班”最有成绩，与会者均追念不已。不过，事随时迁，读书会形式和作用也在变化——

石川：和以前相比，京大人文研的共同研究班对年轻学者的养成作用更强了。研究会在平时白天进行，由于最近大学事务繁忙，一般大学教员不能来参加，研究生占的比率增大。在这里发表、讨论，对应读史料提出建议，重点转移到这里了。（243 页）

归根结底，日本学者无法躲避变动的时代，同时又在保守自己认为最重要的东西。由新一版《近代中国研究入門》反映的因应策略，与其说更新，毋宁说以回溯的视点展望，与其说开拓，毋宁说以致敬的姿态创造。如村田所言，“文本、原典的精读，大概是日本百年以来，或者说近世以来的传统。和老师面对面，慢慢地精读原典，此谓‘读书’（本読み）”（246 页）。在他看来，这在由老师单向教授的中国和“工场生产”“大量生产”模式的美国，都是没有的，而这一点正是日本的优势所在，故而也有这样的自信：“说日本的中国研究‘空洞化’，悲观的人有很多，我对这方面相对乐观，在方向上应该考虑如何守住日本的优点会比较好。”换用另一作者冈本的话说，即“守护最后的堡垒（最後の砦を守る）”（247 页）。也许，我们可以把这理解为日本人在给自己打气。不过，可以反问和思考的是，在鼓励“创新”、打造“工程”、争取“与世界接轨”的今天，我们自己有什么是值得和能够守护的呢？

（原刊于《社会科学研究》2015 年第 3 期）

仕途得自“武”事，谥号却为“文忠”

一

在中国近代史上，“荣禄”是一个让人熟悉而又陌生的名字，一提到他，大概都会条件反射式地联想到“后党”首脑、扼杀维新运动的“帮凶”、反对变法的“顽固派”等等，一些受过野史熏陶的人们，甚或还会聊上几句“慈禧太后的情人”这样的花边，而一旦细究其人其事，则大多迷于传闻异辞，茫然无绪。荣禄生前，已经流谤缠身，1899年9月《国闻报》载文章责其“强悍无识，敢为不道，包藏祸心，乘间思逞”，严复阅后即不以为然：“试平心覆观，其所指之人是否如此，则真未敢轻下断语也。”（《严复集》第3册，中华书局1986年，533-534页）然晚清以降，荣禄形象与声誉持续跌低，能依据史实平情讨论者反寥落难寻。马忠文先生新著《荣禄与晚清政局》（社会科学文献出版社2016年），改变了“长期以来除了简略的官修传记和几篇碑传文，没有一部有关荣禄的完整而具有较高学术水准的传记或专著”（金冲及序，1页）的现状，令人欣喜。对这类带有“首部”性质的研究著作，一般人习用或喜用“填补空白”一类的套话予以评价，笔者倒以为，不管如何“填补”，先要了解何以“空白”。读马著之前，窃意至少对以下两点应有所措意：

其一，近代史料虽号繁富，有关满洲权贵者却是一大缺门（皇帝属例外，一般后妃、亲王、满大臣均是），口碑传说、笔记逸闻固为群众乐见乐闻，相对可信的直接史料却捉襟见肘；而荣禄为人深沉，历事少（甚或不）见诸于笔墨，留存文字本来不多，再加上庚子年的战火殃及府邸，将其早年文稿、书信统统付之一炬，可据以专论其人其事的材料实在有限，这也制约了目前为止研究的深度。马先生为写作此书，做了充分的准备工作，以前人较难利用的档案材料为突破口，而注意多种类型近代文献的配合使用，具体言之，即广搜一档馆和台北故宫藏清宫奏折、传包档案，中国社科院近代史研究所藏醇亲王、李鸿藻、张之洞、鹿传霖档案，上海图书馆藏盛宣怀档案，取以与时人文集、日记、书信、笔记、年谱及报刊文献比勘对证，进而有所发覆。

其二，既往研究多数尚不脱“历史人物评价”的套路痕迹，喜取戊戌政变、庚子事变等关节性事件，在横截面上作褒贬，论定大是大非，“评判也过于简单，泛论多于实证”；而因受一些未经验证的野史杂谈，或特定语境下的宣传话语所左右，“不少观点以讹传讹，影响迄今”（2 页）。本书则尽量避免据片段发挥，能用一种相对长时段的视野关照荣禄其人，书名虽题作《荣禄与晚清政局》，但循物有本末、事有终始之旨，能探根溯源，知所先后，所呈现的面貌则几乎相当于一部荣禄的详传了。

二

荣禄家世出身难言显赫，又未走一般科举仕进的道路，而官至大学士、军机大臣，位极人臣、权倾一时，他何以能爬到这一层？倒是一个让人觉有兴味的问题。马先生铺排史料、勾稽史实，还原了一副非典型的晚清升官路线图。通读全书，得到印象，死后赐谥“文忠”的荣禄一生实得益于“武”事，仕途节节高升，全离不开“练兵”二字。

荣禄隶满洲正白旗，武将世家，祖父、伯父及父亲均战死于疆场，受朝廷格外褒恤，荣禄本人也以难荫入仕，后来辑录祖父辈事迹，遍邀名流题跋，形成一部弘扬家族事迹的《世笃忠贞录》，书名即源自咸丰帝谕中“实属世笃忠贞”一语（25 页）。而他仕途飞跃，肇始于辛酉政变后参与创办神机营的军事活动，以统率使用洋枪的威远马步队、镇压捻军马贼，获得“知兵”之誉，也由此与醇亲王奕譞结好，搭上政治升迁的顺风车。另有一项事务与荣禄进用关系密切，不得不提，即主持两宫太后的“万年吉地”工程，尤其监修慈禧菩陀峪陵寝，无疑“极讨慈禧欢心，对其权势增强极为关键”（37—38、153—154 页）。无论投身神机营练兵，还是承修陵工，荣禄仕宦生涯早期，基本服务于宫廷事务，一直扮演着内务府大臣等内廷近臣的角色。一方面承办内府优差的王大臣为人艳羡，多会得到帝后异常的恩宠；但另一方面内务府势力盘根错节，内部矛盾重重，如马先生指出，光绪六年（1880）荣禄遭弹劾去官，“内务府权贵之间的排挤倾轧是一条不可忽视的暗线”（60 页）。这也提示我们，要理解清朝满洲权贵的进退出处，其宫中、府中两位一体的为官特色，应予充分把握。

虽然一度政坛跌磋，又遭外放西安将军，但荣禄还是在甲午战时重回京师，受命为步军统领，“早年治兵资历”成为其“临危受命、担当重责的优势所在”（102 页）。不久奉旨充任督办军务大臣，则意味着荣禄开始进入政治决策圈。督办军务处原是一个战时军事统筹的临时机构，但在甲午战后相当长一段时间里仍被保留，马先生敏锐观察到这一机构之于荣禄的特殊意义：“先是负责裁勇、编练新军，随后与国防建设相关的调整兵工企业、修建铁路也都由督办处统筹决策。督办处一定程度上分割了原属军机处和总理衙门的部分职能，扮演了统筹新政的特殊角色……正是凭借督办军务处的权力平台，甲午战后荣禄的权势得以迅速扩张。”（138 页）

此处有两个现象颇值得留意：一则通过荣禄的练兵活动，自咸丰末年湘军、淮军兴起后汉族地方督抚执掌军权的局面出现了微妙的变化。从胡燏棻定武军易帅、袁世凯小站练兵，到戊戌年荣禄出督直隶、统领北洋各军，再到创建武卫军，自始至终，荣禄都将军权牢牢控制在手中。“这是清季罕见的现象，明显具有满洲贵族加强集权的意图。”（333—334 页）二则荣禄正式入枢垣要到戊戌政变后，而在此前已有权参与大政决策。甲午战后慈禧整肃清议，荣禄“始终是幕后参与者，也是受益者”，在这一过程中，“督办军务处这个权力平台为他带来的便利条件也不可忽视”（139 页）。丙申（1896）、丁酉（1897）之间，荣禄以兵部尚书兼步军统领、总理衙门大臣、督办军务处兼练兵大臣，又奉命参与“办理借款事宜”，其人虽不入枢，却大权在握，成为“戊戌维新开始前清廷朝局的基本特点”。如马先生所见：

这些王大臣中，能够参与军事、借款、外交、铁路等重要事务的，除了恭王、庆王、翁、李之外，只有荣禄。刚毅虽然入枢，但是枢中班秩最后，且不兼总署、督办处。像李鸿章这样功勋卓著的老臣，也只是栖枝总署，无权参与军政决策。可见，荣禄虽不入枢垣，却有权参与大政决策，加上两邸不具体过问政事，翁同龢受到猜忌而变得谨小慎微，李鸿藻年迈多病，荣禄倚仗慈禧的信任，成为这个时期隐操政柄的关键人物。（151 页）

这种“非枢臣而秉实权”的政治变态，可以说是荣禄政治生涯中特别且值得大书特书的一段，却也符合慈禧太后一贯的以制衡为目的的驭下手法。作者特别举了一个有趣的旁证，二十世纪六十年代位于京郊的荣禄墓遭破坏，发掘出慈禧赏赐的二两多重的金葫芦一枚，上刻“丙申重阳皇太后赐臣荣禄”，可见君臣关系之密切（151 页，注 1）。戊戌后，慈禧以荣禄、奕劻为左膀右臂，一主内政、军务，一主外交、商务，权力各有侧重，而两相制约。在经历端王用事、庚子事变的风波后，荣禄抵西安行在，充任领班军机大臣，成为名副其实的首辅，直到去世，其权力可谓达到顶峰。

三

传统史书首重纪传一体，旨在“以人系事”“因事见人”。近代学术屡经思潮变迁与方法论更新，越来越多史著渐不以人物为当然主角，更有甚者竟已全然不见“人”的踪影，遂有学者发出历史研究中“人的隐去”的叹息（罗志田《经典淡出以后：20 世纪中国史学转变与延续》，生活·读书·新知三联书店 2013 年，导言）。据笔者所见，近代政治史或许仍是目前最注意且不吝“深描”人物的研究领域。马先生写荣禄，不仅详道其生平，并历数其交游，尤其致力于廓清那些作用于荣禄仕进、影响于晚清政局的重要人脉关系，于传统政治运作深得三昧。这种写法，已不止于描画荣禄本人的行状事功，或近似梁启超所谓之“专传”，“其对象虽止一人，而目的不在一人”，“是以一个伟大人物对于时代有特殊关系者为中心，将周围关系事实归纳其中，横的竖的，网罗无遗”（《中国历史研究法补编》“分论一：人的专史”）。此处“伟大”，姑取其“宏大”义项而不涉褒贬意，亦如梁氏提示“关系的伟大”，足以承担起串联近代中国“史迹集团”的功能，而可“将当时及前后的潮流趋向分别说明”。

在马先生看来，历经道、咸、同、光四朝，长期身居中枢的荣禄，“关注大局，用人无满汉偏见”，“与满汉、南北、新旧各派政治力量关系微妙，是沟通各派的关键人物”（3、235 页）。满洲亲贵如醇亲王奕𫍽、恭亲王奕䜣、礼亲王世铎、庆亲王奕劻、端郡王载漪，与荣禄关系亲疏不一，而尤以醇王对其政治地位的推挽之力最巨。荣禄是不折不扣的“七爷党”，“终其一生，与醇王的交谊最深”（33—36、61—67、332 页）。荣禄与端王政见分歧，是导致庚子变乱的一大渊源。二人不和，固有神机营与武卫军争胜的近因，也与刚毅附端抗荣、火上添油相关；但马先生眼光能放得更远，注意到荣禄与载漪之父惇王奕䜣“历来不甚融洽”，早在同治朝他就在惇王手下负责慈安太后普祥峪陵工，牵连贿案遭弹劾，惇王始终未出面做过一丝辩解。据此，“庚子前荣禄与载漪的不谐，似可从荣、惇早年关系中找出潜在的因由”（60 页）。

荣禄仕途发达除了攀附醇王，还离不开军机大臣文祥与李鸿藻的提携。马先生多项举证，说明“文祥——李鸿藻——荣禄是清季权力关系中比较清晰的一条人脉线索”，而相较之下，“翁同龢与荣禄的关系则过于表面化，且时有暗中倾轧的迹象”（333 页）。翁、荣关系涉及晚清政治史上南北、恭醇、帝后之争多处关节，是聚讼纷纭的一桩公案，高阳、林文仁、陈晓平等学者均有论列。马先生罗列异说，推原其实，指出“荣禄与翁同龢建立交谊，是因为醇王奕譞的缘故”；同治十三年到光绪元年，荣、翁奉旨承修陵工，“往还十分密切”；光绪四年“荣禄的受黜可能与翁难脱干系，至少有间接的关系”；“甲午战争爆发后，荣禄回到京城，能够迅速得到任用，翁氏也曾予以支持”；在汉纳根练兵问题上，二人“意见不同，甚至产生激烈的冲突”（41—42、74—75、105—110 页）。而戊戌年四月，翁同龢开缺，伴随了中枢权力的再调整，实质是一次“易枢”。马先生明确点出“徐桐、张之洞联手‘倒翁’，是这次易枢的明线；刚毅在慈禧面前对翁进行倾陷”，但论及荣禄的作用，一则谓“暗中也推波助澜”，再则谓“似无主动的推动”（166—167 页），似尚游移。不过，区别于很多人物研究一涉立场分歧势必说成水火的粗暴两分法，本书还是能从历史现场出发，平情讨论，尤其注意到晚清官场之“复杂多变”，“荣、翁心存隔阂，虚与委蛇，猜忌难除。但是，在一定的条件下，他们仍然存在政治合作的基础”，“戊戌年春朝局中翁同龢与荣禄的关系完全不像康有为说的那么紧张”（75、169页）。确实，如果看得再远一点，政变之后，荣禄还两次保护翁同龢得免于难。荣禄去世时，翁同龢有日记：“报传荣仲华于十四日辰刻长逝，为之于邑，吾故人也，原壤登木，圣人不绝，其平生可不论矣。”翁以荣比作原壤，意谓其有所失礼，但孔子不绝原壤，应以效法，不失故人之道，不必再论恩怨。此明显作的是“恕词”。

又，时人论戊戌后政局，多有“刚悍而愎，荣险而狡”的联缀说法；今人写史，也常常将荣禄、刚毅并举，指其为反维新、酿战祸的罪魁。本书则从刚毅留京入枢、荣禄出任直督等事中，窥见二者政争的端倪，并将之与戊戌、己亥、庚子诸变故相贯穿，从而揭示这一“既往研究中常常被忽略的一条主线索”，如马先生指出“自此（甲午）直到庚子年间，荣、刚关系成为影响政局的重要因素，特别是在戊戌政变后，甚至成为支配政局走向的关键因素”（104页）。此外，书中对荣禄与李鸿章、刘坤一、曾国荃、曾纪泽、陈宝箴、王文韶、张之洞、许应骙、樊增祥、袁世凯等汉族官员的交往也各有论列，且时有所见。如谓甲午后荣禄与许应骙共同查办事件而订交，“二人交谊与后来时局也大有关系”，“荣禄对康有为没有好感，可能与许应骙的影响有关”（154、177页）。又如荣禄对于徐致靖保荐袁世凯是否知情的问题，马先生提示一个“一直被忽视的问题”，即“荣禄与徐致靖几乎同时保举新建陆军的将帅，或为巧合？”（208页）尽管所论尚难坐实，但足以予人启发。

四

陈寅恪在回忆祖父湖南巡抚陈宝箴卷入戊戌政变时，说过一段话：“那拉后所信任者为荣禄，荣禄素重先祖，又闻曾保举先君。……先祖之意欲通过荣禄，劝引那拉后亦赞成改革，故推夙行西制而为那拉后所喜之张南皮入军机。”（《寒柳堂记梦未定稿》）陈寅恪指出张之洞、陈宝箴等由实际经验得知须“借镜西国以变神州旧法”，与康有为从“今文”“公羊”中推导出“孔子改制”之说，为清季变法“不同之二源”。长时间以来，学界多以康、梁留下的史料为基础，构建成当前戊戌变法史的基本观点、叙事结构和大众认识。已有一些历史学家对康、梁说法提出了质疑，新近如茅海建先生利用张之洞未刊档案这一宗大型资料，刻画戊戌变法的“另面”，可谓对陈寅恪说的一次全面呼应（《戊戌变法的另面：“张之洞档案”阅读笔记》，上海古籍出版社 2014 年）。这一研究取向，实际也是纠正以前晚清史研究过于倒向清政府对立面（农民起义、维新派、革命派、群众运动）的偏弊，而有意重建清末改革中“朝野共同努力”的实相，因为“变法”也好，“新政”也罢，毕竟都是体制内的改革，须得到体制内主要政治派系的参加或支持，方有可能成功。

本书专论荣禄，实际上也在多处回应源自康、梁的历史叙述，意在厘清“史实”与“宣传”的界限：

由于受到康、梁宣传的影响，论者多将荣禄视为“后党”

的核心人物，镇压新党的“帮凶”，加以负面评价，反而很少批评康梁一派因决策鲁莽而导致局势恶化的举动，这样自然也不利于全面认识历史。荣禄在戊戌政变中的活动需要重新予以研究，尤其是奉旨回京后，他调和两宫，平衡新旧，努力维持时局的平稳，扮演着他人无可替代的特殊作用。总之，荣禄政变后的所作所为，并非“后党”“守旧者”概念所能简单涵盖者。（195 页）

马先生用事实证明，荣禄是“近代军事改革的大力倡导者和实际主持者”。在其首倡下，甲午战后开启了以改革武科、练洋操、设武备学堂为内容的军事改革，至戊戌年又继续深化，后虽因政变爆发未能实行，但武科改革无疑仍属于新政范畴；无论定武军、新建陆军还是后来的武卫军，这些新式军队都是在荣禄推动下创办发展起来，“从这个层面看，他是甲午战后的主张改革者，简单地将其视为顽固守旧者与康梁在戊戌政变后的宣传有很大关系”（3、174 页）。戊戌期间，荣禄作为直隶总督在任上的改革是有所谋虑的，实际上也办得有一定声色，“从遵从上谕的角度看，荣禄并无违抗的情节。康、梁等人称荣禄极力抵制新政的说法与实情不符”（190 页）。

和陈宝箴、张之洞一样，荣禄在甲午战后的新政中属于“身体力行、谋求实政改革的一类官员”（94 页），也即陈寅恪所说“借镜西国以变神州旧法者”。荣禄之于“变法”的理解当然有一定的限度，但尚能一以贯之，戊戌政变后仍认为“乱党既已伏诛，而中国一切变法自强之事，亦当择其紧要者次第举行”，可见变法初衷并未因政变发生而改变。而且，在调和两宫关系、维持朝局稳定方面，荣禄也多有表现。严复对此颇有同情，他在私信中议论：“荣仲华前用骑墙政策，卒以此保其首领。然平心而论，瑕者自瑕，瑜者自瑜。其前者之调停骨肉，使不为已甚，固无论已。即如老西（慈禧），既到长安，即欲以待张南海者（张荫桓）待翁常熟（翁同龢），荣垂涕而言不可。此虽出于为己，然朝廷实受大益，可谓忠于所事矣。”（《严复集》第 3 册，第 549 页）时人眼中的“险而狡”“骑墙”，固非褒辞，或也透露荣禄行事风格之一斑，关键须放回历史语境来理解。马先生评论荣禄个性，略异于前人，但并非无的放矢：

> 荣禄不避闲言，能够挺身相助，反映了他待人宽宏的一面。揆诸事实，终其一生，荣禄多次关照、庇护遭受政治打击、身处逆境的同僚，诸如甲申后慰问屯戍军台的张佩纶，戊戌政变后设法保全罪臣翁同龢、张荫桓、李端棻、徐致靖等人，都是很好的说明。广结善缘、不分满汉是荣禄有别于徐桐、刚毅等满洲权贵的鲜明之处。（30—31 页）

五

清代史家赵翼尝言：“作史之难，不难于叙述，而难于考订事实，审核传闻。”（《陔余丛考》卷七“梁陈二书”）赵翼本人治史非纯以“考史”著名，且兼擅词章，而重考证如此。本书主人公荣禄位高权重、人脉复杂、涉事多且要，尤其关系戊戌政变、庚子事变者，影响晚清政局大势匪浅，而其人行为低调、不落言筌，要理解人物本身及其与时代的关系，实有大量问题非经考证不能决。马先生浸淫晚清政治史多年，其研究风格向以精细考证见长，本书也延续了这一特色，多处示范解疑，令读者领教到考据史学的魅力。如黄濬《花随人圣庵摭忆》曾引樊增祥密函，以信中“济宁”为孙毓汶，“高密”为荣禄；而据马先生考证，当时荣、孙并无往来之迹象，晚清密信隐语中“高密”一词多借汉代高密侯邓禹（字仲华）暗指邓姓，或字号“仲华”之人，此处实指邓华熙。（76 页，注 2）如此举重若轻，非娴于清季典故者不能办。又，以往论者从帝后党争的认知模式出发，认为政变前荣禄未入军机而出任北洋“出于慈禧的特意安排，是为了控制京津局势”。作者据鹿传霖函札的线索，考出反对荣禄入枢、将之“挤出”者实为刚毅；荣禄出任直隶总督“出于津沽防务的考虑”，“是慈禧经过周详考虑后做出的决策，并不像康、梁事后所宣传的那样预有政治阴谋”（180—181 页）。此外，诸如袁世凯告密、罗嘉杰上“假照会”事件、武卫中军攻 / 保使馆真相、荣禄与“东南互保”关系等悬久未决的疑难问题，本书迎难而上，各各剖析，而能自成一说。

不过，就像胡适所说，“史料总不会齐全的，往往有一段，无一段”，何况研究荣禄这样特殊的人物，那没有史料的一段空缺，就要靠史家在“精密的功力”之外另一种“必不可少的能力”，即“高远的想象力”。本书在史事“阙疑”的部分，并未拘守“慎言其余”保险姿态，而能循情度理，有所推论与阐发。如光绪四年（1878）荣禄在仕途飙升之际突遭重挫，被开去工部尚书和内务府大臣，前人多将此归结为荣禄与军机大臣沈桂芬的矛盾，并从“南北之争”的层面加以解释，马先生未满于此，以为“并没有揭示出问题的根本”。在详考“文正（荣禄）与文定（宝鋆）不相能”的派系斗争背景及荣禄策动两宫太后外放沈桂芬出任黔抚的计谋以外，本书亦分析处理了有关荣禄因故触怒醇王、忤逆慈禧的历史记载，在此基础上更提出一个大胆的推论——“光绪四年十二月荣禄撤差之事，荣、沈恩怨只是问题的一面，主要原因还要复杂。虽然缺乏佐证，牵涉内务府大臣等满洲贵族之间斗争的可能性很大。”（43—52 页）不过，以笔者拙见，荣禄之被罢黜，似仍应以清史传稿中披露荣禄因谏阻慈禧自选宫监事而“忤旨”为主因（“念其劳”而解其差的说法，是出于传记写作策略的委婉表述），余者只是适逢其会充当了助力，而直接引发荣禄落职的宝廷劾奏，倒是有进一步追索其背景的必要。

读毕全书，如果说还有什么不大满足的地方，我想就是作者几乎讨论了荣禄的方方面面，也全面盘点了与之有过交集的人物，但唯独慈禧太后——一个笼罩了荣禄一生的政治女强人——与荣禄的真实关系及相互作用，却罕见论及。当然兹事体大，论证难度非一般可想，此处或系刻意为之，留有后手，专论俟诸异日？再有本书所要关照的问题实在太繁，落实在写作中势必不能面面俱到，有些问题也只能点到为止，尤其全书后半部的叙事节奏，相较于前半的沉稳、周到，似给人越来越快的感觉，不少理应浓墨重彩的地方，不过浅言辄止，惜未能深论。如本书“导言”专门提到“以往对荣禄从西安回京后的政治境遇研究很不充分”，奕劻秉政的预备立宪时期“不少因由需要从荣禄执政时期来追根溯源”（3 页）。但正文并未有所展开，给读者留下了悬念。

本书所论主要还是荣禄本尊的言论行止，而在史实考订辨误的过程中，常常需要对话康、梁，一定程度上也触及到了“荣禄形象的流变与形成”问题。实际上，关于荣禄其人，无论生前身后、朝野内外，都有各种各样的说法，不止于有污名化倾向的康梁宣传话语，也有据说出于辩诬目的而形成的《景善日记》这样的伪造文本。所谓真伪，不过相对问题，“最要在能审定伪材料之时代及作者而利用之”（陈寅恪语），考察荣禄有过何种形象、经由怎样的途径形成现有认知，这虽已是另一话题，但与研究“荣禄与晚清政局”并不脱节。约十余年前，有一本略带普及性质而能言之有物的小册子《晚清风云人物史话·荣禄》（杨利剑、张克勤、张长珍著，民族出版社 2003 年）已注意及此，对荣禄“恶名”有所辩诬。马先生大著以细密谨严的史笔，为荣禄研究夯实了基石，而意犹未尽，想必后有续作。再据笔者所知，北京大学王刚博士著有同名学位论文，广州陈晓平先生亦编撰《荣禄年谱长编》有年。通过这些扎扎实实、贴着地面掘进的研究工作，荣禄“形象”势必会愈来愈清晰。论定人物贤愚不肖，本治史之余事，而能由其人推及其世，探幽阐微，读史阅世，诚学界之幸，读者之幸。

（原刊于《东方早报·上海书评》2016 年 9 月 11 日，
标题为编者所拟）

“出使日记”中的晚清外交

一

提到“出使日记”，中国读者第一时间浮现脑际的，大概都会是“锺叔河”“走向世界”这样的字眼。的确，锺先生编选的《走向世界丛书》，从二十世纪八十年代刊行以来，嘉惠几代知识人，至今影响不衰，可以说丛书本身在当代出版史上已写下传奇。关于这套书的英文译名，据说原有三个备选，即 The Outer World in Chinese Eyes、Chinese Travellers Abroad、From East to West。著名翻译家杨宪益先生认定第三个较好，锺先生也十分同意，以为“From East to West 就是从古老传统走向近世文明，走向变革和开放的现代化世界”（《我为什么要编〈走向世界丛书〉》）。丛书“凡例”第一条开宗明义——“专收 1911 年以前中国人访问西方国家的载记（明治维新后的日本，也放在西方国家的范围之内）。”所以这并不是一般的国外游记，更不是从“天朝上国”前往“四裔蛮荒”猎艳搜奇的新山海经或天方夜谭，而是近代中国知识分子“向西方国家寻找真理”的实录。以一套尚未出版完成的大书（拟目 100 种，实出 36 种），在 30 余年间有如此强劲且持久的思想和学术辐射力，或正印证了编辑宗旨中强烈的“中国本身拥有力量”的意识，也辩证地说明我们仍然还在“现代化”的过程中。

《走向世界丛书》启发和推动了大量后续研究，收入丛书的外交使节、考察专使、政治流亡人士及旅行家的日记、游记常被提及，他们作为“洋务派”或“改良主义者”的变革观、西洋观、世界观也得到方方面面的讨论。相对年轻一辈的研究者，已不满于受“西方启蒙话语”指导的思想史研究，不愿意那么简单地承认国人被动地接受外来文明的挑战，也反对将传统中国作为铁板一块来对待，无论以文化身份认同、文学形象学、传记研究为视点，重审出使日记的文化、文明内涵，还是将出使日记作为“旅行写作”（travel writing）的文类（literary genre）之一，考察它在学术与文学两个维度上构成“游记新学”的变量因子（尹德翔《东海西海之间——晚清使西日记中的文化观察、认证与选择》，北京大学出版社2009年；张治《异域与新学：晚清海外旅行写作研究》，北京大学出版社2014年），手眼身法均已更新，非“现代化”模式所能范围。

不过，上述新出著述多偏重思想文化史或比较文学史，与出使日记关系最直接的外交史研究，反而成绩乏善可陈。尽管围绕清政府初次派遣驻外公使以及郭嵩焘、曾纪泽、薛福成、刘锡鸿、陈兰彬、张德彝等人物，先行研究已经做了不少工作，但相对零散，日记利用也偏同质化，尤其人物研究，重言论轻行事，对其观念、思想的考察仍是主流。近年来晚清史研究总体趋冷，新一代学者的关注点发生转移，关于外交使节及日记的新研究并不多见；而且，与思想史取向的研究存在问题类似，外交史学者同样欠缺对于作为“史料”的日记性质的敏感，通行刊本经常拿来就用，对日记文本的形成及版本流变少有究心。

冈本隆司、箱田恵子、青山治世三位日本学者，都是本色当行的中国外交史专家。他们合著的《出使時代の日記——清末の中国と外交》（名古屋大学出版会2014年）一书，积多年心力而成，可谓日本学界研究晚清出使日记集大成之作，很值得注意。全书分4部8章及4篇补论2个附录，目次及写作分工如下：

总论　常驻公使与外交肖像——清末在外使领馆与出使日记（冈本隆司）

第一部　使节的旅行

第一章　西洋与中国——郭嵩焘《使西纪程》（冈本隆司）

第二章　华夏与夷狄——刘锡鸿《英轺私记》（冈本隆司）

补论1　志刚《初使泰西记》——中国的岩仓使节团及其记录（青山治世）

补论2　陈兰彬《使美纪略》——被遗忘的首任驻美公使的美洲纪行（青山治世）

第二部　出使的转换

第三章　出使日记的长成——曾纪泽《曾侯日记》之分析（青山治世）

第四章　驻欧公使曾纪泽与俄国——《金轺筹笔》读后

本书所涉时段约在十九世纪七十年代至九十年代中期，也即清政府向欧美、日本派出常驻使节的中前阶段，全书内容按时序分部，按人物分章，各节据驻外公使、领事及随员存世日记的文本分析而展开。在笔者看来，此书特色主要表现在以下两个方面：（一）将出使日记放回晚清外交的具体历史语境中，据日记信息，直接讨论外交官的观念、行动及其如何作用于清朝外交体制与对外关系；（二）特别重视日记文本的“制作”

过程，通过版本调查、稿刊本比勘，发现其异同，进而揭示日记作者思想的变迁轨迹、编纂刊行的时代背景及其被阅读与接受的情况。

二

一般而言，“出使日记”有狭、广两种定义，前者专指常驻公使（出使大臣）义务性提交的日记，后者还包括公使以外的使节或下属所作日记。本书所论基本限定在狭义层面，则出使日记非仅单纯的私人著述，还具有外务报告的意义。尽管个别日记尚不脱地理情报的色彩，如陈兰彬立意制作最新的美国地理志，薛福成更有一庞大计划，欲编辑刊行一部足以替代《瀛环志略》的世界地理志，但其面对的世界毕竟已一变为“中外联属之天下”，日记内容也必然区别于传统的海外采风录、游历记或风土志。更重要的是，公使既有义务定期向总理衙门缴送出使日记，则不可避免已带有驻外公使馆的业务日志或报告书的性质。本书著者注意到作为复命形式的出使日记，相应在“制作方法”上有其特色，即所谓“公使与随员的共同作业”。首任驻英使馆副使刘锡鸿的《英轺日记》与张德彝的《四述奇》（即《随使英俄记》）有多处内容雷同，是否存在抄袭、到底谁抄了谁，一直是学界瞩目的一桩公案，朱维铮、张宇权、尹德祥等均有论列，结论倾向于张德彝抄袭了刘锡鸿。区别于这类着眼文字异同比较、相对平面化的研究思路，本书将问题置于外交史脉络中，观察视角一变，结论也相应更新。经细致的文本核对，著者指出身为使馆翻译官的张德彝，受命于刘锡鸿，提供了大量资料以助其完成出使日记，而事后这些资料又作为张本人著作的一部分刊行。由公使与下属共同完成的出使日记，《英轺日记》绝非个例，复如陈兰彬《使美纪略》，便是取数人散记“合并参订”而成，而其本人执笔的部分可能还不到一半。一旦从“制作”原理的角度看问题，那么作为集众式的外务报告的“出使日记”便很难指认唯一作者，不同文本之间有无“抄袭”，或谁抄了谁，其实也非关键所在，更紧要的恐怕是，在作为“剽窃者”和作为“情报源”的两个张德彝形象的重叠处，析分出历史本来面目。

目前关于海外使馆的研究，着眼人物以外，多由“条约体制”（Treaty System）视野考察其功能、定位，研究主要集中于早期，即使馆设置及制度化阶段；就具体外交作业而言，侧重与华人移民问题相关的部分。而以出使日记为素材，今人可以更加深入地观察、解读晚清外交的制度建构及变化。不同于郭嵩焘所著《使西纪程》多记由海外见闻引发的主观感受与意见，其继任者曾纪泽在使欧初期刊行的《曾侯日记》中，“与驻外使节（使馆）的外交活动直接相关的情报与见闻占很大篇幅，而描述作者感受的部分很少”（117—118 页）。正缘于直接关系“外交”的记载构成了《曾侯日记》的核心，其作为“出使日记”的特征才得以彰显。同出自曾氏手笔的《金轺筹笔》记录了光绪六、七年（1880 至 1881 年）间在圣彼得堡与俄方进行的 52 个回合的“问答节略”，反映出曾纪泽为收回伊犁所做的外交努力，也传达了中俄交涉的现场感。这一阶段，正是清朝外交官“对西洋式的国际关系全面摄取”的时期，学习西方外交知识与技术，创制适合于本国的外交之道成为当务之急。《曾侯日记》《金轺筹笔》的字里行间体现出这一意图，或者说，后来全面展开的所谓“曾纪泽的外交”已蕴含于此。不过，著者仍加以但书，提示“当时清朝对主权、国境观念的理解，以及以国际法为基础的对外关系，尚未至全面转换的阶段”（152 页）。

这一“转换”的痕迹在何如璋、黄遵宪、张荫桓、薛福成等人著述中续有体现。清朝公使馆尚处于草创和初步发展阶段，无论组织还是功能，都远谈不上完善，但从“出使日记”仍可窥见公使“外交”的变迁轨道：

> 海外公使馆的对外交涉，尤其是国际关系、“公法”意识，在曾纪泽任上，即一八八〇年代已开始从置身其“外”转向融入其“内”，所达成的阶段性成果在薛福成的对外交涉中即有体现。海外公使馆对外意识的这种变化，始于《金轺筹笔》，到了《出使英法义比四国日记》时已经呈现一种不可逆转的潮流，这与“出使日记”公刊过程几乎是并行对应的。

如果再放长眼光，十九世纪八十年代后半至九十年代前半的公使馆还未脱“摇篮期”，而至甲午、戊戌、庚子各段，清朝外交一次次经历阵痛，其处理对外关系的观念与方式也发生了从“洋务”到“外务”的深刻转变。

公使而外，本书对“随员日记”也有所涉猎，包括钱德培《欧游随笔》，黎庶常《西洋杂志》，蔡钧《出洋琐记》《出使须知》，王咏霓《道西斋日记》，陈春瀛《回飘日记》等。公使日记与随员日记当然不可同日而语，薛福成日记中的“论说”，与张德彝《述奇》中的“杂记”，便有很大不同，这不仅是因为时代变化，还与公使与翻译官立场的差异有关。但在外交史视野下，两者位置又密切相关。著者强调，随员日记“在编辑时意识到公使馆的诸功能，分类整理相关资料，系统地介绍海外公使馆的外交活动，尤其明确表现了作为外政机关的海外公使馆的作用和存在意义”（270 页）。如吴宗濂《随轺笔记》的出现，便配合了义和团事变前后清朝外交体制的变化趋势。

然而，面临危机的中国不得不加速外交转型，当“外交”“外交官”概念成为常识的时代一旦到来，所谓“出使”经历不再特别，“出使日记”这一著述形式也不再必要。“出使日记”为“外交”应运而生，复因“外交”悄然而逝，这实在是启人深思的时代悖论。

三

从不替人作序的钱锺书，罕见地为《走向世界丛书》破例，“序”内有一句妙语，提示“由于作者的强充内行或自我吹捧”，一些出洋者所写旅行记“往往无稽失实，行使了英国老话所谓旅行家享有的凭空编造的特权（the traveller’s leave to lie）”。“远来和尚会念经”，远游归来者会撒谎，原是常情，这“谎话”不管出于有心还是无意，在文化心理层面，都是值得细细玩味的东西；而从史学研究角度出发，对于出使日记的“史料”性质，则不能不有所辨析。本书对此有高度自觉，意识到“一旦明了记述的意图和构造，执笔者的观念和活动自可清晰呈现，而明确了严密的认识与行动，亦即可对晚清外政机构的整体，及其成员的思想做出缜密的分析”（6 页）；甚而，除了清楚知道“有什么”，还要关心“少了什么”，也就是说，“在对日记记述部分进行解读之上，还要对未有记载的部分有所洞察，才能对当时‘出使’、驻在地以及两者间的关系，做客观的、充分的还原”（175 页）。故此，利用出使日记研究晚清外交，文献学考察必不可少。三位著者以“上穷碧落下黄泉”的精神，在日记版本调查和文本核校方面确下了很大功夫，书末附录的《出使日记关联史料总目录》，洋洋大观，便是明证。此处姑举几个让人印象深刻的例子。

出使日记不仅非成于署名者一人之手，其著述、编纂、刊行形态之间也多有差别，甚至“大相径庭”——

> 出使日记由原日记添削而成。原有日记自身，已经记录者的眼、脑、笔有所甄别，再加上不断对该记录、文章进行精选改订，最终形成的“著述”即是著者对希望传达之事的强调，对无用之物的舍弃。而阅读其日记者在编纂、刊行的过程中，不难想象也会对有用无用之处进行添加、削删。（273 页）

就稿刊本对照而言，薛福成日记是一个很好的标本。其原有《出使英法义比四国日记》刻本六卷、续刻十卷通行，近年又有据南京图书馆藏日记手稿整理、包含使欧期间（1890—1894）的全部日记的《薛福成日记》两巨册。著者比较了稿本与通行刊本，发现以下三种异同情况：（一）日期移动者。稿本一日所记，在刊本被分割为数日，或分配至稿本原无记载的日期；稿本一日所引长篇文书，在刊本被分割为数日引用，以填补前后日记的空白；稿本中某些关联内容的记述，在刊本也有日期移动的情况发生。（二）只见于稿本者。按刊本“凡例”所示，限于出使日记性质，与“洋务”无直接关联的内容多被删略；程式性的公文邸钞及一些私人函札，也被删略；与英俄两国对立有关的记载，或被删，或被改。（三）只见于刊本者。《出使四国日记》中有许多针对西方社会、文化及欧洲国际形势、中西学术比较的观察和议论，这也是先行研究最为关注的部分，而实际上这些内容几乎未见于稿本，多系出使日记刊行时追加；与南洋设置领事相关的外交文书也多为后来补充；刊本并增补了与《庸庵海外文编》《庸庵文外编》收录“论说”相对应的内容。

《出使四国日记》与《续刻》的问世年代与刊行经纬各不相同，即内容偏重方面，亦多差异，前者最重要的是有关西洋观的“论说”，后者最引人注目处，则在于对世界地理的大篇幅介绍。《走向世界丛书》将两者合并整理，对上述差异似无意识；而因忽视版本差异，在利用日记论证薛福成思想变化时，也不免有风险。如钟叔河重点引据的薛福成抵达伦敦后的议论，包括对郭嵩焘赞赏西洋的认同（光绪十六年三月十三日）、有关议会（光绪十六年七月二十二日）、教育制度（光绪十七年正月初三日）、医院（光绪十六年五月二十四日）、铁道历史（光绪十六年三月初七日）等记载，实际上在对应的稿本日记中全部没有。

根据现有文集，阐述薛福成的思想主张，当然是一个简捷的研究方法。但是，从文本比较的结果来看，稿本日记的草稿与成文往往不同，而且文集收入“论说”，虽注干支日期，但作者的写作缘起、目的和语境，只有放在前后文脉中才能把握。现有足本《薛福成日记》的标点整理仍存在问题，其操作方式是同一日日记，凡刻本有而稿本无的内容，据刻本加以补充，但未考虑有移动日期的情况，结果导致稿本中其他日期的内容被重复补充。也就是说，《薛福成日记》并非稿本内容的完全重现，这是利用时必须注意的。

除稿刊本的差异，不同时期编辑、刊行的日记版本，反映各自时代状况，体现出相当不同的“性格”。如志刚《初使泰西记》有两个早期版本，著者注意到，光绪三年刊本中“基于传统思想对西洋的批评，大多数未被收录”，这体现避热主人（《初使泰西记》编次者）的编辑方针，即精选关系“世道人心、民生国计”的西洋知识，与志刚本人的西洋观未必直接相关；光绪十六年《初使泰西纪要》本则包含了很多批评西方的内容，更接近志刚日记原稿的形态。这一差异，并不代表出使日记的作者发生了什么变化，而是传播与接受出使日记的外部世界已然不同——

> 总之，光绪三年刊本的编纂时期，认识到洋务的必要性者仍为少数，故倾向于认识西洋自身的特点，相比之下，十九世纪八十年代连续对外危机的背景下，包括以前的守旧派，各阶层广泛开始关注洋务及出使日记，而十九世纪

八十年代后半期，即《纪要》编辑、刊行的时期，越来越意识到它们与传统思想的关联性。（80页）

出使日记记载的内容，与政府公文书、个人文集所收奏折、信札，必须一边对照一边使用。曾纪泽日记中有关公使馆活动与人事的部分，多为“手稿日记”所无，系《曾侯日记》增补，在曾死后公刊的《遗集·日记》中再次被削删。著者经比对发现，《曾侯日记》引用的著名的马建忠《上李伯相言出洋工课书》即不见于手稿日记（128页）。实际上，曾纪泽初见马建忠函之时，尚未踏足西洋，渡欧半年后，整理报告用日记，才将此函采录，而原有评价也悄然发生了变化。

本书著者虽然都是外交史专攻，但研究中表现出不俗的文献学素养，对于出版史也有相当的了解，对出使日记，未局限于文献本身，而能从其刊行、传播及被接受的角度，予以各方面的关照。特别让人觉有兴味的是，还注意到诸如“丛书”这一出版机制对于出使日记的影响。以中法战争为契机，中国知识人日益意识到洋务的重要性，对海外事情的关心开始高涨。十九世纪八十年代，王锡祺在上海编纂刊行《小方壶斋舆地丛钞》，后续有“补编”“再补编”，同时期出现的还有湖南学政江标主编的《灵鹣阁丛书》、湖南新学书局《游记汇刊》。在这里，著者关心的不仅是单一“著述”的出版命运，而且尝试触摸“时代风气的变化”。“节选日记、收入丛书或文集，这也是一个著述的独立性渐渐消失的过程。启蒙也好、彰显也好，多多少少都会与作者本来意图有所差异，包含一定的目的。”

（288页）刘锡鸿《英轺私记》是一典型。著者考察了时人引用《英轺私记》以及外人摘译成英文的场合，判定《小方壶斋舆地丛钞》本相对更接近于原始日记；而《灵鹣阁丛书》本呈现的形态，更多受编者江标的影响，已与刘锡鸿自身诉求不尽一致。

四

最后附带但不得不提的是，著者梳理曾纪泽研究现状时，指出：“关于中国大陆的研究，最近有黄小用《曾纪泽的外交活动与思想研究》（湖南大学出版社2013年）一书出版，其第一章、第二章的结构和内容，几乎完全剽窃自李恩涵前揭书（《曾纪泽的外交》，“中央研究院”近代史研究所1966年——引者按）的第一至第五章。”（309页注释1）笔者经过复核，也不得不对这一判断表示同意。一位中国大陆的研究者，抄袭中国台湾前辈学者的著作，而在日本学界被揭露，这无论如何是一件令人遗憾的事情。本书的意义，或在研究与规范两方面，都给我们上了一课。古人云“礼失而求诸野”。如果除去“出使日记时代”特有的那一份“虚骄”，对本书叙及的先行者真有同情之理解，那么，今天“睁眼看世界”的吾辈人，或许也会从异邦文明有所得罢。

（原刊于《读书》2016年第12期）

像“侦探”一般踏勘光绪朝历史现场

疫中无聊，奉到姜鸣前辈新著《却将谈笑洗苍凉》（生活·读书·新知三联书店 2020 年），大有谈笑去拘忌、翻书得旧编之乐。这已是著者撰述之“晚清的政局和人物”系列的第三编了。初编《天公不语对枯棋》，手边常置一册，还是 2006 年的初版，金黄色龙纹封面，尤显醒豁。犹忆当年在北大西门外第三波书店购得此书的心情，那是相当惊喜。此前，我已读过（严格讲，或不能叫“读”，曰“查”或“利用”更适合）姜鸣的大部头专业著作如《中国近代海军史事日志（1860—1911）》（1994）、《龙旗飘扬的舰队——中国近代海军兴衰史》（2002），体例谨严、考证精审，感到非常之“有用”。初阅此书，却见识了“有趣”，领教到著者另一副笔墨。当今习称某人文笔好，其实“文”与“笔”还是有所区别，如不拘泥以有韵与否区分文、笔的古人标准，姑取文以足言，辞达而已，笔为言使，可强可弱，推之当代学者，大概也可粗分文、笔；更有甚者，本朝学人惯习自诩只写“论文”，不屑（或不会）写“随笔”或“散文”，即有斗胆为之者，那随笔和散文也多只在“随便”和“散漫”方面符合了名义。读毕《天公不语对枯棋》的若干篇什，我对印在封底页上一位荐书人的话——“很海派，也很京味；很专业，也很好看。上海人眼中的京华掌故，史学行家写的散文作品”——也表示信服。

（用著者自己后来的理论总结，兼顾可读性和学术性，叫作“用论文的规范写散文，用散文的笔法写论文”。见“续编”“三编”之自序。）

当时另有一种微妙的情绪。随姜鸣妙笔，踏访恭王府、贤良寺、松筠庵、宣南会馆、八大胡同诸多“京华胜迹”，牵引出一桩桩“旧时人物”往事，真令人目不暇接，心下却暗暗泛生懊悔：好歹也是学近代史的，却对这些个好去处无知无觉，就算有所耳食，也从没有发起愿心去“打卡”，真枉做了五六载的“京城客人”了！可以说，这本书在我心里“种了草”。而后，姜鸣陆续发表的文字，以及这些文字结集《秋风宝剑孤臣泪》（2015）、《却将谈笑洗苍凉》（2020），我都是最热心的读者。虽然随着时间推移，自己从学生到教师、从北京到上海，也有了很多变化，但内心深知，“长草”易而“拔草”难，一贯疏懒“阿宅”如己，终究无法践行“阅读史料和现场踏访相结合，先使自己建立起历史的时空观，并把这种感受，通过文字传递给读者”，这在姜鸣是一种“习惯做法”（见本书“自序”），在吾辈则只能“羡慕嫉妒而无恨”，借他人之眼，观世界之大，也算聊胜于无吧。

像“侦探”一般踏勘历史现场

“却将谈笑洗苍凉”，语出陈宝琛诗作《沪上晤篑斋三宿留别》，1895 年陈氏来沪，故旧重逢，与甲午后被逐南下的张佩纶有过一面之雅。此句隽永洗练，移作书题，延续了著者善撷古韵、为我所用的创意，也寄托了对于“政治人物悲哀”的一种深刻同情。全书收录文章13篇，内容皆关于晚清光绪一朝政事（马嘉理事件、“清流”崛起和消亡、甲申易枢、中法马江之战、中日甲午战争、辛丑议和、绑架孙中山）、人物（李鸿章、张佩纶、慈禧太后、恭亲王奕䜣、醇亲王奕譞、李鸿藻、翁同龢、孙毓汶、盛昱、盛宣怀、胡光墉、孙中山）。从另一方面，或也可以反映著者近年来风尘仆仆、“边走边看”的行路历程，他笔下的光绪朝，“和别的作者的表述有别，却是自己思索、考证的一个充满细节、充满张力、起伏跌宕的大时代”。

1875年发生的“马嘉理事件”，引起中英交涉，签订《烟台条约》，导致中外关系多方面的变化，其最著名者即清政府向伦敦派出道歉使团，这也成为中国驻外常设使馆的滥觞。外交史家徐中约（1923—2005）认为“马嘉理事件给中国人上了一堂课，中国人从此明白建立公使常驻外国制度的最大受益者是中国人自己而不是其他任何人”，清政府为进入“国际大家庭”而迈出了关键一步（《中国进入国际大家庭：1858—1880年间的外交》，商务印书馆2018年）。英国使馆翻译马嘉理（A. R. Margary）在云南边地的突然死亡，笼罩了太多迷雾，成为近代史上重要却被忽视的事件，“迄今对于其基本情况的描述都存在错讹”。本书起首《从户宋河畔到伦敦：马嘉理事件的来龙去脉》一篇，便是姜鸣跋山涉水、拨云见雾，对马嘉理事件再考察的实录，除重新考订中外文献外，他自2011年起三度前往云南盈江县中缅交界处，沿南崩河、芒允（旧称蛮允）、盈江、腾冲一线，亲莅马嘉理之死的案发地，也三次前往腾冲下绮罗村，访问据说是杀害马嘉理凶手的李珍国故家，便很能体现“万里行路且成书”的研究特色。文中大盈江峡谷、户宋河、“蛮允街”石碑等实地照片传达出现场消息，令人遐往。

2012年，姜鸣又去伦敦，踏勘1877年因马嘉理事件致歉，郭嵩焘所率使团入驻的波特兰大街45号，是为中国近代第一个驻外使馆。1879年，曾纪泽将其迁至49号新址，使馆初建于1785年，属于“亚当建筑”（由英国建筑师兄弟罗伯特·亚当、詹姆斯·亚当合作设计，融合古罗马设计精髓，以柔和、典雅的室内装饰最具特色），目前中国使馆还在使用这一馆舍，可谓历史悠久。1896年，此处还发生过轰动伦敦的“绑架孙中山事件”（见《波特兰大街45号还是49号？中国驻伦敦使馆的旧事》《绑架和营救孙中山：中国驻伦敦使馆的旧事再说》二文）。著名的“历史侦探”黄宇和先生曾用文献批判加脚步丈量的实证方法，“发覆”百年前的孙中山绑架案，其考证过程引人入胜（《孙逸仙伦敦蒙难真相》）。这个略带神秘的处所，对于大多数研究者和旅行者来说是使馆禁区，难以访问，而如有“上天入地”神通的姜鸣凭着“难得的际遇”，带领读者进入使馆内部的“孙中山先生蒙难纪念室”参观，得以一探究竟，虽然观感“令人失望”，实际起到了去神秘化的反效果，——“现在的使馆，装饰完全没有特色”，“感觉置身在北京的一座政府办公楼中，无论家具，还是室内陈设，完全看不到丁点‘亚当建筑’的优雅华丽”。

为研究中法战争后张佩纶遣戍军台生涯，姜鸣两度前往张家口市游览考察。“堡子里”初建于明宣德年间，是张家口最早的城区，1885年至1888年张佩纶曾在此居住。在姜鸣眼中，

“堡子里是个袖珍、精巧的老城，遗存了大量明清古建筑群落”。（见《从今咫尺天都远：晚清张家口军台生活寻踪》）很凑巧，前年我也有一次张家口之行，同样印象深刻。堡子里的街道、建筑格局，基本保存了民国初期的风貌，衙署、会馆、钱庄、关帝庙、文昌阁、戏台、钟鼓楼一应俱全。多数建筑虽已成了居民杂院，但一律圈在全国重点文物保护单位的范围内，尚未经过大规模改造开发，保留了近百年城市变迁的原味。（参阅拙文《“口外”行走记｜张家口：上堡和下堡的故事》，《澎湃新闻·私家历史》2018 年 4 月 6 日）清代张家口厅的上级治域宣化府，如今已降格为张家口市的一个辖区，城区面貌变化非常大。姜鸣 2008 年第一次去宣化，还找到了“宣化府署旧址”石碑，而 2013 年重访时，该处已成居民小区，急剧发展的城市房地产抹去了昔日遗迹，古城风味已荡然无存。2022 年北京和张家口将联合举办冬奥会，这个城市的建设正在进入快车道，他在文中感叹：

> 我想，这个世界上，大约只剩下我，还在凭吊北海轩的旧址，傻傻地寻觅张佩纶和前任知府章洪钧友谊的遗存。而现任地方官和房地产商，更热衷于拆旧建新，推动开发，祖先传下来的老屋，经我们这一代的手，还有多少传给子孙？

在《天公不语对枯棋》中，作者描述过 1988 年踏访李鸿章晚年在京居所贤良寺西跨院的情形，不久后，西跨院被拆除，改建成为校尉小学教学楼，书内所附拍摄于2002年的现场照片，我曾反复观摩。2019年，姜鸣去李鸿章去世的东城总布胡同27号踏勘，却发现那里已被拆迁改造一空，仅余一堵红色的围墙。这种失落，似曾相识。某次我经过王府井，一眼瞥见“金鱼胡同”的路牌，心血来潮，联想到著名的那家花园（那桐宅邸）、贤良寺，还有东安市场、吉祥剧院、东来顺饭庄，不都在这块吗？可放眼望去，满目高耸的CBD大楼、双向八车道的大马路，哪里还有一丝“胡同”的影子？那种杵在街心迎风而立，举目四顾，然后怅然若失的心绪，到今天还记得清楚。我想，我能理解本书中那些明知听者藐藐但仍必言之谆谆的话了——“现场踏访和田野调查对于历史研究是很重要的手段方法，但必须赶早，要有一种急迫的抢救心态。”

考据历史，需要扩张新材料和借用新工具

说起张佩纶，一般人想到的常是李鸿章女婿、张爱玲祖父，可堂堂“清流”的“青牛角”、清朝总理衙门大臣，难道不配拥有姓名么？按其事功文章，皆多可观，而至今尚无一部详传，就连行世的《涧于集》，利用也远谈不上充分。姜鸣只眼独具，酷嗜斯人，于张佩纶研究浸淫日久，《晚清的政局和人物》初、续编都收录有相关文章，近又整理《李鸿章张佩纶往来信札》（上海人民出版社2018年），内容宏富，洋洋大观，三编也有多篇文字围绕张佩纶及其家族展开，对政治理念、人事际遇、人情世故一一剖析，在理解上显出丰富的层次。如涉及“马江之战”大功过的争议，书中特别注意挖掘时人（多位高权重者）日记、

书札的隐微信息，指出以往研究依赖公开的奏章文字，集矢于“爱国 / 卖国”“主战派 / 投降派”之争，“却很少关注过当事人和了解真相的上层官员究竟在说什么，以及各类相关人物细微的心理活动”，进而提醒读者“历史的真相，原比这些政治标签复杂得多”。依鄙见，目前学界如要写一部张佩纶传，那么姜鸣或是最合适人选。

当然，依另一鄙见，姜鸣如为张佩纶作传，亦非出于私好，热衷翻案，借用梁启超的语言，“此种传记，其对象虽止一人，而目的不在一人”。本书从张佩纶角度切入，通过“破译”张佩纶与李鸿章密函的暗语系统，推进“甲申易枢”研究，便是一个明证。（见《邯郸一枕笑匆匆：“甲申易枢”与政局大变动》）光绪十年（甲申，1884），慈禧太后一谕推翻以恭亲王奕䜣为首的全班军机大臣，转用醇亲王奕𫍽主政，此为有清一代空前绝后之举，关系国运匪浅。《涧于集》“书牍”收录张佩纶在甲申前后写给李鸿章的多通密函，中有“僧道相争”“僧礼佛甚勤”等隐语，这也成为学界解读宫廷变故的重要线索。陈寅恪弟子石泉在回忆文章中便提到“陈师熟悉晚清掌故”，颇能参破当日官员私函的隐语机密，所述一例，便是张佩纶的一通密函——“‘僧’当指醇王，字朴庵；‘道’指恭王，号乐道堂主；‘佛’则指太后，当时宫中久已称太后为‘佛爷’。隐语解通后，甲申政局变动前恭、醇两王之矛盾及太后与醇王之密谋，就又增一证据”。（石泉、李涵《追忆先师寅恪先生》）片言只字之解，“使迷茫难解的材料顿时明朗，成为关键性史料”，信札价值可见一斑。而后，樊百川、姜鸣、张晓川等几代学者，前赴后继，迎难而上，各个突破，在张函隐语释读上，取得相当多的成绩。（参详樊百川《清季的洋务新政》、张晓川《张佩纶致李鸿章密札隐语笺释》）"僧""道""神""佛""庵主""覃溪""立本""僧繇""两画""张仙""阎罗""十八参神""五斗米教天师"，这些隐语意蕴丰富，一旦揭穿谜底，似平平无奇，但猜谜过程却是对学者的语学素养、知识储备及思维发散能力的大考验。现在我上近代史料学的课，也常讨论及此，张佩纶函札一直是史学训练的上佳素材。

就近代文献中存留的函牍一类而言，量极庞大，且相当部分是手稿，其史料价值固不待言，但要充分利用，却远非易事。与一般的古籍线装书相比，在函牍利用方面，至少存在真伪甄辨、书页排序、字迹辨认、收信人及写信人考证、隐语破解等数难，能一一处理、排难而进者，实非个中高手不能为。姜鸣在函牍整理、引据方面，有着丰富经验，自能道其甘苦（参阅《尺牍在历史研究中的价值》，收入《秋风宝剑孤臣泪》），对后来者无疑有其示范意义。

姜鸣对函牍文字的深度利用，颇显传统史家的"技艺"，然究其史料观念，却绝不保守，甚至比一般学者要走得更远。本书《洪涛纵目望无涯：醇亲王巡阅北洋海军的历史回顾 // 影像·绘画·诗歌·日记》一篇，各类材料信手拈来，为我所驭，使人眼界大开。据著者交代，他对 1886 年醇亲王巡阅北洋海军这个题目，"持续关注了二十年，慢慢积累起当年留下的大批照片、绘画、诗歌、日记等史料"，如奕譞本人诗集《航海吟草》，负责巡阅接待工作的津海关道周馥《醇亲王巡阅北洋海防日记》，随行宫廷画家庆宽、金如鉴的《渤海阅操图册》《巡阅北洋海防图》，直隶总督李鸿章在天津雇佣的华人摄影师梁时泰、德籍摄影师来兴克《大臣官弁亲兵照相》影集，等等。这批珍贵的视觉图像和当事人文字记录，配合奏折、电报等官方文件，可谓相得益彰，使得130多年前的盛大活动“在今天看来，依然栩栩如生”。

傅斯年说：“近代的历史学只是史料学，利用自然科学供给我们的一切工具，整理一切可逢着的史料，所以近代史学所达到的范域，自地质学以至目下新闻纸，而史学外的达尔文论，正是历史方法之大成。”（《历史语言研究所工作之旨趣》）他的“史料学”观点为人津津乐道，然细绎其说，实包涵“扩张新材料”“借用新工具”两层意思。俗言道，艺多不压身。一个好的学者，就研究工具而论，当然是多多益善。今人拾掇西学，喜言“以图证史”，而真能以标准研究立其说者，在史学圈内却不易觏。姜鸣似未标榜研究上有何特别的“方法”，不过，据我所知，他是道道地地的老照片发烧友，也有很多摄影界的朋友，对历史照片的鉴别、使用，积累了不少心得。网上流传的《互联网时代，如何考据历史人物和事件》一文，曾予我极大的阅读乐趣和研究启发，《晚清的政局和人物》各编中，也有许多图文并茂的篇什。傅斯年断言“凡一种学问能扩充它作研究时应用的工具的，则进步”，照此衡量，姜鸣的学问倒真有某种“进步性”。落实在本书中，他找到张佩纶与李鸿章通信的实寄封，以信封上“都城总部胡同”地址，与文献记录互证，考出李鸿章在辛丑年（1901）去世的确切地点（见《临事方知一死难：李鸿章最后岁月的新考证》），以及利用翁同龢日记手稿中朱笔亲绘的两幅彗星图，结合西方天文学的彗星观察，讨论1880年代清廷朝野由“天文异象”引发的政治论争（见《天上的彗星和人间的政治：光绪七、八年清廷朝野对异常天象的反应》），都可谓是扩充新材料、借用新工具的好例。

非学院中人可比：“玩着把学问做了”

姜鸣平时说话，常用的词是“有趣”“好玩儿”。本书也有反思“业内称为坐‘冷板凳’”式的历史研究，进而鼓励“即兴展开”，让研究“变得丰富多彩、生动活泼”。（自序，3—4页）《沧浪诗话》尝谓“诗有别趣，非关理也”，这当然是一种比较极端的诗学理论，但至少给了不那么“讲理”的诗文以合法性，那么，“不涉理路”的历史学，会有它的位置吗？钱锺书颇引西人“历史是一个大掌故”“我只喜爱历史里的掌故”之说，而揶揄史家的故步自封：

> 在史学家听来，这是文人们地地道道的浅见薄识，只追求小“趣味”，看不到大问题……在人文科学里，历史也许是最早争取有“科学性”的一门，轻视或无视个人在历史上作用的理论已成今天的主流，史学家都只探找历史演变的“规律”“模式”或“韵节”了。要是现在的文人肯承认兴趣局限于掌故，他多少得赔着笑脸，带些自卑的语气。（《一节历史掌故，一个宗教寓言，一篇小说》）

上述话或暗含文史分野的潜台词，但不得不承认，历史学在人文科学里确是最具“科学性”的一门，它对于“趣味”“掌故”的态度，很可以反映当代学术的“舆论气候（climate of opinion）”。君不见今人填写课题标书，首要处理的问题便是说明“意义”，在开始研究之前，已要求向评委证明“本课题的独到学术价值和应用价值”！罗志田先生给本书写推荐词，特别指出“作者乃史学科班出身，然人生经历丰富，其身历目睹之事，非学院中人可比。故可与过渡时代之昔人会意于字里行间，而见人所未见”（见封底推荐语）。依我看，“学院中人”最比不了的，可能便是氤氲于本书字里行间的，无须理直、便可气壮的那一种“别趣”。

从研究材料来讲，姜鸣对日记、书信类文字特别偏爱，或因为“日记与尺牍本是文学中特别有趣味的东西，因为比别的文章更鲜明地表出作者的个性”（周作人《日记与尺牍》），故而有个性的著者也愈能体会别人的日记、尺牍之佳妙处，觉得“可喜亦可贵”了。从研究专题来讲，全书笔触广博，“涉及铁路、外交、天文、灾荒、西医传播、传染病流行、西式教育、建筑，甚至还包括婚姻、生育、餐饮和滋补品，这些既宏大又细碎的景象交织在一起，从而再现了转型年代中国社会的变迁”，真是心有余闲，涉笔成趣了。

本书中，姜鸣利用张佩纶家藏有关私人生活的信札，钩沉婚姻往事的细节，对他的三位夫人（朱芷芗、边粹玉、李菊耦）、一妾（凤姬）形象做了高度还原；甚而发掘出张佩纶家族生育状况的直接材料，发现他至少生育过十个子女，还另有一个小产，有六个是在一岁半以前夭折。（见《江湖归梦清，伉俪深情重：张佩纶的婚姻生活》《旧时代生儿育女的艰难历程：从张佩纶的子嗣说开去》二文）著者笔触温柔，有道“旧时不讲爱情，张佩纶却与三位妻子深爱”，“他们却也都爱得深沉，携手走过艰难的岁月”，竟为“这些聪慧娴淑的女人一叹”；而那些稍带八卦心的读者，也得以曲径通幽，一窥“那些叱咤风云的男人真实的私生活”。我不禁感喟，著者和笔下的主人公一样，“风云气”多，而“儿女情”亦不稍逊。

更有意思、角度更刁钻的“趣味”，还要数对于晚清官僚特喜饮用的滋补品“保卫尔牛肉汁”（Bovril）的研究。姜鸣从国外 Ebay 拍卖网站上找到“保卫尔”老广告，印证此产品昔日的营销力度；为了感同身受，甚至买到当下联合利华公司生产的同款产品进行品尝——虽然，“总体在口感上是不太令人满意的”（《喝保卫尔牛肉汁，与李鸿章同款：一份英国“滋补”饮料在中国的流传》）。还清楚记得几年前的某个冬日，姜鸣在复旦大学历史系有一次讲演活动，他一面用琳琅满目的 PPT 展示行走世界的踪影，一面陶醉地讲述自己心爱的几大美术博物馆、几位经典艺术家（大意），但最令人难忘的，却是那一款引起全场骚动的“保卫尔牛肉汁”，他带到现场，冲兑分发，让听众在味觉上也和百余年前的古人建立起相通的感受。当时作为主持人的我，接过一小杯黑乎乎的黏稠液体，虽有好奇，终于未敢轻试。但看着姜鸣乐呵呵地一仰而尽，那种潇洒惬意，快在其中，让人脑海泛波——如同电影《让子弹飞》里张麻子豪言“站着把钱挣了”，眼前这一位简直“玩着把学问做了”！

吾侪复何言，只好如王右军见杜弘治，叹一声“此神仙中人”，然后合十默祷：善哉善哉，前辈求带。

（原刊于《新京报·书评周刊》2020 年 6 月 8 日，
标题为编者所拟）

多注意“史料的历史”和“中等人物”

原编者按：在华东师大思勉人文高等研究院教授杨国强先生的召集下，上个周末（2015年11月28、29日），沪上一批青年历史学者在青浦区朱家角召开交流会。与会者还有王家范、程念祺、周武等先生。这次讨论会分作四场，28日为晚清史和民国史专场，29日为党史与当代史、综合讨论。这次会议主题较为松散，但在开放式的交流与争鸣中，大家兴致颇高。应编辑之约，几位引言人整理了自己的发言稿。这组稿件大都说的都是青年历史学者的困惑和疑问，在同辈中或比较容易引起共鸣，于是编发出来，以期进一步讨论。

被安排第一个发言，实在勉为其难。会议主办者指派我为“晚清史”这一场的讨论作引言，我不知道从何说起，是讲历史，还是讲史学？回答说，都可以。我个人理解大概偏后者。我们在现在的学科体制内，都有自己的研究专门，都就具体的历史问题写过专业论文，但在相对不那么专的“学”的层面，进行反思的自觉或者说机会，其实并不太多。这也是做研究既要拉车也要看路的意思。个人理解此会宗旨或即在此。不过呢，晚清史从何处来、到何处去、研究什么、怎么研究，兹事体大，这种大哉问，自应有前辈大家来操心，无需吾辈置喙。我知道上一周茅老师（茅海建）刚在澳门大学召集海内外研究晚清史的高层学者开了一个高层论坛，对未来晚清史的发展方向，想必会有重要指示，杨老师（杨国强）也参加了那个会议，很期待在本会上传达精神，帮助吾辈提高。在这里，我只能就自己研究上的直接经验和困惑，谈一些的直观感受，以及未经论证的浅陋看法。因为是务虚，故敢于空谈几句。

晚清史与近代史

1840年到1911年的历史，还是清朝，但单立一个名目曰“晚清”，和之前的清朝史相区别，从研究状况看，长期来晚清史研究一般被纳入近代史范畴，似一直缺少自主性。近代史研究注重的线索、高潮、标志性事件，以前为革命史观所规定，所以研究的重点多指向清政府的对立面，农民运动、革命派最被重视。随着现代化史观的兴起，革命、改良的价值评判标准有所转移，立宪派、精英主导的改革运动、舆论社会的作用等等，被更多强调。又随着眼光向下、去政治化的社会史、文化史研究兴盛，特别偏爱人情恒常的物质、消费这类，但反而不大见人，有时候让人起一种错觉，觉得“晚清”社会跟现在也没多大差别。

相对而言，晚清史研究中，对清政府，包括地方政府，反而研究不够。所谓研究不够，并非不认为其不重要，恰恰相反，写作晚清史的任何章节，都要写国家和社会互动、朝野互动、中外互动，都无法忽视国家权势结构的存在，但多数论述中清政府的性质是自明的，而且高度抽象，这种抽象最常见的形态就是在具体问题分析中直接应用某些被人普遍接受而不会加以质疑的结论。这中间其实有一个悖论：一方面将清政府既有的形象固化，较少关心其内部的变化程度；另一方面又往往把外部反应的原因径直导向清政府，给它赋予太多的解释余地。

人物研究未有穷期

要理解晚清政治，制度和人物的研究，这是相对刚性的部分，绕不过去。（李）文杰对制度史比较熟，这一块待会他可以多谈。人物方面，大人物、统治阶级这一层的人物，以前是研究比较多的，也认为研究得比较透，其实亦不尽然。法国的巴斯蒂女士本周刚在华师大做了有关慈禧太后的讲演，我没有机会去听，不过我看到了讲座海报，介绍其研究思路，主张从原始史料的角度去检讨，发现有关慈禧太后性格、习惯、喜好、日常生活，以及有关言行、品格的记载和判断，甚至包括流传下来的画像，大多是戊戌变法之后、即与慈禧太后晚年生活相关的，而且这些史料，有不少是她本人制造出来的。这一点我有很强的共鸣。个人目前在做的一个研究，就是有关慈禧还有荣禄、庆亲王奕劻、张之洞等人，在戊戌、庚子以后反映于各种类型史料中的形象，但我的主要目的倒不是想呈现形象、比较异同。现在不少文化史角度的形象研究，只负责呈现他 / 她成了这个样子，但不告诉我们为什么是这样子和本来是什么样子，这一研究思路大概受后学影响，认为历史是建构的，故无所谓最终的真相。我大概不是这种做法。想从政治史角度，考辨史料，讨论形象形成的具体原因、契机、制作者的动机和效果，但回过头来解释其人在实际历史中的作为和影响。

“中等人物”

另外有一个想法，即注意研究近代史上的“中等人物”。这是我杜撰的一个概念，取其介于达官显贵与草根平民之间，知识阅历上往往具备传统与新学双重训练之意，有些是位置重要，有些是因为个性突出，有些则依赖于人际关系而有所作为，有些则综而具之。借用近代报人徐铸成的话：“在政治舞台上，他们不是总督、总长、总理一类的显赫角色，却都惯于出卖风云雷雨，在近代史的不少关键‘回目’中，他们都在幕后插手，甚至排演、操纵。”举例来说，我做过个案研究的钱恂、陶森甲、赵凤昌、周善培、刘鹗（其在文学史上无疑为“大家”，移诸政治史语境则是另一种境况），又如清末几任上海道台余联沅、蔡钧、蔡乃煌等，此处不能尽举。这类不大不小的人物之于清末民初历史的影响力及意义，实有待史学界的重新评估。

带着“旧学”理解去研究近代

清末民初这一段，是传统到现代的过渡阶段。我们现在基本都有这种共识，认为历史是连续性的，研究历史不能作截断众流式的研究。但我还是想强调一下，近代史研究，尤其晚清史研究，除了要处理新的、变化的部分，还要处理传统的、旧的部分。我在本单位讲近代史料，曾选读的一种史料是“江楚会奏变法三折”，这当然是一个枢纽性的文献，但要真正读通它，很不容易。这是一个很小的例子。传统社会的政教伦理、满汉关系、科举考试、地方吏治、钱粮赋税、刑名诉讼、兵役军制等等，我们未必专门研究或直接处理这些问题，但必须有这些方面的知识和理解，才能去研究变化的部分。这里的“旧学”，取广义，不专指经典古典，而指传统社会的一般知识。我有一个观察，即研究近代史有成就的学者，对旧学都有相当根底，或后来花大力气追补过。前一段时间，我读杨老师的新书《衰世与西法》，这点感受是很深的。

要特别注意“史料的历史”

近年来历史研究对史料的第一手性质、原始性的越来越强调，以及档案开放程度的提高，通过跑档案馆搜集史料的人越来越多，不过持“拿来就用”态度者似不在少数。这里有两个问题值得注意：（1）“原始材料”带有笼统的意义，存在于档案馆的资料，并不意味就居于史料信用层级的顶端，而天然具有更高的价值。这一点应该易理解，我不多展开，另外，大量公刊史料的利用不足。比如盛宣怀档案，上海、香港都整理出版过大量材料，但看的人不多。先对档案的整体有所摸排理解，才能知道单件史料的位置和利用价值，而不是一个猛子扎进去，通过数据库关键词检索，找一二条拿来就用。（2）档案大量涌现，信息泛滥，却少有人去注意档案本身源流、性质、形成过程等问题。事实上它与借助档案所欲解决的课题并不脱节，恰恰相反，对档案性质的适当评估直接关系证明或证否的效力，这本应是研究工作不可或缺的部分。蒋廷黻很早就论及“史料的历史”（Documentary History），还打过一个有趣的比方：如果历史仿佛建筑，那么“史料的历史”，等于建筑物墙上不加粉，柱子不加油漆，连支撑屋顶的大梁皆赤裸的让人观看，使观者一方面欣赏原料之美，一方面知道整个建筑材料之间的协调。（《外交史及外交史料》，1932 年）

还是举一个外交史的例子。中国外交机构（按沿革顺序依次为总理衙门→外务部→中华民国外交部→中华民国国民政府外交部）各档案分散在两岸各地，留存状况仅见局部说明，缺少综合调查，如何将碎片拼合成整图，是研究者先须面对的难题。我们知道日本学者川岛真的北洋外交研究很有成绩，我个人倒觉得他有价值的工作不光在于发扬档案史料优越性，而是能够注意档案批判。川岛真花了十几年时间，走访大陆、台湾各机构，对外交档案的分存、转移及行政管理办法，有较前人进步的认知。他认为这是“解读外交档案的关键”，过程漫长艰苦，但享受其中如“做对填字游戏”般的趣味。今天研究者所面对的档案，已经不可避免地包含整理者的因素，对它做批判性利用自然成为研究的戒律。不过，很多问题实际上仍悬而未决。国家图书馆的缩微文献复制中心编印过《国家图书馆藏清代孤本外交档案》及续编、《国家图书馆藏民国孤本外交档案》及续编，规模逾数百册。外交档案如何能入藏图书馆？又何谓“孤本”？其与现藏于第一历史档案馆及台北“中研院”近代史所的总理衙门、外务部档案关系如何？诸如此类，连编者也不尽瞭然。川岛真也搞不清楚。而很多研究者对这些影印史料基本是拿来就用的，不能不说有问题。

普及与提高

另有一个问题，可能已经略微溢出晚清史的“研究”层面。关于晚清史，有一个有趣的两极化现象：一是学院内的研究趋冷，学界的研究兴趣一直往后延，同辈的研究者越来越少；二是社会上反而成为热点，通俗读物、影视作品层出不穷，作者多数是民间写手，也有个别学院出身，前者姑不论，后者总体而言写得较滥，少见精品，原因可能是本身研究水准就有限，也可能是刻意迎合大众趣味。我个人是不大看得进去。历史书有两个层次，一是研究历史，二是写历史，后者的读者期待肯定要更广。很多受推崇的前辈大学者都会写历史。现在的问题是，学院内的人看不上别人写的，但自己又不写，或许是不屑写，但也可能是写不出来。近代史领域内，有些大家做了示范，但效果似有限。开玩笑地说，罗大师（罗志田）已经是被公认为文笔萦绕，杨老师写文章生僻字太多，茅老师出了本号称随笔集的书，结果一大半是去了注释的论文。桑兵老师一向主张学问高深不必与一般人生出交涉，新书《治学的门径与取法》就主张“良法必然高深，不可专为小夫下士乃至坊间流俗道”。可见作史为文，均非易易。怎么写出让人信服且可读的历史书，不是我辈能给出答案的，但还是需要去思考、实践。

文史互济

最后谈一点跨出史学门的问题。我注意到一个现象，近代文学研究者有史学化的取向，这里只是说“取向”，因为“史学化”不是以史学代文学，他们的“文学研究”本位并未失。但一些文学系出身的年轻学者，像北大中文系近些年培养的博士生，写出了有分量的讨论近代史重要问题的书，他们的史料功夫、考辨能力不弱于史学出身者，而对于诗文集的理解利用的深度、贴近人物研究的感悟力、提炼构思大问题的能力，以及措词达意、谋篇布局的巧思，为我们所不及，值得借鉴、学习。历史文章，或过于饾饤，或过于粗放，很少例外的则偏于干燥、冰冷。本来文史不分家，现在专业分科是必然的趋势，但我们作为从业者如何带有反思去从事自己的专业，是应该留意的问题。所谓文史互济，不容易，但应该去追求。这和上面谈到研究历史和写历史的问题也有关联性。

晚清史研究应该是立体的、具有多个层面的。今天作主要发言的，专攻多是政治外交史，所谈可能还是偏重上层研究，仅是一得之见，挂一漏万，必不能全面，也谈不上到位。吕思勉说过，“学问在空间，不在纸上”，今天“学”的反思是必要的，更重要的是，恐怕还是落在实处，把它化成真正的阅历和经验。

（原刊于《澎湃新闻·私家历史》2015 年 12 月 5 日，

标题为编者所拟）

由文及史与由史及文

原按语：临近年关，蒙澎湃记者青眼，嘱我总结本年阅读，并选数本“印象深刻”者，仔细说说。本人终年碌碌，并无足述。不过，读过一些书，留有一些感性的印象，因为是网络文章，可以写得稍随性一些，姑妄言之。惟其中部分内容已经涉及学术评论，如有不当，祈读者鉴谅、指正。

一

因为备课的原因，暑期中细读了去年从台北买回的廖敏淑所著《清代中国对外关系新论》（政大出版社 2013 年）一书，全书分“通商制度”“外政制度”两部，前者抉出历史上的“互市”要素，后者则围绕通商交涉之“文书往来机制”展开，所谓“新论”者，实由破除费正清主张的“朝贡体系（tribute system）”论而来，兼驳滨下武志的“朝贡贸易体制”说。清代对外关系在制度与实践两个层面均有极为多元的样态，当然非“朝贡”可以一言以蔽之，书中提供的知识可以丰富我们的历史理解，不过，对于争论后起的“概念”“学说”之短长，非要定名于一尊的执念，我并无特别的兴趣，而心下对著者所谓“清朝中国的对外关系原则，存在着政治与通商可以分离而不相干涉的空间”，“对中国而言，互市可说是贯通古今的通商制度”（147、149 页）

等等，是存疑的。

到了下半年，《两岸新编中国近代史》（社会科学文献出版社2016年）之“晚清”“民国”两卷齐齐出版，学界推重，一纸风行，同一作者所撰《清代通商与外政制度》正是“晚清卷”开篇之第一章，内容未出前揭书范围，且论远多于述，而立说之勇似更有加无已，直指“朝贡体系论无论其前提史观、史学方法以及其所描绘出的面貌暧昧模糊之历史图像都存在严重问题”，必欲“彻底推翻朝贡体系论的说法”，“一举破除朝贡体系论对于清朝对外关系所定义的种种谬论”而后快。（6、22页）对于自己基本信服而且在课堂上屡向学生宣讲的学说，竟然纯属“谬论”而浑无知觉，实在不能不引起一个为人师者倏然自惊，而鉴于《两岸新编中国近代史》受众之广、影响力之大，也无法不令一个哪怕是刚入门的研究者正面视之。（我后来查到廖著之后半部，几年前已单独出了简体字版，参见《清代中国的外政秩序》，中国大百科全书出版社2012年）关于本书史料与论证方面的问题，并不适合在此处展开，只是著者既处处针对“朝贡体系论”立说，对此学说之源流、脉络、内涵、外延等等，却似全无究心，仿佛自树一标靶，而暗示其铁板一块的性质已经不证自明，费正清没说的（诸如“将明清两代合一”“将国交与通商混同”，等等）算在他头上也罢了，谁让他当“祖师爷”，明明已说过的却视而不见，还在顺着这个意思说，则未免武断太甚了。譬如著者特别反对“‘朝贡体系’论认为中英《南京条约》之后中国的外交和通商制度从‘朝贡体系’转换成‘条约体系’的说法”，反复强调“不管是条约的形式还是内容，都不是创新的东西”，无论如何不能视为中国“前近代”与“近代”分界点。（140—142 页）实则，只要读过费正清的名篇《中国的世界秩序中的早期条约体系》，就知道该文起首就明确指出：“鸦片战争和第一批条约被今日的北京和全世界视为新体系的黎明。与此相反，本文认为它们仅仅意味着旧体系的黄昏。”（载氏编《中国的世界秩序——传统中国的对外关系》，中国社会科学出版社 2010 年，277 页）在费氏看来，中国不是通过抛弃帝制时代的传统进入近代世界的，而是通过调适传统以应对十九世纪的种种问题而进入近代世界的，这种调适使得“条约体系”在其初始阶段成为“朝贡体系”的副产品。在另一篇文章《条约下的共治》（*Synarchy under the Treaties*）中，费正清更将“条约制度”解释为中国把西方容纳在中国传统世界秩序的一个方法，“条约”近于传统的“羁縻”手段，相应的，清政府容纳洋人于中国的权力架构（Power Structure）之内，亦不过传统的“中外合治”的一个新例而已。那么问题来了，如果费正清本人都不承认这种新旧截然两分，反而强调其内在连续性，则本书孜孜以求的“破除谬论”，岂非无的放矢？

本书立足于“互市”的视角来观察清朝的通商制度，有不少新见，而毋庸讳言，此说的提出多受到日本学者岩井茂树、冈本隆司等人的影响。书中有相当篇幅来疏分著者自倡的“互市论”与岩井氏的“互市体制论”在“论述上的主要差异”，或又过于执着于“名”相，依鄙见，更应引起重视的问题，在于作者实际使用、理解有关“互市”的史料时，有大而化之的嫌疑，而未能尽史学者循名责实的义务。在作者笔下，“互市”

近似于一个贯通古今、无所不包的通商制度概念，以至于会得出这样的结论："所谓的互市指的是中国与外国、属国乃至互市诸国等各式各样的国家所进行的贸易行为；并且，不论是否缔结了条约，清朝与诸外国间的通商关系都可以叫做互市。"（23 页）如此粗放式的史料处理，某种程度上，毋宁说是在日本学者原有研究基准上的退步。如冈本隆司早已意识到"'互市'一词仅仅意味着单纯的贸易行为，是一个概括性的并不含有任何价值判断的一般意义上的词语，这方面的用例在史料中占有压倒的多数"，故此，"不应该在没有任何前提的情况被用于表述清代的通商及其体制"，"将互市的史料用语所指的对象原封不动地作为一种概念，只能抓住明清时期表面上的变化，无法说明其具有的丰富内容"。（《「朝贡」と「互市」と海关》，《史林》第 90 卷第 5 号，中译本见《日本中国史研究年刊（2007 年度）》，上海古籍出版社 2009 年）作者在书中多次征引冈本论文，为己说背书，但类如"原封不动"的用例仍所在多有，只能说让人感到不解与遗憾。

二

陆胤新著《政教存续与文教转型——近代学术史上的张之洞学人圈》（北京大学出版社 2015 年）出版以来，已引起一些关注与讨论，尤被人称道不置者，是书中呈现的沟通文史的努力与成绩。杨国强先生序其书，谓由文字"受到打动的"是著者"出自中国文学专业而沉潜于晚清史事，并在后生一辈里少见地能够进入古人的精神世界"；李细珠先生也认为，"这个书体现很好的一面就是，能够把文史打通，视野开阔，他能够发现一些单纯在文学或者史学里发现不了的东西”。我读此书，亦有同感，而特别觉有兴味的是，陆胤在本书写作过程中似有一种挥之不去的“位置感”的自觉，反言之，自觉也可说是一种焦虑，端赖于此，故能始终不失其敏锐与敏感。这里所言“位置”，还非止于单数，我断续读毕全书，回头细想，著者至少在若干对畛域之间游移，寻找、确定自己的位置，具体言之，即文与史之间、古代与近代之间、近代文学与近代史之间。今年5月陆胤受邀来复旦历史系近现代史青年学者读书班，专就此书作一报告《张之洞与近代思想的顿挫》，我半开玩笑地介绍，“一个文学专业出身的人，写了一本纯近史学的书，现在又到了哲学系工作，真可谓文史哲萃于一身”（2016年5月30日）。陆胤在讲演中也谈到之于种种“之间”的“交涉”与“隔阂”，我愈能体会他在书中的坦白：“说来容易做来难，只有置身其中，切实承受跨界的压力和代价，才有可能体会一二。”（后记，373页）

返回本书来看，不必说著者展示的语文能力，给人以一般史学著作少有的阅读快感，对常见诗文集能精细利用，擅从要处着眼搭建架构，也就是写“大文章”的能力，均展现文学出身者的优长处。全书除主角张之洞而外，有众多人物联翩登场，同是写人，能否体贴理解、能否描画声音面目，不同作者笔下各有境界与况味。已故学者张晖读当代史著，便意识到“史家取径与我等不同……史家评判人物颇冷酷，一片冰凉世界也”（《末法时代的声与光》，上海古籍出版社2014年，177页）。

本书不废古史书之“纪传体”与文章家所致力的“碑传书写”传统，亦由晚近新史学提倡的“传记文学”汲取资源，有意“将目前日益倚重社会科学方法的学术文化史研究还原到人物本身，提倡一种带有人物面目、人文感觉、人情况味的学术史”（绪论，31 页）。胡适说，文不能包史，但史能包住文；但从现状看，史能否“包”住文，实在也是一件可疑的事情。从史学研究者的立场，如欲有所反思的话，不得不同意杨国强先生所言：“自史学群起借法于社会科学之后，文史传统已日趋而日益凋零。”这一“凋零”表现在文学涵养、人文感觉、文化意义的三重失落：文学涵养自不必说，当代史学著述之不文、干燥、偏枯，已是读者的共感；人文感觉消散，几与史学的社会科学化同步，研究迷失于理论、模式及器物、图片、数字，作为历史主体的人和人的精神世界反而不易见；文化意义则失落于现在批评越来越多的碎片化、饾饤化，史学缺乏意义关怀。陆胤在本书及其他场合多次提到在北大给中文系开中国通史课的“某位历史系先生”，上课伊始抛出一句“中文系没文化”，给予他的震动，而感到“其中有深意却不容放过”（后记，373 页）。这位先生就是英年早逝的刘浦江教授。这句话近似一记振聋发聩的杀威棒，把中文系人的精神打了出来，所以我们现在看到这部回过头来让历史系人吃惊的著作。其实现在也大可以有人反过来痛喝：“历史系没文化！”陆胤在本书并未大喝一声，但委婉地表示：“在文与史、整体性与碎片化之间，是如何向晚近日趋社会科学方法的近代史研究输送人文感觉的问题。”（374 页）在这里，作为被输入方，不见得马上变得“有文化”起来，但要郑重地表示欢迎。

按我的理解，陆胤一书意在凸显此种前人注意不够或简单评价的“自上建之”的力量，张之洞及其周边士人，注重政治与教化的互动，具有探究本原、调停新旧的特质，能够团结社会最大多数、主持稳健的渐进式的变革。如《正学报序例》所言，“无新无旧，惟其是而已矣，惟其正而已矣”。只是我们不能不直面的是，近代与古代固有连续性，但近代毕竟已不同于古代。当张之洞老成凋谢，以其为中心的学人交游渐趋分裂、瓦解，亦预示了名臣、名儒提倡风教传统终成绝响。以“清流”为底色者，往往执著于“名教”，未必善于适应时势变化，这些选择“对其学术影响力的延续不无折损，甚至导致相关人物逐渐被学术史遗忘”（295 页）。民国以降，新的有位有势者已甚少自负向读书社会输送学术经验的使命，也再难以聚集起足以引领（而非附庸）风雅的学人群体。《诗大序》云：“至于王道衰，礼义废，政教失，国异政，家殊俗，而变风变雅作矣。”在较“三代之衰”变动剧烈程度或甚过之的“数千年未有之大变局”中，士人如何自处处人，如何维持风雅，实在是一个让人轻松不起来的话题。若说得再远一点，当“士大夫之学”一变为“博士之学”，“士大夫”一变为“知识（知道？）分子”，儒家思想衰微而为“游魂”。一个学者以“立于社会之上或之外的清流”自许，而有“既批判也引导，同时要改造社会，化民成俗”的愿望，已涉嫌“精英”心态，出于这种自我省察的姿态，面对大众发言，总不免踌躇犹疑。（罗志田《道大无外：校园与社会》，社会科学文献出版社 2016 年，自序）身处这个强调“平等”、风雅稀薄的现代，读书人如何与“社会”生出交涉，何尝不是吾辈须臾不可忽的大哉问？大概这也是本书包裹在“学术”的厚障壁下面最切己也最能触动人心的东西吧。

三

时近年底，蒙敝系同事张仲民兄赐下新著《种瓜得豆：清末民初的阅读文化与接受政治》(社会科学文献出版社2016年)，我第一时间发了微信：“一本从历史中总结‘种瓜得豆’的书，也在当下示范了‘想怎么收获，先那么栽’。”（2016年11月21日）书中各章节先期已多以论文形式发表，陆续有所拜读，而今日裒集成册，蔚为大观，仍惊其“成果”之厚重、结实。仲民与我都研究近代史，但说到“阅读”的情况，却不大一样。我读的书，他大概十之八九都会读，而他读的书，我则几乎不太读。这当然不止于说仲民兄有如任劳任怨的“鉴黄师”一般，埋首故纸堆辛勤披览晚清民初之海量“淫书”（实即当时出版的生殖卫生书籍和广告)，进而提粹取精、钻研发覆，从而使“予任其劳，人享其逸”落到实处；更是说他对史料的汲取，真有如海绵，细大不捐，兼收并蓄，报刊、杂志、图画、小说、戏曲、广告、目录、年表、教科书、字典辞书、宣传册子……夸张一点说，但凡只要带字的纸片（未必能算书），他都看。这些东西的特征无非两个，一个是“俗”（通俗性），一个是“滥”（商业性），而之所以喜读而能善用，其实与他的研究视角认知与选择密切关联。在处理近代阅读的实践与接受这一课题时，他特别关心“不那么精英的社会阶层乃至普通大众的阅读实践与有关的受众接受情况”，而且确实尽可能地往“下等人”探索，而以往的讨论仍多局限于精英阶层，即使以“民间社会”“大众空间”“边缘知识分子”自我标签的研究，实际仍然不脱二三精英的范围；关于所谓“新名词”的输入和流播，他则特别关心“不那么具有政治性或学术意义但同样很关键的某些概念或符号”，诸如本书呈现的“古腾堡”“黑格尔”“世界语”，相较于依赖数据库讨论“自由”“民主”或“×× 主义”一类大词的一般观念史研究，要处理这些更具“在地化”（换言之，“更接地气”）意义的文化符号，则必然需要更多凭借。从成书的情况来看，我个人以为，研究是到位的。这本书确实带给我们许多新的知识，关键是这些知识经过了新史料的充分验证。我想到不久前读另外一本书时的感觉，著者是我所敬重的一位前辈学者，他在谈论学界现状时，有一段让人印象深刻的话：“一些著作或论文，或用一些新名词、新术语加以包装，自诩新论，洋洋自得，实际上充斥着老生常谈，‘人有我有，人无我无’，多的是说法而非证据，讲的是数量而非质量。唯闻空山之鸟语，未见问题之解决。恰如顾炎武所说的那样，只是把一堆铜钱摆来摆去，至多也只是将旧铜钱熔成新钱，而不肯真正下苦功夫入山开矿，提炼成铜。”（邹国义《国义文存》下册，上海人民出版社 2016 年，500 页）仲民此书无疑下了“入山开矿”的功夫，而能做到“人无我有”的程度，自然令人肃然起敬。

读此书，给我一个新的刺激是，仲民对近代文学性材料（尤其是新小说）的熟稔以及运用之绰裕自如。我知道他在大学时当过一阵子“文学青年”，昔年的审美嗜好，扩充为今日的研究利器，未必仅仅因为“好白相”而已，但没有趣味的底子，恐怕也不能至此，亦可证“青年史学家的自我修养”之重要。我又想到，从研究取径上讲，如果说陆胤是由文及史，仲民则由史及文，证明两端确乎是通的，而两人都未标榜有何研究门径和取法，实际仍以问题为导向，所谓过河搭桥、逢山开路，自然而然便用到了。自家武库的备用兵器本来就多，兼而能上下取法、左右逢源，艺多不压身，功到自然成。依我的偏见，无论何法、何器，总以解释或解决问题的透辟程度为评判标准，否则，终究是屠龙之技罢了。

如《种瓜得豆》的书名所提示，作者观察历史得出的结论相当低调，显示出一个历史学家应有的节制。依我的另一偏见，在中国近代史研究中最不缺的东西就是民族主义，严肃的史学研究并不需要刻意添加“打鸡血”式的佐料。本书在处理历史问题时，也特别注意区分研究与宣传的界限，如本书第四章谈到那些以捍卫中国对于“四大发明”的专属权为己任的学者，指出：“他们希望通过‘记忆政治学’（memory politics）的操作，重温或建构国史上的荣光，表彰中国历史上的原创发明，发挥史学经世的作用，来唤醒民族的自信心，振兴民族精神，去建设一个新的中国。或可说，他们不是在发掘历史中的真实，而是在阐释被他们视为真实的历史，在诠释中同时进行自我反省、自我建构和自我认同，乃至付诸实践。……阐发历史的真实并非为学者的终极目标，最重要的标靶乃是阐发出来的这种‘真实’，能否经世致用、能否对当下的社会实践有意义，这往往是最优先的考量。”（243 页）诸如此类警辟语，揆诸全书，并不鲜见。在此，我要佩服王汎森院士的慧眼，能够读出其间的微意，专门点出“字里行间，不难看出作为一个史学工作者的现实关怀所在”（序，Ⅱ页）。

“史学碎片化”是近年来史学界一个热门的话题，而面对同一种事实，各人的理解并非一样。选题一味求小，研究范围偏窄，重叙事、重考证、轻阐释等现象大量存在，令一些前辈学人深感忧虑，史学领域相较过去缺少了许多“热点”“兴奋点”，有习惯于讨论“重大问题”或热衷“论战”者甚至感到不大适应，因而呼吁“重建史学的宏大叙事”，“一扫当前史学那种一味求窄、求细、求小的拘谨姿态，把中国史学带入一个有长江大河般磅礴气势的新境”；而另一些学人则根本不承认有什么“碎片化”，在他们看来，随着史学专门化及学风趋实，研究者各守专攻、分头并进本乃学术研究的常态，且为“非碎无以立通”的必由之路（《中国近代史研究中的“碎片化”问题笔谈》，《近代史研究》2012年第4—5期）。这当然是一个见仁见智并可以不断讨论的问题，不过从与我同一辈的学人来看，他们已经具有相当成熟的反思意识，而且从著述中体现各自因应的思路。借用仲民兄所论启蒙人士从外部强加的改造大众阅读的努力之高开低走与结果之南辕北辙，仿佛“焦大不会爱上林黛玉，下里巴人欣赏不了也不太会乐意欣赏阳春白雪”（66页），强扭的瓜不甜。而栽瓜的人终须自己去收获自己的果，虽然，天晓得会是豆，还是更大的瓜？

（原刊于《澎湃新闻·私家历史》2016年12月23日，
标题为编者所拟）

以“考据”把握晚清的“人物”

原编者按：本文原为《晚清人物丛考》（生活·读书·新知三联书店 2018 年）一书的自序，澎湃新闻经授权摘录部分，以飨读者。

中国史学一向强调以“人”为主，传统史书首重纪传一体，旨在“以人系事”“因事见人”。近世新史学的提倡者虽然对“二十四史”有强烈的批判，但仍重视精英人物的历史（史学）位置，如梁启超心目中的“理想专传”，“其对象虽止一人，而目的不在一人”，“是以一个伟大人物对于时代有特殊关系者为中心，将周围关系事实归纳其中，横的竖的，网罗无遗”。（《中国历史研究法补编》“分论一：人的专史”）此处“伟大”，如取其“宏大”义项而不涉褒贬意，则亦可理解梁氏提示有所谓“历史的人格者”以“关系的伟大”而结合各“史迹集团”“时代集团”，有此提纲挈领，方可“将当时及前后的潮流趋向分别说明”。他本人所写的传记，也无一例外均以关系到一代时局者为主人公，如《李鸿章传》（一名《中国四十年来大事记》）之作，即因“四十年来，中国大事，几无一不与李鸿章有关系，故为李鸿章作传，不可不以作近世史之笔力行之”。（《李鸿章传·序例》）近代学术风尚与研究方法论屡经迁易，“人物研究”

毕竟不完全同于“传记（传叙）文学”，而钱穆等人强调国史研究中“不当重事而轻人”，“尤不当于人无褒贬”等观念（《中国史学发微》），更多是对时流的一种防御性反拨。

进入新时期以后，如何“评价历史人物”一跃为理解“历史的创造”之必然性的关键（《马克思主义经典作家论历史人物评价问题》“说明”），也在后来相当长一段时间里成为学界“论辩”的焦点之一（参看《二十世纪中国学术论辩书系·中国历史人物研究论辩》）。余风所及，直至二十世纪八十年代，“历史研究极为活跃，但研究得最多、最旺的还是历史人物”，不过像陈旭麓先生这样的思想敏锐者已在反思既存问题，指出“我们研究近代人物，首先要掌握这个变的时代”，“要懂得此人的时代性，要有形象思维，没有这个，一定写得干巴巴；要有理论思想，否则写不深”（《陈旭麓文集（第三卷）·谈近代人物研究》）。迄于今日，日益倚重社会科学方法、凸出“问题本位”的史学研究，已渐不以人物为当然主角，更有甚者竟全然不见“人”的踪影，遂有学者感叹历史书写中“人的消失”，同时检讨由此形成的“一个矛盾现象”：一般民众渴盼读到有“人”的历史，专业史学界则反其道而行，认为愈没有“人”的历史，层次愈高，人名太多的历史是“软”的历史，反之才是“硬”的历史，只好把“人”的历史交给通俗传记作家或文史工作者（王汎森《人的消失？！——兼论20世纪史学中“非个人性历史力量”》）。

不过，政治史或是较少的一个例外，据我所见，此一领域的研究者尚对“人物”抱有持续的关心，并在研究中不吝以笔墨加以“深描”。在我更熟悉的晚清史研究，似乎有一种牢固的但确乎行之有效的以“人物”刻画“时代”的传统或风气，从民国到当代，从大陆到港台，均受其沾溉，一般公认高段位的学人（有些人未必乐以“学者”自限），几乎很少例外地都在人物研究上下过功夫，且能拿出相当水准的代表之作。对于这种学术现象背后的脉络，我有一些朦胧的感觉，尚无法详晰表述，但可以肯定的是，它已经对我的研究取向实际产生了影响。很早以来就比较喜欢读人物自传、日记、书信、诗文集一类文字（不单纯出于研究目的），现在学校开课时也讲过“人物研究”的专题，多多少少写了一些人物（总体仍以“精英”为取向），对为何研究、如何研究也自然有一些思考，甚至还自主发明了诸如“中等人物”之类的概念（从较宽泛的角度，姑取其地位介于达官显贵与草根平民之间、知识阅历上往往具备传统与新学双重训练之意，我较注意这一类人物作用于历史关节点的机缘与影响）。此次相关论文有机会汇编成集，我一度妄想是否要专门作一篇文字，对迄今所思做一番发挥，但很快打消了这个念头。史学研究首重实证，见诸行事，方法、道理即默寓其中。“实不足而竞于文”，其弊有类空言制胜、华辩伤理；况且，吾辈所思是否真能“知意”，或有多少“创见”，自信尚不足，又何敢灌输于人。一本小书，值不得这样精巧的不老实，故终究还是决定守拙。

本书涉及的人物不在少数，而材料杂出，头绪纷乱，每一主题的论证处理，都绕不开史料考辨与史事考订的基础工作。“丛考”一名，古已有之，用之今日，似略显老派，我却以为妥帖。近年来有两本案头书，常翻常新，深觉有味。一是陈垣的《史源学实习及清代史学考证法》。陈先生以“实习”方式讲授考寻史源之法，等于授人以渔，而“毋信人之言，人实诳汝”二句金言读之难忘，令人心折。二是罗尔纲的《困学集》。这是罗先生晚年的学术自选集，由于成文年代的关系，收在集中各篇在今人读来，或不免一些政治说教的气味，但所展示的“假设”“本证”“辨伪”“笔迹鉴定”“调查”诸种考据手法以及史、论细部的精密结合，却有十足的“干货”。在某一特定的历史语境下，两位先生固曾就“科学的考据”与“旧考据”的差别发生过辩论（见陈垣《〈论科学的考据与旧考据的不同〉一文审查意见》），然若征名责实，既谓之“考据”，仍必有其不易标准在。以上两书均未特别标榜有何研究门径与取法，实际仍以问题为导向，所谓过河搭桥、逢山开路，为解决问题自然而然用到很多“方法”，自家武库的备用兵器本来就多，兼能上下取法，从而左右逢源。近代史料向称繁富，不惧其寡，但苦其多，或因如此，在利用方面往往不甚“精细”。然如果留心体察，“近代史研究”在史料考辨与史事考订方面实有其传统，凡有成就的学者，固非以考据自限，但在考据上必见其功力。清人焦循论“学”，以为“无所谓考据也”，“惟求有据，不能用思以求通者”必流入“考据学之末路”（钱穆《中国近三百年学术史·焦里堂》）。此语针对的是乾嘉时代的经学家“知据不知通之弊”，对后世学界也有其适用性，所以蒙思明在民国针对时风，直指“考据不能独当史学重任”，并呼吁中国的史学界“需要有目的的考据，更精密的考据学，具特识的考据家”

（《考据在史学上的地位》）。

诚然，考据或“不得别称一家”，考据非学问目的，本书之“考”，正如庄子笔下庖丁所谓“臣之所好者道也，进乎技矣”之“技”而已。吾于“道”，但有仰之弥高的憧憬，尚无钻之弥坚的执念。本书各篇之作，各具触因，亦或多或少有欲抒发者，套用现代学术语言，带一些“问题意识”“价值关怀”，然文章俱在，不必再赘，此处也不宜作何总括和阐发，我情愿承认一个朴素的想法：编这个集子不过为自验所学之深浅，止于“技”耳。按“技”，古训“巧也”。孟子言“梓匠轮舆能与人规矩，不能使人巧”（《孟子·尽心下》）。康德也说过：“提供的一切规范不论多么详细，它的典范不论多么优秀，我们也不能学会灵气十足地进行创作。”（《判断力批判》第 47 节）孟子所说的“工匠精神”与康德此语指向的“诗艺”创作，未必在同一层次，但均提示了“规矩”或“规范”以内尚有不易把握、须实践体会者。我想自己不过是一个尚待检验能否出师的学徒，现在锻炼的是“技艺”，追求的只是那股子“巧”劲罢了。此处的“技艺”，非敢依傍或攀比西人所谓“历史学家的技艺”（The Historian’s Craft），当然没有任何“新史学”包蕴的深意，只取其字面的原初意。窃以为这或许已成了我们习焉不察、久假不归的一类东西，只能在实践中摸索、锤炼，渐至打磨成型。本书也便是一个习史者经历初阶的记录。

近世精读清人文集大概最多（之一）的张舜徽，晚年做一总结，谓“平生涉览清人文集，至于千家，而深病乾嘉诸儒能为考证之学，多不能为考证之文，具二者之长可以无憾者，特寥寥十数家耳，下者乃至辞不达意，甚或文理不通，奚由能自抒所得？”（《爱晚庐随笔·文与学之分合》）以张先生之法眼，清人能为考证之文者，尚不过“寥寥十数家”，返观文史传统乖离日久、语文教育积重难返的今世，恐怕更是绝无仅有了。考证之作，或谓质胜于文，易失之偏枯、干燥，此似势所必至，却非理所当然。胡适讲人物研究，除了“用绣花针的细密功夫来搜求考证他们的事实”，也应该“有写生传神的大手笔来记载他们的生平，用大刀阔斧的远大识见来评判他们在历史上的地位”，“最要能写出他的实在身份，实在神情，实在口吻，要使读者如见其人，要使读者感觉真可以尚友其人”（《〈南通张季直先生传记〉序》）。傅斯年尝以文学史写作为例，谈考证与著述之间的关系，其基调迥异于我们一般熟知的史料学观点：“写文学史当无异于写音乐史或绘画史，所要写的题目是艺术，艺术不是一件可以略去感情的东西，而写一部的史，应当有一个客观的设施的根基，所用的材料可靠，所谈的人和物有个客观的真实，然后可得真知识。把感情寄托在真知识上，然后是有着落的感情……希望诸君能发乎考证，止乎欣感，以语学始，以波涛动荡止。”（《中国古代文学史讲义》）本人既是当代学院培养机制的产物，本书各篇概不免今日学术表述的诸种通病，我所努力的只是尽量“达意”，至少避免“不通”。不过，前述各家之言仍有相当大的启示意义，我愿以自勉，“发乎考证，止乎欣感”固是一种化境，却值得著史者去追求、逼近。

收入本书的一部分论文，在学术对话时设定了明确的对手方，表现于观点上且不无针锋相对处，用较早前史学界的专用术语来说，即带有所谓的“争鸣”性质。此或予以读者“好辩”的印象。我也只能承认修养不足，尚乏“逢古必敬、临文必恕”的一颗“虚心”。学术进展，譬如积薪，本书但凡有所见，无不得自先行研究的启迪和滋养，即使有所商讨辩驳，也绝不稍减我对他们的尊敬。我亦深知“剃人头者，人亦剃其头”的道理。此前驳正他人的文章，今已见与本人再“商榷”者，此诚学者之幸，我要表达十二分的欢迎，同时提醒自己“以学心听、以公心辩”（《荀子·正名》），时怀懔惧，下笔当更加矜慎。

（原刊于《澎湃新闻·私家历史》2018 年 10 月 29 日，
标题为编者所拟）

忆沈老

——几个亲历的片段

我认识沈老很晚，但早先就读过他的文章。刚上研究生时，翻看1980年代初出版的《辛亥革命史丛刊》，读到沈老《一八九四年孙中山谒见李鸿章一事的新资料》一文，文章不长，留下印象却很深，文中讨论者是关系中国近代史上枢纽人物的紧要问题，有很多可以发散的空间，但写作时完全用严谨的史料考辨方法，绝少冗词议论。这种研究手法与当时流行的“试论”“试评”“刍议”一类文风迥异，故过了二十年，读来也未觉得过时。上海古籍出版社出版的蒋廷黻《近代中国史》书中，有沈老所作长篇“导读”，学界见重，一纸风行。全文洋洋洒洒，篇幅几与正文相埒，既见蒋廷黻其人，又见其书，且见其所处的时代，尤其论及“中国近代通史体系的推陈出新”，从二十世纪三十年代草创时期起述，至陈旭麓先生的《近代中国社会的新陈代谢》结题，条分缕析，眼界贯通，具见多年浸淫于中国近代史教学积累的心得，也让人领教了在实证功夫以外，沈老精于思辨、擅长综合的一面。后来，我又读《陈旭麓文集》第四卷“书信”中所收陈先生致沈老的书信，大约有四十多通，是收录人中最多的，从中能体会两人间亲切、质朴而坦诚的关系，也对沈老一些曲折艰辛的个人经历有所理解。

我近距离接触沈老，是在 2007 年夏末。那年 9 月 21—23 日国家清史编纂委员会在承德举办“国家清史纂修通纪学术研讨会”，沈老是与会者之一。茅海建老师是《清史·通纪》第八卷的撰稿总负责人，当时把我作为助手也带去了承德。与会代表先在北京集合，然后集体乘车前往承德。去承德的大巴车上，我恰与沈老并排同坐，于是谈了一路。沈老热情，对晚辈毫无架子，而且健谈，聊到陈旭麓先生的往事，也聊到自己的研究。沈老写过慈禧太后传记，在车上兴致勃勃地谈起庚申之变，英法联军入京，慈禧第一次西逃的路线，随处指点窗外的沿途景物，对从京城到热河这一路宫廷的衣食起居尤其津津乐道。我大半时间都是恭听，偶然插嘴，记得还问沈老相隔四十年庚子事变时慈禧第二次西逃的情形，以及与前次的异同。一路听之忘倦，不觉已到承德。

清史纂修通纪研讨会在承德锦江文冠饭店举行，会上重点讨论清史“通纪”的撰写思路、大纲结构，召集人是戴逸先生，除了“通纪”各卷的撰稿人，还请来不少近代史学界的老辈学者，印象中有胡绳武、王戎笙、王思治、张振鹍诸老。沈老作为《清史·传记》晚清卷的负责人，在会上也有发言，发言内容已不复记，我只是对清史纂修之艰苦繁难更深一层了解，也对勇于承担其难的各卷负责人更多了一层敬佩。开会时沈老全神贯注，而少见疲态，发言则抑扬顿挫、侃侃而谈，在这个以老人为主角的会议上，如此神采奕奕，让人感到一股特别的生气。而会后休憩之际，我在沈老的房间里，看到他从冰箱中取出自带药物，熟练地在手臂上自行注射，心下暗生讶异：原来沈老身体并不如想象得那么好，他是带病来参会的。沈老带着爽朗的笑解释说："现在每次出门开会都要带药，要是宾馆房间没冰箱就麻烦了，我就来不了了。幸好这个宾馆有冰箱。哈哈！"附带可一提的是，也是在这次会议上，我第一次见到了杨国强老师。在宾馆房间，茅老师指着我，对杨老师说，这个学生以后让他去上海社科院，跟着你学。杨老师立刻回应，好啊，可以让他来近代史室。2009 年夏，我从北大历史系毕业，入职上海社科院历史研究所近代史研究室，也是前后脚的关系，杨老师刚好由上海社科院转往华师大思勉研究院工作，缘悭一线，终究没能造膝堂前，从容问学，尤觉为憾事。

承德会议结束后，主办方安排了与会代表参观避暑山庄。山庄面积很大，而多山路。茅老师嘱我注意照顾沈、杨诸老。

左起：谢俊美、杨国强、沈渭滨、茅海建，摄于承德避暑山庄，2007 年 9 月 23 日

而沈老一路兴致颇佳，上下车、过桥、爬阶，都是健步在前，不要旁人搀扶。作为弟子，我并未能尽服其劳，名义上沿途随侍，实际倒是抓拍了不少照片，其中有一张沈渭滨、谢俊美、杨国强、茅海建四位老师在山顶的合影，感觉颇有纪念意义。回京分别后，我将沈老的个人照及一些合影整理出来，寄往上海。没想到，过不多久，就收到回信，沈老赠我一册其成名作《孙中山与辛亥革命》（上海人民出版社 1993 年版，2001 年第 2 次印刷），扉页有题签："海斌老弟雅正　沈渭滨　〇七年上海。"书中内夹了一页附纸及名片，附信用"复旦大学"信纸，文如下：

海斌老弟

寄来照片已经奉到，十分感谢。

此次承德之游，得以结识，深感有幸。您勤学深思，沉潜质朴，给我以良好印象。切望在尊师海建教授指导下，学业猛进，成为学界隽才，陈门弟子后起之秀。

随信寄上旧著一册，请您不吝指正。

便中过沪，若能来舍下一聚，是为至幸。附上名片，可按此联系。耑此即肃

时绥

沈渭滨

07.10.12

全信用非常工整娟秀的钢笔楷体书写，而用语极为谦抑、恳挚。我知道这是沈老对一位后进青年的关心和鼓励，是不敢

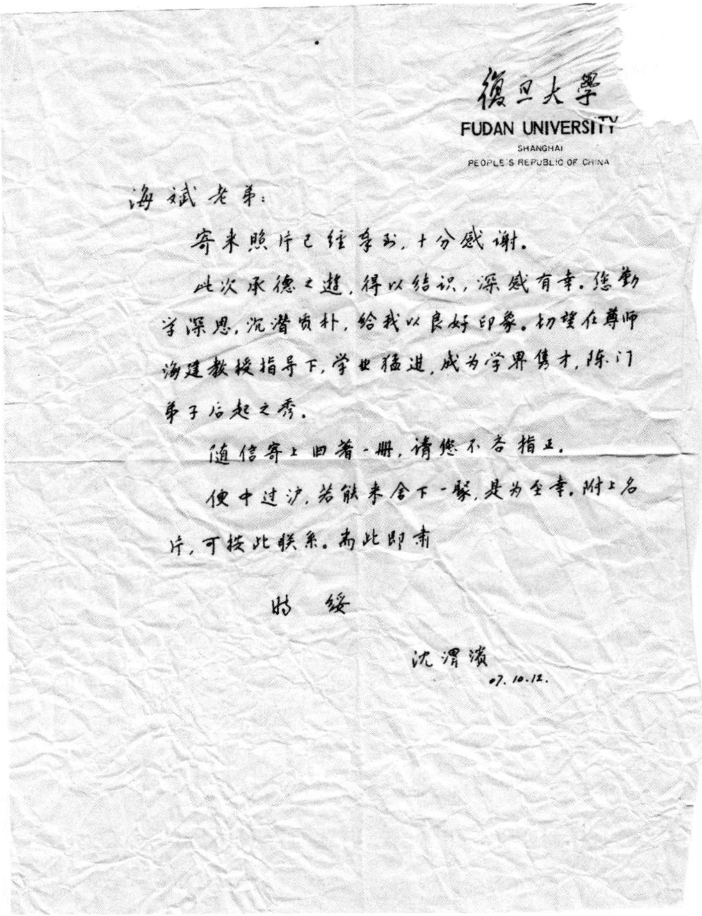

復旦大學
FUDAN UNIVERSITY
SHANGHAI
PEOPLE'S REPUBLIC OF CHINA

海斌老弟：

寄来照片已经拿到，十分感谢。

此次承德之游，得以结识，深感有幸。您勤学深思，沉潜质朴，给我以良好印象。切望在尊师海建教授指导下，学业猛进，成为学界隽才，陈门弟子后起之秀。

随信寄上旧著一册，请您不吝指正。

便中过沪，若能来舍下一聚，是为至幸。附上名片，可按此联系。耑此即肃

时绥

沈渭滨
07.10.12.

沈渭滨先生致戴海斌信，2007 年 12 月 12 日

当的，愧领之下，只觉得要孚沈老之望，还要做很多努力。又深感沈老待人态度之至诚、仪范之周到，暗叹老辈自有我等后学不可及处。

两年后，我博士毕业，到上海工作。和沈老就在同城，因生性疏懒，怯于见人，竟不曾前往探望，未能讨教学问，亦无从领略其著名的“七宝老宅”风采。只是2012年4月15日，在一次朋友的婚礼上，与沈老有第二次见面的机会。新郎为一位习中国史的日本年轻学人，新娘则是复旦历史系毕业的博士，两位都是友人，沈老作为女方证婚人到场。犹忆当时气色尚佳，说话还是那么中气十足，致辞精彩，意味深长，而语带诙谐，引起全场笑声和掌声。婚宴间，我趋前请安，问沈老：“您还记得我吗？”沈老定睛看我数秒，然后连声说：“当然！当然！一起在承德开会的海斌老弟嘛！哈哈！”我心中暗愧。婚宴上人声鼎沸，而沈老当时听力已有问题，我不敢多扰，简单问候后，便告退了。

今年4月，惊闻沈老魂归道山，伤悼之余，又有些黯然。重新翻出沈老的赠书和附信，再读时已有不同的意味。举办沈老追悼会当天，正逢本单位公派我到贵州兴义出差，不克前往，深以为憾，遂记下与沈老交往的几个片段，聊寄哀思。现在我每想起沈老，脑海中常常会浮出陈旭麓先生写给沈老信中的一句话：“道路是艰辛了点，艰辛却也会给人以深沉。”（1987年5月15日）沿着师门前辈开拓的足印，这样的道路，我们毕竟还要继续走下去。

2015 年 12 月 18 日，于上海南翔

（原载《沈渭滨先生纪念文集》，上海人民出版社 2016 年）

东京《顺天时报》研究会参加侧记

刚过五月，东京的气温就窜上来了，天气预报形容已有了一种“真夏”（盛夏）的感觉。6 月 3 日，是星期天，顶着大太阳出门，一路行人稀少，电车和街道比平日都显得空旷，赶到东京大学驹场校区 18 号楼二阶的研究生作业室，发现原本不大的房间已差不多满员了。今天是“《顺天时报》研究会（順天時報の会）”2014 学年的第一次（总第 14 次）例会。

自本年开春到东大访学以来，有时间的话，常会参加东京地区一些与中国近代史相关的研究会或读书会。御茶之水女子大学岸本美绪教授主持有“近世史研究会”，这里的“近世”概念指向的时段相对较广，研讨范围上限为明清，甚至可更前推，下限则覆盖我们理解的“近代”，形式上以个人报告、集体讨论为主，每周四晚举行，两周一次。青山学院大学饭岛涉、东京学艺大学田中吕比志两位教授主持了“ISMC（In Search for Modern China）研究会”，持续的时间已有很多年，不定期活动，除了专题报告，还经常就本研究领域内的重要新书举办专场评论会，如最近两次活动分别评议了村上衛的《海の近代中国——福建人の活動とイギリス・清朝》（名古屋大学出版会 2013 年）和藤谷浩悦的《湖南省近代政治史研究》（汲古书院 2013 年）两部新著，当时作者也来到现场，参与讨论并回应问题。还有一些专门的读书会，如由东大已故并木赖寿教授（1948—2009）最初发起的“忘山庐读书会”，研读晚清士人孙宝瑄的《忘山庐日记》，从2006年开始，一致持续到今天。最近东洋文库开办了“王清穆日记研究会”，会读的成果，即《王清穆〈农隐庐日记〉》整理编注本及相关研究报告，陆续在其机关刊物《近代中国研究汇报》上刊布。这些研究会、读书会的主力成员，大概多多少少都和东大有点关系，但形式完全开放，通过这些平台，可以接触活跃在研究第一线的日本学者。

“《顺天时报》研究会”的特色是，它的组织者和参与者均以青年学者为主，内容上则把史料精读和研究报告两者结合起来，而近于一种“共同研究”。众所周知，《顺天时报》（1901年12月—1930年3月）作为日本政府在北京地区长期发行一份中文报纸，在中国近代史和中日关系史上有着重要的地位，其由东亚同文会成员中岛真雄创刊，不久被日本驻北京公使馆接管，成为接受日本外务省资金援助的在华机关报。直至停刊的29年间，该报持续关注中国时局，对辛亥革命、二次革命、袁世凯称帝、府院之争、张勋复辟、护法运动、南北和谈、军阀混战、北伐革命等历史事件及清季民初社会风气、文化现象、自然灾害、市政建设等均有大量报道，并发表各种形式的评论，其副刊《消夏录》《剧评》长期报道北京戏曲界情况，保存了大量京剧相关资料，这些对于研究清末民初新闻事业与同時期国内政治、经济、社会、文化及日中关系，有着极高的史料价值，而从日本方面来讲，对于理解和研究近代日本在华新闻事业，也有重要的意义。这一研究会的发起人分别是亚细亚大学国际关系学部讲师青山治世（东京大学大学院综合文化研究科博士后出站）和东京大学文学部东洋史博士生关智英。说到此会的发起，还有一些个人的渊源曲折。据青山介绍，他高中时期的社会科老师金崎邦男的祖父金崎贤正是《顺天时报》最后一任主笔（1919—1930 年在职），他曾受托于金崎邦男先生，对其祖父的事迹进行调查。2012 年 2 月，在一次东洋文库学术报告会结束后的饮酒会上，青山提出这个话头，竟然引起了热烈反应，本会的另一发起人关智英提议："金崎贤当然是个有趣的人，不过，我们先从《顺天时报》本身开始，好好地做一番研究如何？"在场几位同志，一拍即合，《顺天时报》研究会就这样开始了。经过一番紧张而且周密的准备，2012 年 7 月举行了第一次例会，此后每隔一到两个月活动一次，到今天已经是第 14 次，时间一晃已经过去了两年。

回溯既有研究，关于《顺天时报》的性质，一般被定位为"近代日本的对外宣传机关"（包括日本研究中国近代史的学者也多持此观点），而在实际研究中，不同背景的学者往往从各自的关心角度出发，对报纸作部分的、片段式的选择利用。本会的发起人深感有必要跨越这一研究阶段，使之向更为纵深的方向发展。第一次例会上提出的"研究会发起书"，不仅确认了研究《顺天时报》的意义，也宣示了目标：综合利用中国和日本双方面的史料，对《顺天时报》做实证式研究与"通史性"的把握。实证研究的前提，需要打通语言关，也要打通中国近代史和日本近代史，而所谓"通史性"眼光，具体则指"通观清末至北京政府、国民政府时期的中国，北京的政治、言论、文化空间，并用之为考察同时期日中关系的存在方式及变化的材料”。（「順天時報の会（仮称）」発足にあたって，2012年7月9日）这些当然不能只停留于口号与愿景，作为实现手段的初步和重要一环，制作《〈顺天时报〉论说·社论总目录》在研究会成立当日即被提上日程。这一工作由参会者分工分头进行，最后汇总合成，截至到目前，1901—1930年的《论说·社论总目录》已基本整理完成，并有计划在一两年内公开刊行。以目录整理为基础，配合进行对相关论说、社论的精读，并通过例会，持续发表阅读报告或书评报告（参看本文附录），《顺天时报》研究会的操作兼具纵深和广度，这在日本学界关于中国新闻史研究史上，恐怕还未有先例的。可以附带一提的是，该研究会似乎正在发生示范效应，近期日本神奈川大学也召开了“NCH（North China Herald）新闻研究会第1回例会”，开始对《北华捷报》进行系统研究。据笔者了解，国内上海图书馆已制成并发行《北华捷报/字林西报》全文电子数据库，而巧合的是，就在今年，国家图书馆藏全套《顺天时报》（总175卷）刚由天津古籍出版社影印出版。这些报刊资料的基础整理工作，无疑为下一步深入研究创造了良好的条件，而就实质性的研究起步来言，日本学者显然已着先鞭，较国内领先了半个身位。

今天的报告人是来自台湾的学者张碧惠（早稻田大学现代中国研究所招聘研究员），其精读对象为1924年11月11日社论《清室宝物公私产之分界及其保管方法》，现场分发的阅读材料影印了社论原稿，解说纸分双栏排版，一边是整理录入的社论中文原文，一边是现代日本语译文，报告者逐字、逐段进行翻译和释读，与会者随时可以提问讨论。在解决文字问题后，报告人从“时代背景”“社论反映的《顺天时报》立场”“与其他社论的比较”“《顺天时报》与日本对华文化事业的关系”诸方面作进一步的阐发，看得出来准备得非常充分。事实上，张碧惠本人的博士论文就是做民国时期“故宫文物”保存与迁转的研究，学有本源，语多行话，故而对《顺天时报》相关论说的理解体现出专业的素养。例会前半场以个人报告为主，后半场则向全体开放，作集体讨论。因为差不多一周前，例会组织者已经将报告电子版预先寄送，所以与会者皆有备而来，有些还专门带来了尽管刁钻但不是针对性的问题。全场参与度很高，交流可谓热烈。

三个小时过得很快，例会结束时，外面天已经黑了。报告结束后，还有例行的饮酒会，从驹场坐两站电车，集体移师至涩谷。除了答谢主报告人，与会者又相互介绍，我知道研究会成员多数为东大驹场和本乡校区的硕士、博士研究生，庆应义塾和早稻田两所著名私立大学出身者也不少。让人意外的是，今天还有从名古屋的南山大学、四国的松山大学、京都的龙谷大学赶来的学者。他们说，一旦有时间或合适的机会，都会尽量来，如果不能直接参加，因为事前通过邮件读过资料，也会用书面评论的方式参与。值得留意的是，这中间有研究日本近代史的学者，用研究会发起人的话说，“为了准确把握《顺天时报》，日本近代史的知识和视点都不可缺，所以一开始就很注意吸纳日本近代史研究者发出的声音”。

今天特别引人瞩目的是，会议室里还坐了三位白发苍苍的老人，全程认真笔记，听得非常投入。后来才知道，其中一位男士，名今井贞夫，是著名的日本陆军军官今井武夫（二战时期“日中和平工作”主要当事人）之子，现已退休，从事其父相关史料整理刊行的工作；两位女士，一姓中古，师从日本研究辛亥革命的著名学者久保田文次；一姓曾野，曾从事中文翻译的工作。三位老人均年过七十，早已退休，完全是因慕名赶来参会。中古女士对孙中山、袁世凯最有兴趣，特别不满意现在舆论抑孙扬袁的潮流，他问我：“中国国内说是孙中山刺杀了宋教仁，是真的吗？”我回答说，这只是一种学者的个人说法，不是定论，也还没有被广泛承认。她摸着胸口，舒了口气：“这下我就放心了！”曾野女士回忆童年在上海的生活，还学说了几句标准的上海话，举座皆惊。她说 1949 年时正在成都，亲眼见过时任西北军区司令员的贺龙：“贺老总真是了不起啊！”几位老人只是对现代中国有兴趣和亲近感的普通日本人，某种意义上，在吾辈眼里承载着学术功能的“顺天时报研究会”，对他们来说，也是可以寄托和抒发某一种情感的“场”吧。

饮酒会至十一点始散。灯火辉煌的涩谷，还是不夜城的模样。临别，青山告诉我，下一次报告会已经定在 7 月 20 日，报告者是刚到东大文学部留学的北大毕业生段晴，报告题目也是我感兴趣的——“帝国的视线：《顺天时报》的中国论述（1919—1922）”。

2014 年 6 月 10 日初稿，12 月 25 日补记

附录：“顺天时报研究会”前 18 次例会日程表

（截至 2014 年 12 月 23 日）

序号	时间	报告人	主题
1	2012年 7 月 9 日	青山治世	关于《顺天时报》
2	2012年10月 8 日	小池求	1901年论说
		藤井元博	1916年论说
		青山治世	关于首都图书馆网站“北京记忆”栏《顺天时报》的阅览说明
3	2012年11月19日	藤井元博	《军人不可干与政治》（1916年8月17日）
		阿部由美子	《隆裕皇太后哀词》（1913年2月23日）
4	2012年12月 1 日	伊藤信哉	战前期《外交时报》概要与总目录的作成手法
		青山治世、关智英	《〈顺天时报〉论说・社论总目录》编纂的中间报告
5	2013年 1 月14日	望月美咲	《论殿试留学生》（1905年7月5日）
		山口早苗	北京留学所感
6	2013年3月25日	姚红	有关1919、1924年梅兰芳日本公演的《顺天时报》报道
7	2013年5月19日	土肥步	《天津基督教青年协会大会志感》（1920年4月7日论说）
8	2013年 6 月23日	萧明礼	五四运动时期《顺天时报》的亚洲主义言说

续表

序号	时间	报告人	主题
9	2013年 7 月28日	朱琳	《中国将来之统治（译文学博士内藤湖南所论）》（1916年3月8—10日连载）
10	2013年 9 月 9 日	古谷创	《论电学之利用》（1908年1月29日）
		森川裕贯	书评：原正人著《近代中国知識人とメディア、権力——研究系の行動と思想1912 ~ 1929》（研文出版2012年）
11	2013年11月 3 日	青山治世	《本报临别赠言》（1930年3月27日停刊号社论）
		吉井文美	书评：熊本史雄《大戦間期の対中国文化外交》（吉川弘文馆2013年）
12	2014年 2 月15日	阿部由美子	《论八旗生计宜筹定》（1913年2月1日论说）
13	2014年3月26日	卫藤安奈	《工潮学潮与国家前途之关系》（1925年8月27日社论）
		望月美咲	硕论介绍：《科举：从递减至废止——以与清末新政的关系为中心》
14	2014年 6 月 1 日	张碧惠	《清室宝物公私产之分界及其保管方法》（1924年11月11日社论）

续表

序号	时间	报告人	主题
15	2014年7月20日	吉塚康一	盛宣怀之日本亡命与高木陆郎
		段晴	帝国的视线：《顺天时报》的中国论述（1919—1922）
16	2014年9月21日	关智英	《实际权力者与记者之会见谈》（1927年6月16日社论）——关于政治家（为政者）与新闻媒体关系之论说
17	2014年11月16日	山口早苗	《顺天时报》与周作人
18	2014年12月23日	姚红	《顺天時报》关于歌舞伎中国公演之报道——以十三世守田勘弥为中心

（原刊于《新闻春秋》2016 年第 2 期）

附识："顺天时报研究会"的初步研究成果，即《『顺天時報』社論・論説目録》已由东洋文库于 2017 年 3 月正式出版。